impronte

Marzia Musneci

Grosso guaio a Roma Sud

TODARO EDITORE

Collana ideata da Tecla Dozio e Veronica Todaro
Editor: Diego Di Dio
Grafica copertina di Greta Sala
Foto di copertina di Gianluca Bucci

Libro pubblicato previo accordo con l'agenzia letteraria Saper Scrivere.

Visitate il sito www.todaroeditore.com e la nostra pagina Facebook
ISBN 978-88-32159-05-9

A mia madre,
che mi ha trasmesso il vizio della lettura

UNA NOTTE PIOVOSA DI FINE MARZO

Il cassonetto è okay, l'hanno anche svuotato.
Zek si sente Dio, come se avesse calcolato pure quello.
Dà di gomito a Sam, poi insieme strisciano fuori dalla spalletta del ponte, evitano la luce del lampione, saltano e imprecano finché non sono nel cassone.
– Puh, senti che puzza – fa Sam.
– Zitto e datti da fare.
Muovendosi a stento nello spazio angusto, raspano sul fondo e rimediano un pezzo di legno marcio da incastrare nella cerniera del coperchio. Il cassonetto resta aperto quanto basta: la feritoia inquadra il bar dove sta seduto il tizio che aspettavano, preciso davanti alla vetrata.
Zek ghigna, si sente Dio per la seconda volta in dieci minuti.
Sam sbuffa. – Si può sapere che stiamo a fare qui?
– Che ti frega? Pagano bene.
Zek tira fuori l'arma che gli ha fornito il cliente e l'accarezza con amore.
– Che roba è? – Sgrana gli occhi Sam. – Che roba è quella?
– Beretta 92 a puntamento laser. Un gioiellino, matricola limata. Magari me la tengo, a lavoro concluso.
Una moto passa rombando e copre le parole smozzicate di Sam.
– Ma come hai...? Quan...? Chi...?
– Organizzazione, fratello – sentenzia Zek. – Organizzazione.
– Ah, no no. Io mi credevo che era il solito pestaggio. Non se ne parla. Non mi piace. Non mi piace per niente – si agita Sam nello spazio ristretto.

– Che sei venuto a fare, allora?
– Avevo scelta?
Dei due, Sam è quello che pensa, e finché pensa a Zek va bene. Però poi parla.
– Cavolo, non dovevo accettare. "Per una volta si fa come dico io" – scimmiotta.
– Mi pare giusto. Si fa sempre come dici tu, e guarda come stiamo messi.
– Giusto una ceppa. Avevo diritto a saperlo.
– Così dicevi di no?
– Ecco che erano tutti quegli sms, che c'hai scaricato una scheda intera. Con Chick, vero? È per questo che trafficavi con l'usa e getta. Che fine ha fatto?
– Gettato – cantilena Zek in falsetto.
– Ci dovevo arrivare, ci dovevo.
– Ma non ci sei arrivato, cervellone. E adesso piantala.
– Un giorno o l'altro io ti…
– Magari ci provi.
Zek parla ma non perde di vista il tizio nel bar. È fuori tiro, troppo lontano. Ma sa dove ha parcheggiato, deve venire per forza verso di loro. Sam rimugina.
– Sarebbe questa la tua idea di svolta? In mezzo alla schifezza per freddare uno che manco conosci?
– Cazzo vuoi? Mica voglio passare la vita appiccicato a te in quel buco di casa. Una notte di lavoro, qua la grana e problema risolto. A cose fatte andrà bene per tutti e due, no?
– Quello è un pezzo grosso. I pezzi grossi tirano guai – borbotta Sam.
– E te che ne sai?
– Tu e quelle maledette cuffie. Il tuo rap del cavolo finirà per fotterti. Sicuro.
– Cazzo c'hai contro il rap?
– Io niente. Solo che, se avevi le orecchie libere, magari oggi lo sentivi pure tu, Chick, mentre diceva al telefono che il giudice Salis da stasera non era più un problema. Sarò pure rincoglionito, ma visto che siamo qui con un cannone, due più due mi fa quattro.

Zek smadonna, esasperato. Sam di solito è di cervello fino, ma certe volte tocca spiegargli la vita come ai bambini.
– Magari quello vuole spedire dentro il cliente, e il cliente non ci vuole andare.
– I giudici fanno il mestiere loro – dice Sam.
– E io faccio il mio. Quadra, no?
Silenzio. Puzza. E un freddo bestia, si è messo pure a piovere.
Il traffico è scarso, viale Marconi deserto. La luce dorata che esce dal bar riverbera sull'asfalto lucido. Dentro il locale, l'uomo sorseggia qualcosa in un bicchiere a coppa e legge alcune carte.
Sam, labbra contratte e fronte aggrottata, saetta sguardi a destra e a manca.
– Eh no. Non la mettevo in conto, una cosa così. Mi hai fregato. I furti va bene, lo spaccio e i pestaggi pure, ma questo… no, non mi piace. E pure fuori zona. Che ci facciamo noi, fuori dai Ponti?
– Che cazzo, non sai dire altro? Per una volta che decido io. Te pensi pensi, però mai che ti viene un'idea qualunque per sistemare la faccenda una volta per tutte – sbotta Zek. – Non so tu, ma io c'ho le palle piene, di questa storia. Manco una scopata in pace mi posso fare, che te stai sempre lì. E perché? Perché non c'erano i soldi per la clinica dei miei coglioni. Be', da stasera i soldi ci stanno, e una volta staccato quello che bisogna sta…
– Zek, dacci un taglio. E non ti sbattere troppo che mi frulli le bude…
– Shhh shhh. Guarda, quello s'infila il giaccone. Adesso apri bene le orecchie: *tu stai zitto*. Nemmeno una parola. E quando te lo dico io trattieni il fiato. Manco respiri, okay?
Sam tace.
Zek controlla di nuovo l'arma, si inumidisce le labbra. Posizione di tiro e sguardo concentrato.

L'uomo esce dal bar. Sistema il cappuccio contro la pioggia.
Cammina a passo deciso, poi inchioda.
Si guarda addosso.
Niente.

Un'occhiata intorno.
Oltre la pozza di luce del bar e l'alone dei lampioni, viale Marconi è un dormitorio immerso nell'inchiostro. I contorni dei palazzoni sfumano nel cielo nero e le finestre illuminate dalle tv galleggiano nel vuoto come in un quadro di Magritte.
Niente anche lì, in giro non c'è un'anima.
Forse l'ha immaginato, quel puntino rosso sul giaccone.
Si stringe nelle spalle.
Attraversa il viale e va verso l'auto parcheggiata all'ex Cinodromo.

– Brutto figlio di una troia impestata salvando la mamma, sta' buono che t'ammazzo, bastardo. Ma che ho fatto, io, per nascere fratello a te? T'avevo detto fermo, cazzo, manco respiri, e te che fai? Caschi? Scivoli, cazzo? Hai mandato tutto a puttane, l'hai fatto apposta, io ti… ti…
Il cassonetto vibra.
Dentro, Zek pesta e Sam cerca di parare i colpi. Non ci riesce granché. Sono tutti e due forti, ma è Zek quello con la cattiveria nei pugni.
– E forza, su! Ammazzami. Voglio vedere come fai poi, col morto appeso al fianco – grida.
Zek blocca un pugno a mezz'aria, sconfitto. La rabbia si smonta di colpo.
Restano immobili, i respiri affannati.
Poi sentono il rumore. E i sobbalzi. Il contenitore ha cambiato inclinazione, e loro pure.
– Ma che…?
Sollevano il coperchio, mettono la testa fuori. Il cassonetto si è scostato dal bordo strada e viaggia giù per la discesa di via di Vasca Navale.
– Cazzo, si muove! – urla Zek.
– Ommerda! Ossantammerda!
Il coperchio pesa due volte di più, i sobbalzi mandano al diavolo l'equilibrio. La pioggia è un nugolo di spilli freddi che punge la faccia. Zek dimentica bersaglio e Beretta.
– Salta! Salta giù! – urla.

– E come?
– Più aspettiamo e più accelera. Salta, t'ho detto!
– Ahio. Alza. Alza 'sto cazzo di coperchio.
– Alzatelo da te.
– No! Così ci restiamo secchi!
– Ti faccio secco io. Giuro che t'ammazzo io se non...

Il PM Antimo Salis guarda perplesso un cassonetto urlante che rotola giù per via di Vasca Navale.
Questa è nuova. Che non s'inventano,'sti ragazzi, per una scarica di adrenalina, pensa scuotendo la testa.
Resta fermo, a indovinare la velocità dalle urla in effetto doppler.
– Cacasotto!
– Coglione!

Lavoretti

Il povero punching ball non sa che ha fatto per meritarsi questo. Già è dura di norma, figuriamoci adesso, che rimedia scariche di colpi da tutte le parti. Ne ha prese talmente tante che ci vede doppio.
Sono in due a pestarlo. Due uguali sputati, in canotta da allenamento, nemmeno tanto sudata. Grossi e compatti, facce cattive sotto un centimetro scarso di zazzera gialla.
Zek e Sam.
Coordinati e precisi.
Intorno al ring, i soliti pugili della domenica si godono lo spettacolo. Sono tutti lì: Hulk, Juanito e Pepe, Li, Ahioilnaso, Colibrì.
Zek stantuffa senza requie, Sam lavora di fino. Intercetta al volo le oscillazioni e con colpi angolati devia il pallone per mettere in difficoltà il fratello. Lo frega venti volte su cento, ma è intenzionato a migliorare.
La palestra Vigor è un posto dove Zek e Sam si sentono bene. Nessuno sbaglia sguardo, nessuno si sogna di sghignazzare o di chiamarli "i siamesi". Lì sono solo due pugili, i migliori.
Tutti sanno che possono trovarli sui ring.
Anche Chick Lanzetta lo sa.
Entra in palestra e si muove fra i quadrati come se fosse il padrone della baracca, l'impermeabile aperto sul doppiopetto grigio, la cravatta allentata e il solito sacchetto di bruscolini in mano.
Zek e Sam lasciano perdere il pallone. Gli spettatori si allontanano. Juanito Cortez chiude la bocca che sta aperta da mezz'ora

e si gratta un sopracciglio incerottato, mentre manifesta la solita adorazione per Zek con una pacca sulle spalle appena umide di sudore.

Minny Morelli, l'allenatore, li guarda storto.

Quando arriva Lanzetta, per i gemelli vuol dire una cosa sola: lavoro.

Chick sputa una buccia di bruscolino. – Ahó, 'a stronzetti. Ve la spassate, eh? La pacchia è finita, dobbiamo parlare.

– Non qui – lo interrompe Sam, che non vuole problemi con Minny Morelli.

Chick Lanzetta indica col pollice alle proprie spalle.

Zek e Sam annuiscono.

– Aspettaci da Abbe, prima ci facciamo una doccia.

Il locale di Abbedulla, di fronte alla palestra, non è sporco. È solo vecchio, dice lui.

Abdullah, che da vent'anni ha perso la speranza di sentirsi chiamare come Allah comanda, ha ereditato il bar gastronomia dal *sor* Quirino, il proprietario precedente. Ha lavorato per lui dieci anni, poi quello se n'è andato al suo creatore e ha lasciato l'attività e la casa che ci sta sopra ad Abdullah. L'essere più vicino a un parente che avesse sottomano, e che sapesse come mandare avanti gli affari.

Abbe, come lo chiamano tutti, lì ai Ponti, ha aggiunto al menù qualche piatto della sua terra, e durante i week-end parecchi temerari danno fuoco alle papille con lo *zighinì* più rovente della città. Al piano di sopra, Luz ha piantato i gelsomini, che sono cresciuti a dismisura e adesso incorniciano l'ingresso.

Per il resto non è cambiato niente. Il locale è rimasto com'era, con le foto dei ragazzi della Vigor accanto a quelle dei pugili famosi, le luci smorte dei paralumi verdi bassi sui tavoli, i pannelli di finto noce sul muro e gli arredi di legno scuro.

Chick aspetta Zek e Sam nel séparé di fondo, incidendo con l'unghia segni a caso sulla patina d'unto del tavolo.

– Ehi, Chick. Ci diventi davvero una gallina, se continui a mangiare i semi.

Sam dà di gomito a Zek. Non ha avuto un'uscita felice. Chick sta per Chicken, lo sanno anche i sassi, ma, con Lanzetta, Chick va bene e Chicken no. Guai a parlargli di galline.
L'uomo però deve avere proprio bisogno di loro, perché non gliene canta quattro, come è successo altre volte a nominargli un pennuto. Li fissa con gli occhi neri e vellutati che hanno avuto la sfortuna di capitare sulla sua faccia.
– Sono grasso e ho sempre fame, embe'? Metabolismo, dice il dottore.
– Cambia dottore. Così il tuo metabolismo non fa un tubo e continui a ingrassare pure se mangi come una gall… insomma, poco.
– Dagli retta, Chick. Sam si legge tutte le riviste sportive della palestra – lo sostiene il fratello.
– Balle. Sono nato sfigato.
Zek e Sam si scambiano di nascosto uno sguardo sardonico. *Roba da matti*, pensano.
– Il cliente non è contento – attacca Chick.
– Digli di stare calmo. Lo stiamo controllando, il giudice. Ci vuole il suo tempo, per certe cose.
– Com'è che siete pieni di lividi? Li ho visti, alla Vigor.
– Niente – taglia corto Zek. – Un incidente del cazzo.
Sam sospira. La trovata di Zek per rimediare alla svelta un po' di soldi non è finita proprio bene: il giudice Salis è vivo e vegeto, il committente deve essere inferocito e l'arma a puntamento laser sta in fondo al Tevere. Durante la settimana appena passata, chiusi in casa a leccarsi le ferite del corpo e dell'anima, hanno discusso, hanno preso tempo, ma a tutt'oggi non sanno che fare, e la montagna di soldi che sognava Zek si fa sempre più lontana. Però acqua in bocca con Chick, hanno deciso, sennò quello taglia grana e lavoro perché non si fida più.
E poi che gli ha preso, a Zek, con questa fissa di separarci, dico io.
– Allora, Chick. Che sei venuto a fare? – chiede, mentre fa un gesto ad Abbe, che capisce al volo e prepara due integratori.
– Ci sarebbe un altro lavoretto. Una cosa alla vostra portata, stavolta.
– Che viene a dire "stavolta"? – si alza a mezzo Zek.

– Calma – lo tiene giù Sam. – Quanto?
– Due centoni.
– A cranio – rilancia Zek.
L'uomo non risponde. Il moto perpetuo delle mandibole si ferma, le guance bolse hanno un attimo di requie. Chick si sta facendo due conti. Il risultato è: – Scordatevelo.
– Sentiamo un po' – dice Sam mentre prende l'integratore dalle mani ossute di Abbe.
– Avete presente l'orologiaio? Quello di fronte al Frankenstein?
– L'orologiaio no, il Frankenstein sì. Allora?
– Allora ci sarebbe da dargli una scaldata ai coglioni e una rinfrescata alla memoria.
– Perché? – fa Sam.
– Che te ne frega? – risponde Chick scocciato.
– Sono curioso.
– È tirchio, va bene? Non si ricorda gli amici. Qualcuno si aspetta un regalo e lui non sgancia.
– Per quella somma non se ne parla.
Chick raspa nervoso il fondo del sacchetto di bruscolini. – È la solita tariffa.
– Ma il rischio è doppio – ribatte Zek. – Lì davanti al Frankenstein c'è sempre un casino di gente, notte e giorno.
– Cazzate.
– Duecento a testa, o non se ne fa niente.
Chick Lanzetta sbuffa. Raduna le bucce di bruscolini e si mette a contarle, nemmeno dovesse pagarli con quelle. Poi estrae il portafoglio come se si estraesse un molare e tira fuori due centoni.
– Non ci provare, quelli non bastano – protesta Zek.
– L'anticipo. Gli altri duecento a lavoro concluso.
– Che c'è? – chiede Sam. – Adesso non ti fidi di noi?
– È così che vuole il cliente.
– Mica ci piace.
– Prendere o lasciare. Quattrocento. Duecento adesso e il resto a lavoro concluso. Poi dite che non vi voglio bene.

– Mica ho cambiato idea, da ieri: se ha mollato subito, viene a

significare che ce ne poteva scucire trecento – si lamenta Zek, appoggiato al muro dietro l'angolo del Frankenstein.
Anche se sono solo le otto di sera, c'è la solita folla di fancazzisti a tempo pieno, davanti al locale. Minigonne inguinali, jeans strappati, brache calate e berretti con la visiera sul collo bivaccano e fumano, regalando al marciapiede uno spesso tappeto di cicche. Alcuni abiti scuri con la ventiquattrore se la squagliano in fretta dopo l'aperitivo, impazienti di allontanarsi dalla tribù della notte.
L'orologeria di fronte è ancora aperta.
– Senti un po' – fa Sam, addossato sull'altro lato del muro – mettiamo che ti chiedo di regalarmi le tue infradito di Winnie the Pooh.
– Col cazzo che te le do.
– Allora, secondo te, ti dovrei dare "una scaldata ai coglioni"?
– Magari ci provi.
– E che stress. Non le voglio, le tue ciabatte schife. Volevo dire: un regalo mica si fa per obbligo.
– Fatti i cazzi tuoi. Intanto potevamo sfilargli trecento fichi a cranio, a Lanzetta.
– No che non potevamo.
– Eccolo che esce.
Squadrano l'ometto pelato che sta chiudendo la porta a vetri e inserisce la chiave per abbassare la saracinesca elettrica. Si danno d'occhio.
– Pronto?
– Pronto.
Sincronizzano il passo, attraversano la strada.
Arrivano alle spalle del vecchio, lo chiudono contro il muro: Sam a sinistra, Zek a destra, come dentro uno di quei bussolotti delle banche che suonano se porti un ferro in tasca. Lo sollevano, che tanto pesa come una cassetta di frutta, e lo portano nel vicolo dietro l'angolo.
– Chi siete? Che volete? – bercia quello.
Zek gli molla subito un diretto sul naso, tanto per cominciare.
– Se strilli sei morto – dice Sam.

– Ma che volete? Io non vi…
Gancio di Zek.
– Noi non vogliamo niente proprio. Qualcun altro dice che ti sei dimenticato una cosa. Un regalo.
– Ma chi? Chi, per amor del cielo?
– Se non lo sai tu – fa Zek. E pesta. Poi si ferma e guarda Sam. – Be', ti muovi o no? Che, lo vuoi pestare a chiacchiere?
E giù botte.
Sam picchia piano, come controvoglia. Uno pratico si metterebbe a suo favore e le prenderebbe da lui. Ma il vecchio non è pratico per niente. Continua a frignare, a chiedere perché e a prenderle di brutto.
Zek e Sam lo lasciano sul selciato sanguinante, a tirare su col naso e a chiedere aiuto a santi e madonne. Se ne vanno tranquilli massaggiandosi le nocche, con l'aria di chi ha fatto bene quello che doveva fare.

Nick Badile

Quando hanno finito un lavoro, Zek e Sam festeggiano con Irina, poi passano un paio di giorni in giro a farsi vedere con la grana. In queste occasioni, Zek si sente più incline ad assecondare le manie del fratello.

Quella di fermarsi davanti all'edicola del mercato per decine di minuti, per esempio. Non comprano il giornale, di solito, ma Sam legge tutte le prime pagine dei quotidiani finché l'edicolante lascia fare. Se l'uomo è distratto e la piazza abbastanza affollata, sgraffigna una testata a caso e nei giorni seguenti se la studia tutta, annunci economici compresi. Ce l'ha questa fissazione di leggere, Sam.

E siccome è appunto giorno di grana, si fa un regalo, paga il giornale cittadino e si mette a sfogliarlo in santa pace sotto gli occhi del giornalaio, ignaro delle urla dei *fruttaroli,* della puzza di pesce e frutta schiacciata e delle buste della spesa che signore distratte gli sbattono sulle gambe.

Mentre lui scorre i titoli, Zek molleggia al ritmo del rap nelle cuffiette e si controlla i bicipiti. Sogna di rimediare i soldi per farci un tatuaggio. Ci vedrebbe bene qualcosa che riguarda la mamma. Mica per niente, è che spesso ci azzeccava, la mamma. Anche quando non sembrava, ci prendeva in pieno. Diceva sempre, per esempio, che loro erano la sua offerta speciale, due al prezzo di uno. Che avevano qualcuno che li proteggeva in alto loco. L'alto loco era il cielo, spiegava. A volte Zek ci crede. Altrimenti come s'interpreta il fatto che si siano scapicollati in discesa a bordo di un cassonetto, abbiano infilato un cancello, tagliato l'angolo di un

campo di calcio, un canneto con foglie come lame, fatto un volo nel fiume e se la siano cavata solo con lividi e tagli?
– Tzè – sente fare a Sam.
– Che c'è?
– Buttano giù il vecchio mulino per farci un centro commerciale.
– Naaa. Mi piace, il vecchio mulino.
– Sei d'accordo con questo qui, allora. È uno tosto. Gliele scrocchia proprio, a quelli del Comune. Comunque, faremo in tempo a crepare, Zek. Hanno bloccato i lavori. Qui dice che…
– Me ne sbatto, di quello che dice.
– Ih ih ih, guarda come lo chiamano, questo, il…
– Du' palle.
Sam sfoglia. Cerca una notizia che possa interessare il fratello.
– Certe volte mi piacerebbe un po' di considerazione da parte tua – dice, ma a voce così bassa che Zek non sente o finge di non sentire.
– Toh, c'è stata una rissa al Freak Out.
– Mai piaciuto, il Freak Out.
– Senti questa…
– Du' palle.
Mentre Sam continua a leggere, Zek smette di cercare la frase giusta che gli piacerebbe vedersi stampata sul bicipite destro per guardare in cagnesco un tizio che urla nel cellulare, e godersi la scena di un'ambulanza a sirene spiegate su via Silone e del solito parassita che sfrutta la scia, fregandosene di passanti e strisce pedonali.
Sam emette un suono soffocato prima di esplodere.
– Ma che ca…! Eh no!
– Cazzo c'è?
Sam smanazza il giornale, cerca freneticamente l'articolo che segue dal trafiletto in prima di cronaca. Zek si gratta la zazzera perplesso, il giornalaio si sporge per vedere che succede e li fissa duro.
Quando alza la testa dal quotidiano, Sam è pallido come un ergastolano. Gli porge una pagina.
– Guarda qua.

– Hai appena finito di leggere, perché non me lo dici tu?
– Il tizio che abbiamo pestato l'altro ieri sera.
– Be'?
– È morto.
– Morto? E dove?
– Lì, nel vicolo dove l'abbiamo addobbato noi.
– Cazzo dici? Era vivo e frignava come un pupo.
– Lo so.
Sam sembra rendersi conto di qualcosa che Zek non capisce. Sta lì bianco e immobile, lo sguardo vuoto.
– Mica è finita. Qui dice che hanno un testimone, uno del Frankenstein. Dice che hanno una pista.
– Seh, una pista di coca, c'hanno. Cazzo dicono, quelli?
– Piantala, Zek. Siamo fregati. Prima te ne accorgi, prima facciamo qualcosa.
Zek si ferma a pensare, piano piano ci arriva e resta di sasso.
Si allontanano sotto l'occhiata a succhiello dell'edicolante, caso mai Zek si fosse imboscato mezzo espositore di riviste mentre il fratello pagava il giornale.
Camminano sulle nuvole. È da un pezzo che non si sentono così. Da quando è morta la madre e loro sono rimasti a cavarsela da soli. Il casino di traffico, urla e spintoni sembra appartenere a un altro mondo.
– Dobbiamo sparire – sospira Sam.
– Difficile, fratello. Non possiamo tapparci in casa, e nemmeno andare alla Vigor o da Abbedulla. Lì ci troverebbe anche un moccioso. L'anticipo di Chick è già dimezzato, e con quello che resta non ci arriviamo nemmeno a Ostia.
– Irina? – fa Sam.
– Vuoi metterla nei casini? Dobbiamo andare da Chick. Lui ci ha ficcato nella merda, lui ci tira fuori.
– Okay, da Chick. Anche se non gli piacerà per niente.
– Frega cazzi, quello che gli piace.
Non fanno in tempo. Girato l'angolo, vanno a sbattere contro Nick Badile. L'ultima persona al mondo contro cui due come loro dovrebbero andare a sbattere.

– Che giorno fortunato. Dovevo comprarmi un gratta e vinci.
Zek e Sam sacramentano all'unisono senza emettere un suono. La cosa migliore sarebbe battersela, ma Nick Badile ha già le dita che si muovono come quando hanno voglia di menare. I gemelli le conoscono bene, quelle pale che si ritrova per mani.
– Andate di fretta?
– No, agente – risponde Sam per prevenire la rispostaccia di Zek, che non capisce mai quando non è il caso.
Nick li guarda con quella faccia da ragazzino paffuto, montata su un corpo cresciuto oltremisura.
– Venite con me buoni buoni o devo darvi una calmatina?
– Cazzo, che abbiamo fatto adesso, Nick? – sbotta Zek.
– Tu mi chiami vice ispettore Castillo, merdina. Quante volte te l'ho detto? Quello che avete fatto me lo raccontate in centrale.

In centrale si muovono come a casa loro. Uno perché ci lavora, due perché ci capitano tanto spesso che Zek saprebbe a memoria il numero delle magagne sul pavimento marrone, se non fosse che deve aggiornare sempre il conto. Sam cerca da mesi la definizione giusta del colore sui muri. Diarrea di cane ci va vicino, ma non è ancora soddisfatto. Entrambi detestano l'ufficio di Nick Badile. Non tanto per quello che ci succede, che quella è routine, ma perché è soffocante, con gli scaffali pieni di polvere e faldoni, il neon a pialla e nemmeno una finestra. E, chissà perché, trovano sempre due sedie appaiate alla distanza giusta, come se Nick aspettasse solo loro.
Il vice ispettore Nicola Castillo si accomoda dietro a un tavolaccio che chiama "scrivania", poggia i gomiti sul ripiano e il mento sulle mani.
– Stavolta l'avete combinata grossa, fratellini. Stavolta non lo so se vi tiro fuori dai guai.
Certo. Ogni volta che ci sbatte in galera è per tirarci fuori dai guai. Magari ci crede pure, pensa Sam.
– Un cazzo di niente, abbiamo combinato – borbotta Zek cupo.
– Ma come! Avete fatto il salto di qualità e non mi dite niente?
Zek lo guarda ebete. – Che viene a dire?
Nick Badile sbatte le manone sulla scrivania, si alza e incombe su di loro.

– Viene a dire che avete fatto fuori Amilcare Zampa di fronte al Frankenstein.
– E chi è? – fa Zek.
– L'orologiaio, bestia.
– Tu stai fuori come un cassonetto – salta in piedi Zek, tirandosi dietro Sam per forza di cose e dirigendosi verso la porta. Sam alza gli occhi al cielo. Come se non la conoscesse, quella manfrina. I colpi arrivano precisi: tempia destra, tempia sinistra e *crash* al centro. Ci ha preso bene la misura, Nick. Sberle abbastanza forti da intronarli senza metterli fuori combattimento.
– Che c'entro io? – frigna Sam.
I gemelli congiunti, come ci tengono a definirsi, tornano a sedere sulle sedie appaiate.
– C'è qualcuno disposto a giurarlo, idioti. Mica vi possono confondere con qualcun altro, voi due. Siete nella cacca fino al collo.
Zek e Sam si massaggiano le tempie. Sam pensa a mille. Loro non frequentano il Frankenstein. Nemmeno per lavoro. Altra zona, altro mercato. Lì girano soprattutto pasticche, crack e PCP, e coca tagliata come capita, lo sanno tutti tranne i cretini che la comprano.
– Capirà, vice. Al Frankenstein sono tutti pippati. Magari quello era strafatto e ci vedeva doppio.
Nick reprime un gesto di stizza e Sam ghigna di nascosto.
– Ci ho preso, vero? – dice con l'aria più ingenua che riesce a tirare fuori.
– L'unica cosa che vi prendete, tu e tuo fratello, sono trent'anni di galera.
– E perché? Noi non ammazziamo nessuno – salta su Zek.
– Ve lo dico io com'è andata: qualcuno vi ha pagato per dare una ripassata al vecchio, vi è scappata la mano e l'avete fatto secco. Succede. Allora?
– Allora palle... azzo, Sam!
Sam allenta il pestone sul piede sinistro di Zek. Hai visto mai si facesse scappare che sì, era così, ma il vecchio l'hanno lasciato vivo e sgocciolante lacrime, muco e sangue. Facile che ci sarebbero dovuti arrivare, a vuotare il sacco, ma quando c'è da giocarsela di fino, Zek è una capra.

– Questo non è uno scherzo, ragazzi – fa Nick, paterno. – Ecco come ne veniamo fuori: voi mi dite chi vi ha pagato per il lavoretto e io ci metto una buona parola. Omicidio preterintenzionale. Ve la cavate con poco.
– Seh, e io sono Muhammad Alì.
– Zek, piantala. È inutile, Nick. Siete fuori strada.
– Smettila di chiamarmi Nick. Okay. Vi faccio preparare una bella cameretta per due. Subito.
Si alza per dare disposizioni.
Zek e Sam tacciono, inebetiti. Dentro? Di nuovo? Hanno lavorato bene. Per qualche motivo, ci sono anche andati leggeri, con l'orologiaio.
– Nick… ehm, vice ispettore, aspetti. Aspetti un momento.
Nick Badile resta con la mano sulla maniglia. Di solito, quando Sam si decide a dargli del lei, suo fratello sbotta e canta. Sorride a mezza bocca e fa come dice Sam: aspetta.
– Non abbiamo ammazzato nessuno. Ci conosce, lo sa che non facciamo queste cose.
Nick tace, li tiene a bagnomaria ancora qualche minuto.
– Il vecchio era vivo, quando l'abbiamo lasciato – esplode Zek. – Non l'abbiamo pestato manco troppo forte, ci faceva pena. Stava lì che tirava su col naso, e con abbastanza cervello da ricordarsi tutti quei santi del cazzo. Li tirava giù a raffica, certi mai sentiti.
E tanti saluti alla trattativa, pensa desolato Sam.
– Chi vi ha pagato?
Silenzio.
– Okay, ragazzi. Pensateci. Io intanto mi faccio un caffè.

Il caffè del distributore automatico fa schifo, ma il vice ispettore lo prende lo stesso. Magari lo zucchero gli velocizza i neuroni. Ignora il viavai dei colleghi e qualche saluto distratto.
Mentre attende che la broda cali nel bicchierino di plastica, incappa nella propria faccia che lo guarda dal vetro del distributore. Darebbe un paio di dita a caso per due zigomi forti e una mascella squadrata, Nick. Con quella faccia da pupo biondo deve faticare il doppio per essere preso sul serio. Fortuna che c'è la stazza. Fortuna che ha le mani.
I due pivelli arrivati da poco lo beccano mentre fissa lo spaccia-

schifezze come se ci stesse a parlare. Lui li guarda truce, quelli capiscono l'antifona e girano i tacchi.
Finalmente si mette a pensare. Perché in mezz'ora sono già parecchie le cose che non gli quadrano. Punto primo: vero, Sam ci ha azzeccato. Francesco Zebino, il loro testimone, è strafatto all'ultimo stadio. Direbbe qualsiasi cosa per qualche dose. Punto secondo: perché commissionare un lavoretto delicato come un omicidio proprio a quei due? Sono due mezze tacche, che ha pizzicato diverse volte per furti da niente, pestaggi e piccolo spaccio. E poi spiccano ovunque come la luna piena nel cielo blu. E c'è anche quella faccenda dei santi strani, che magari non vuol dire niente, o magari sì.
L'ultima cosa al mondo di cui ha voglia è difendere quei teppisti. Ma se Spiderman ha sviluppato in un amen il senso di ragno, lui, in quindici anni, l'avrà pure sviluppato uno straccio di senso di sbirro. E il suo senso di sbirro dice che qualcosa non torna.
Butta il bicchierino nel secchione già pieno e rientra nella puzza di polvere e carta vecchia del suo ufficio.

– Allora? Ci avete pensato? – chiede tornando dietro la scrivania.
Zek e Sam sono nella stessa posizione in cui li ha lasciati, ostinati nello stesso silenzio.
Nick li tiene sotto pressione, ma quei due devono aver imparato la pazienza dalla vita, dai gatti o da un maestro zen.
– Okay – sospira dopo un bel pezzo. – Un passo alla volta.
– Che viene a dire?
– Che prima o poi tirerete fuori quel nome. Intanto andiamo lì.
– Lì dove?
– Davanti al Frankenstein. Mi fate vedere com'è andata.

Neanche ci fosse il miele, al Frankenstein. C'è sempre un viavai continuo. Apre alle dieci, e comincia la processione di quelli che vogliono farsi passare la sbronza della sera prima con un paio di birre. Da mezzogiorno alle tre si spaccia per wine bar e serve veleno fritto per pochi euro. Poi arrivano quelli che prendono il caffè. Dalle sei in poi la gente si va a procurare il carburante per

la serata, soprattutto ecstasy o PCP, qualche babbeo cerca la coca, che non è mica buona come i “pezzi” dei Ponti. Alle dieci attacca la musica e il posto si riempie di sballati fino a mattina.
Nick parcheggia la macchina lontano dal locale e porta i gemelli sul luogo del delitto. Il vicolo è ancora chiuso dai nastri a righe bianche e rosse, e c’è una divisa di piantone. Nick si qualifica e dice all’agente di andare a prendere un caffè.
– Forza, fatemi vedere. Dall’inizio.
– Che cazzo di sceneggiata di merda – si lamenta Zek mentre con Sam raggiunge l’angolo dove erano appostati due sere prima.
– Si chiama ricostruzione, Zek. Una cosa che fanno gli sbirri quando non ci capiscono una mazza. Diamogli spago.
Si sistemano sui due muri d’angolo del palazzo che ospita l’entrata del *Frankenstein*.
– Ecco: uno su un lato, uno sull’altro. Così, a quell’ora di sera, sembra che stiamo ognuno per conto proprio – spiega Sam.
– Cavolo, se siete furbi. E poi?
– Il vecchio ha chiuso bottega e ha infilato la chiave per tirare giù la saracinesca. Abbiamo aspettato che finiva e poi ci siamo mossi.
– Bisognerebbe sbattervi dentro per strage di congiuntivi, voi due – mugugna Nick.
– Eh? Che hai detto?
– Lasciate perdere. Allora, diciamo che io sono l’orologiaio. Fatemi vedere come “vi siete mossi”.
Zek e Sam si guardano perplessi.
– Forza, su. Che, vi devo fare un disegnino?
Esitanti, i gemelli si staccano dal muro, attraversano la strada e arrivano dove Nick Badile tiene la mano sulla serratura elettrica della serranda. Lo incastrano e si fermano lì.
– Be’?
– Ma dobbiamo proprio…?
– E che ricostruzione sarebbe, sennò?
Zek e Sam ci provano, a tirarlo su come il vecchio, ma con Badile è un’altra faccenda. È alto più di loro e peserà sui centoventi chili. Nick se la gode un mondo.
– Che succede? Con quelli grossi non ce la fate?

– Ma Nick…
– Vice ispettore.
– Se magari collabora, *vice ispettore*, riusciamo a portarla in quel fottuto vicolo – dice Zek con un tono che richiederebbe il porto d'armi.
Finalmente ci arrivano.
– Adesso mostratemi come l'avete picchiato.
– C- cioè? – fa Zek intontito.
– Sam, spiegaglielo tu, a tuo fratello.
– Abbiamo capito bene? Vuole che la pestiamo come abbiamo…
Passa di tutto per la testa di Sam, in quel momento. Forse è un test per vedere se stanno dicendo la verità, forse Nick Badile farà un riscontro dei colpi sul corpo del vecchio, all'obitorio. O forse boh, lo sbirro è andato fuori di cervello.
– Forza, Zek.
– Eh, ho cominciato io con un diretto al naso, mi pare. Sì, e poi…
Zek non fa in tempo a caricare il pugno che si becca una mazzata al plesso solare che gli taglia il fiato. Seguito al volo da uno dei consueti sganassoni di Nick che gli fa perdere l'equilibrio. Nella caduta si trascina appresso anche Sam. Finiscono tutti e due nel punto dove hanno lasciato l'orologiaio.
Nick Badile torreggia a gambe larghe.
Zek ha la faccia di uno che non la manda giù. Sam gli vede negli occhi lo sguardo ferito di Ahioilnaso la prima volta che le ha prese sul ring: crollato più per la sorpresa che per altro.
– Ehi, Nick, ma glielo avevi detto tu di…
Nick Badile molla un ceffone anche a Sam.
Tacciono tutti e due, confusi.
– Vice – fa Sam – non è che stai cercando di incastrarci con la faccenda della resistenza all'arresto?
– Più di quanto vi siete incastrati da soli? Naaa. La vostra santa mamma non vi ha detto che non si picchiano i vecchietti?
– Lascia stare la mamma – sibila Zek.
– Allora? Dov'era l'orologiaio?
– Proprio qui, dove stiamo noi. L'abbiamo lasciato che diceva le giaculatorie.

– Ah, i santi strani. Che santi erano, Zek?
– Cazzo ne so, mai sentiti.
Nick fa scrocchiare le dita e poi le scioglie.
– Uno me lo ricordo io, Nick. Un certo San Galdino.
– Fischia. Mica facile, ricordarsi un nome così. E come mai?
– È che… insomma, non si chiama così il frate dentro a quella lagna che ci facevano sbobbare a scuola?
Nick scoppia a ridere.
– Sai, Sam, finiranno per darti il Nobel, a te.
Mentre Nick sghignazza e Zek gli soffia che è un leccaculo, Sam vede qualcosa che gli fa aggrottare la fronte. Qualcosa che proprio non si aspettava. In terra, vicino alla mano con cui si tiene dritto, ficcato in una crepa dell'asfalto. Gli fa male la testa a furia di pensare tanto e pensare svelto, di mettere insieme questo e quello. Se è come crede, sicuro che sono nei casini. Deve prenderla, quella cosa. Prenderla bene e non farsi vedere.
– In piedi, pappemolle.
Si alzano coordinando i movimenti a fatica. Nella confusione di braccia e gambe, Sam riesce a ficcarsi in tasca quello che gli interessa.
– Dite un po': perché non l'avete torchiato dentro la bottega, il vecchio? Non era più sicuro? – chiede Nick mentre manovra via dalla zona del Frankenstein.
– Ci hanno detto che dentro ci stanno le telecamere. Che era meglio farlo mentre chiudeva il negozio, così quello era distratto – risponde Zek.
– Uhm. Vi hanno detto, eh?
Nick si ferma sotto la torre di quattordici piani al sesto ponte, dove la madre dei gemelli ha avuto la ventura di lasciare loro un tetto sulla testa. Zek e Sam lo guardano straniti.
– Non ci arresti, Nick?
– Filate. Ma guai a voi se uscite dal vostro misero perimetro. Lo conoscete voi e lo conosco io. Un passo fuori da lì e finite in cella. Vi tengo d'occhio.
Ingrana la marcia e se ne va, lasciandoli di stucco.

Santi e bruscolini

Il vice ispettore Nicola Castillo ha appena finito di spiegare all'ispettore Miriam Fantini perché abbia lasciato andare due indiziati perfetti come Ezechiele e Samuele Ciullà. Il succo della faccenda è che lui, Nick, non crede per niente che siano stati loro ad ammazzare il vecchio Amilcare Zampa, ci scommetterebbe le ferie. Qualcuno si è scelto il capro espiatorio. Grosso, inconfondibile e pure doppio. Che lui vuole mettere le mani sul bastardo vero, e che a questo scopo Zek e Sam sono più utili da liberi che in gattabuia.
– Inventeranno qualcosa per tirarsi fuori dai guai, e io non li mollo. Oppure qualcuno vorrà controllare da vicino come mai siano ancora a piede libero. Questa è l'idea.
Miriam Fantini l'ha guardato male, ha scosso la testa ed è uscita dalla stanza strattonandosi la gonna che doveva andarle a pennello prima dell'ultima gravidanza. Per prendere qualcosa contro il vomito, ha detto. Testuale.
Nick Badile si mette a guardare fuori dalla finestra. Perché quello della Fantini è un ufficio vero, con la scrivania, i telefoni, il pc e, maledizione, una finestra.
A guardarlo così, in un giorno di sole, Laurentino 38 non sembra all'altezza della sua leggenda nera. Viale Silone percorsa da un traffico tranquillo, alberi e verde, gente che si attarda a chiacchierare con le buste della spesa o che prende l'aperitivo nei baretti accanto ai ponti. Nick non percepisce il degrado, non saprebbe dire se è perché ci ha fatto il callo o perché il resto della città si è adeguato e la differenza non si distingue più.
Torri e stecche abitate da buoni e cattivi di ogni razza e colore,

nella consueta percentuale di brave persone e pendagli da forca che si affibbia alle periferie. Anche lì, gente di mezzo mondo ha riempito le strade di religioni, credenze, odori e suoni diversi.
Certo, di notte è un'altra storia. Ragazze nelle strade appartate o sui curvoni della Laurentina, lo spaccio dei "pezzi", le facce da galera intorno alle macchinette da gioco. Nick conosce una per una le bande definite dal luogo di origine che si sono aggiunte a quelle a denominazione di origine controllata. Tutti brancolano in cerca di uno spazio e di un'identità, la polizia brancola nel casino.
Meglio pensare ad altro, che così mi viene l'ulcera.
Una strategia da vomitare, eh? Miriam Fantini dovrebbe ricordare che lui di Zek e Sam sa tutto. Più di quanto ne avesse mai saputo la buonanima della madre.
I pestaggi sono nel loro stile, l'omicidio no.
Sa che spesso lavorano per quel Chick, per esempio. Riccardo Lanzetta, dicono l'anagrafe e il casellario giudiziario. Chick si dà arie da boss, ma è una scartina, un cane sciolto che non governa niente e nessuno. A cinquant'anni suonati, non è riuscito nemmeno a entrare nel giro grosso della coca che ha sotto casa. Si sbatte a fare lavoretti di qua e di là, si rende utile nella speranza che questo utile prima o poi gli torni, sotto forma di soldi o di favori. Pure Lanzetta con l'omicidio, finora, non è stato nemmeno vicino di casa.
E poi c'è quella faccenda dei santi.
Quando il giorno prima gli è toccato andare da Agnese Zampa per portare la bella notizia che era diventata vedova, li ha visti, i santi. Una parete intera di figurine sacre e lumini.
– Era un uomo molto pio – gli ha detto la donna fra un singhiozzo e l'altro. – Aveva questa mania dei santi trascurati, quelli che non ricorda nessuno. Diceva che, se dovevi chiedere una grazia, quelli avevano meno da fare. Ecco, vede, questo è San Fruttuoso e questo è San Liborio. E qui c'è San Galdino Cercatore. Non lo so dove li andava a pescare, il mio povero Amilcare.
E giù a piangere. L'ha lasciata ancora singhiozzante.
Inconsolabile e ora unica proprietaria di un casale a due livelli sul confine del quartiere, ha malignato Nick.

La faccenda dei santi, all'ispettore Fantini, lui non l'ha detta. In fondo, significa poco. Soltanto che Zek e Sam non mentono, forse.
Tutto potrebbe ridursi alla solita storia di pizzo, ma c'è sempre il maledetto senso di sbirro a sussurrare che c'è sotto qualcos'altro.

Zek e Sam stanno seduti in cucina. Fissano la bustina di plastica, di quelle che usano per le dosi di erba. Dentro c'è l'oggetto che Sam ha preso nel vicolo: la buccia di un bruscolino.
– Sam Sam, ma che ti dice la zucca, certe volte? A che ci serve quella schifezza?
– Bella gratitudine. Mi sono sperticato per tirarlo su con le unghie dalla parte giusta. Ti viene in mente nessuno che va avanti a bruscolini?
– Chick mica c'ha l'esclusiva. Un sacco di gente mangia i bruscolini.
– E li va a mangiare proprio lì, dove Chick ci ha detto che dovevamo pestare il vecchio?
Zek cerca una risposta.
– Magari è andato a controllare il lavoro.
– L'ha mai fatto? Ti risulta?
– No. Chick si fida di noi – ammette Zek a malincuore.
Zek ammira Chick, è proprio uno giusto. Con tutto il rispetto per come funziona la testa di Sam, stavolta è convinto che suo fratello si stia attaccando al fumo della pipa.
– Ma non ti viene in mente che quella coccia sta lì da un sacco di tempo?
Sam fa le labbra a punta come quando pensa. – Può essere, Zek, può essere. Ma è una coincidenza strana, no? E da qualche parte dobbiamo cominciare.
– Non dovevamo parlarci, con Chick? Non volevamo andare da lui prima di incontrare quello stronzo di Nick Badile?
– No.
– E perché no? Che è cambiato? E come cazzo pensi che quel coso ci tira fuori dai guai?
– Chick apre i bruscolini coi denti. Lì sopra ci starà la sua saliva.

– E che schifo, bava di gallina. Embe'?
– Saliva vuol dire DNA, fratello. DNA.
– Tu leggi troppo e vedi troppe scemate alla tele. Ma che quella roba lì non è per niente facile da trovare lo so pure io. Come ci arriviamo, io e te, al DNA di Chick, me lo sai dire? E alla svelta, prima che quel merdoso di Nick ci sbatte al fresco? Ci vuole incastrare, cazzo.
– Nick ci crede, a quello che abbiamo detto.
– Come no.
– Pensaci, Zek. Stamattina, quando ci ha preso a sberle ha detto "non ve l'ha detto mamma che non si picchiano i vecchietti?" Ha detto "picchiano", non "ammazzano". Ho proprio paura che è Chick, quello che ci vuole incastrare.
Zek si alza di colpo, tirandosi dietro Sam.
Consumano il pavimento della cucina a furia di passi nervosi. I piatti, nell'acquaio da giorni, cominciano a puzzare. In questi casi Sam fa una scenata da casalinga stressata e costringe Zek a darsi da fare anche lui. Ma stavolta nessuno ci fa caso.
– E adesso che facciamo, Sam? Io non ci voglio andare in galera manco se ho fatto qualcosa, figurati se non ho fatto niente.
– Nemmeno io. Non lo so. Devo tirare fuori un'idea.
Dopo una mezz'ora, l'idea ha un nome e un cognome: Roberto Carrezza.
Sam lo ha preso dal giornale che ha ancora nella tasca di dietro dei calzoni. Un po' strapazzato, dopo il trattamento di Nick Badile, ma ancora buono.
Roberto Carrezza è il giornalista che ha firmato l'articolo sul vecchio mulino. Per quel poco che ha letto, a Sam è piaciuto.
Così cerca il numero del giornale, fa quella che Zek chiama "la voce da checca" e chiede del giornalista. Che non c'è. Sam gli lascia il numero di cellulare, dicendo di avere notizie fresche su quello che c'è sotto all'abbattimento del mulino.
– Ma che ne sappiamo, noi?
– Niente. Ma così chiama subito.
Quel Carrezza ci deve tenere proprio, alla faccenda, perché si fa sentire nel giro di un'ora.

Appuntamento dopo altri trenta minuti, da Abbedulla.

Appena il tipo si affaccia nel locale, Sam si mette in allarme. È proprio il genere di persona che manda in bestia Zek, a prescindere. Alto, in forma, con la barba un po' lunga e la faccia da attore. Un gran fico fatto e finito. Zek non li sopporta, quelli così.
Bob Carrezza resta fermo sulla soglia. A Sam sembra che voglia registrare il locale pezzo per pezzo: la foto di Muhammad Alì accanto a quella di Minny con i ragazzi della Vigor, Ahioilnaso e Patrizio Oliva, Hulk e Juanito ai lati di Primo Carnera, Li e Pepe vicino a Mike Tyson. Il nordafricano che spolvera le bottiglie, un paio di coppie nei separé sul fondo.
Gli fanno cenno e il giornalista li raggiunge, soffocando la sorpresa di trovarsi davanti a un informatore doppio appena in tempo perché Zek non se ne accorga.
I gemelli fanno gli splendidi e gli offrono una birra.
– Allora, ragazzi – dice il giornalista tenendo in mano la Beck's – che avete da dirmi?
Zek guarda le pale del ventilatore a soffitto, Sam decide di giocare a carte scoperte.
– Abbiamo letto l'articolo sul giornale di…
– *Hai* letto.
– Non c'è bisogno di specificare, Zek. Dunque, signor…
– Bob. Mi chiamano tutti Bob.
– Ecco, Bob. Mi è piaciuto come l'hai messa giù dura sul mulino, e…
– Siamo lieti di informarti che di quello noi non ne sappiamo una mazza.
Zek incrocia le braccia e fissa Bob con la faccia da schiaffi.
Suo fratello chiude gli occhi esasperato, Bob Carrezza li guarda e si massaggia la barba di due giorni.
– Scusalo, Bob – cerca di rimediare Sam. – Sai, da quando è morta la mamma lui è un po'…
– Mi dispiace – fa il giornalista. – Quando è successo?
– Dieci anni fa.
– Ma santa merda, Zek, vuoi stare zitto?

Bob Carrezza li guarda litigare, dà fondo alla bottiglia e si alza con uno scatto improvviso. – Okay. Lo scherzo è stato carino, ma ho molto da fare. Grazie per la birra.
– Un momento. Un momento, Bob – lo calma Sam. – Ci serve aiuto.
– Non sono mica Madre Teresa.
– Per favore. Ormai stai qui, che hai da perdere? Abbiamo una storia che forse ti piace di più della faccenda del mulino.
– Una storia, eh? E sentiamola. A me servono sempre, le storie.
Bob Carrezza si risiede.
Sam gli racconta tutto: di quello che fanno per campare, di Chick Lanzetta che ha chiesto loro di menare un tizio, di un "gran rottinculo testimone dei miei coglioni" interviene Zek, di Nick Badile e del tentativo di farli passare per assassini di un vecchio orologiaio. Che l'hanno pestato è vero, ma piano, e non l'hanno ammazzato per niente, quell'Amilcare Zampa.
Bob s'irrigidisce. Mette le mani avanti per fermare Sam e quel diluvio d'informazioni. Poi le poggia sul tavolo e abbassa la testa. Quando la solleva di nuovo, sorride.
– Okay, ragazzi – dice. – Tutto daccapo.

Troppo in una notte

Sam ci si deve mettere d'impegno per convincere Zek a comportarsi bene. Faranno esattamente quello che ha detto Nick Badile: niente sortite fuori dal triangolo casa - palestra - Abbe, niente visite a Chick Lanzetta. L'hanno chiamato al cellulare, questo sì, ma Chick non ha risposto.
Vanno alla Vigor, ad ammazzare il resto della giornata con un po' di allenamento.
Minny piazza davanti a loro Hulk e il Colibrì, uno forte e uno veloce, e per due ore li mette sotto a sudarsi l'anima.
Alla fine dell'incontro Zek non resiste.
– Si è visto Chick per caso, Minny? – chiede mentre si avvia agli spogliatoi.
– Per mia fortuna no.
– E dài, Minny! Non ho capito che ti ha fatto, Chick. È un bravo cristo.
– Puzza. Questo è un posto pulito, e quando entra lui, chissà perché, sento una gran puzza. Filate!

Erminio Morelli, Minny, resta a guardare Zek e Sam che si allontanano coi borsoni in spalla. Lui non lo sopporta proprio, Chick Lanzetta. Sa che dà lavoro a Zek e Sam e gli scoccia parecchio. Perché quei due glieli ha consegnati otto anni prima don Pietro, dicendogli "pensaci tu, io non so più che inventarmi", e si sente responsabile. Perché un lavoro, a Zek e Sam, l'ha offerto anche lui. Un aiuto a tenere pulita la palestra e l'assistenza con i principianti in cambio di ingresso gratis ai ring ogni volta che volevano e qualche euro per tirare avanti. Sam ci ha riflettuto, ma con Zek non c'è stato niente da fare.

"Io i cessi non li pulisco, e nemmeno ho intenzione di stare a guardare mentre li pulisci tu", ha detto a Sam con tono definitivo.
Minny ha lasciato perdere. I due ormai sono maggiorenni e, finché sbrigano i loro affari fuori da lì, fatti loro. Ha ripiegato su Juanito Cortez, che, pur di farsi pestare e di copiare i colpi a Zek, i cessi li pulisce gratis.
Si volta e abbraccia con lo sguardo quello che ha costruito. Sono lontani i tempi in cui era a caccia del campioncino da allevare e inserire nel circuito professionale. Lontanissimi quelli in cui quello a caccia di titoli era lui. Adesso si accontenta di togliere qualche ragazzo da sotto i ponti e farlo sudare in palestra per un paio d'ore al giorno.
Non è granché, la Vigor. Niente a che vedere con quei centri sportivi che sembrano resort di lusso. Quattro ring, un angolo col punching ball e il sacco, due panche buone per tutto e qualche peso. Gli spogliatoi sarebbero da rifare, docce e cessi sono un disastro e l'aereatore tira poco, perciò si annega nella puzza di sudore e testosterone.
Minny sospira e si ficca le dita nei capelli fitti e grigi. È stupido, alla sua età, intristirsi per l'abisso che c'è fra ciò che si vorrebbe e ciò che si riesce a fare. Quelli sono pensieri da ragazzini.
Si piazza davanti al sacco e lo carica di mazzate.

Zek e Sam perdono tempo da Abbedulla, mandando giù per cena due tranci di pizza e i soliti integratori. Anche lì, dice Abbe, Chick Lanzetta non si vede da un paio di giorni. I fratelli si avviano verso casa che è notte, intenzionati a finire la giornata davanti alla tv. Magari un po' di sport, o una di quelle serie di morti ammazzati che piacciono tanto a Sam.
Zek ha su le cuffiette. Per questo è Sam, appena raggiunto il pianerottolo, a sentire che qualcosa non va. Si ferma davanti alla porta con le chiavi in mano, fa cenno al fratello di stare zitto e di togliersi le dannate cuffie.
Qualcosa di grosso che striscia sul pavimento, in casa loro. Aggrottano le sopracciglia, per una volta con la stessa espressione preoccupata. Si accordano al volo.

Sam apre la porta, la sbatte al muro e accende la luce.
– Chi cazzo c'è qui dentro? – urla Zek.
Nella stanza d'ingresso non c'è nessuno. Il ficcanaso deve essere in cucina. Difatti esce proprio da lì. Grosso, una montagna di muscoli. Capelli a spazzola, faccia tagliata con l'accetta. Mai visto in giro dalle loro parti. Ha in mano una grossa torcia e sul viso l'espressione sorpresa.
Si studiano per un momento.
In questi casi Zek e Sam sanno quello che devono fare.
Una bella faccia spaventata, tanto per cominciare. Ci cascano tutti. Anche quella brutta copia di Terminator ci casca. I gemelli vedono affiorare il sorrisetto idiota che si aspettano. Quello di chi è sicuro di farsi una passeggiata, a mettere fuori uso due poveri impediti cuciti insieme da uno scherzo della natura.
– Dovevate essere in galera – fa il tizio con un accento strano.
– E chi l'ha detto? – risponde Sam.
– Peggio per voi – ghigna quello, e carica brandendo la grossa torcia.
Lo schema collaudato dei gemelli non li ha mai traditi: gancio di Zek, gancio di Sam e montante di tutti e due, potenti e in rapida sequenza. Hai voglia a essere veloce, alla Vigor nessuno li vede mai arrivare, quei colpi.
Terminator stramazza.
Per essere sicuro, Zek gli molla una tallonata sulla tempia.
– Ma chi cazzo è questo? – dice massaggiandosi le nocche.
– Non lo so. E che cerca a casa nostra?
Zek raccatta il torcione e se lo ficca nella cintura dei pantaloni, Sam lo trascina a sedere sul divano scolorito, a pensare.
– Ci capitano cose strane, Zek.
– Sì.
– Che facciamo? Mica ce lo possiamo tenere qui.
– No.
Sam pensa, Zek fa quello che può.
– Il Trio Bacardi?
Sam sospira. – Questo pesa un casino.
– Hai un'altra idea?

– No. Okay, il Trio Bacardi. Ho già in mente un posto dove scaricarlo.
L'hanno fatto spesso. Ogni volta che hanno dovuto portare un tizio che avevano pestato in un determinato posto, indicato dal committente. Capita che qualcuno ci tenga, a certi dettagli.
Sbuffando per la fatica, prendono l'intruso in mezzo, si passano le sue braccia attraverso le spalle ed escono in strada, ridendo e scherzando. Ogni tanto fanno muovere la testa al peso morto, così pare che rida e scherzi pure lui. Solo tre che hanno bevuto, uno che si è scolato un bicchiere di troppo e gli amici soccorrevoli che lo portano a casa. È questo che pensa di solito la gente, soprattutto di sera. Fanno così anche se in giro non c'è nessuno, solo qualche auto di passaggio, perché non si sa mai.
Fra un passo barcollante e uno scoppio di risate fasulle, raggiungono il retro del supermercato Rond Point, che a quell'ora è chiuso. Lì dietro è buio, pieno di contenitori della differenziata, cassette e robaccia di scarto. Deve essere anche pieno di pantegane. Il posto giusto.
Buttano il tizio su un mucchio di sacchi di plastica. L'uomo si agita, Zek lo rimette a nanna con un'altra tallonata alla tempia.
– Vacci piano, mica lo vorrai ammazzare.
– Veramente mi piacerebbe. Però prima voglio sapere chi è.
Zek si mette a frugare nei calzoni del bell'addormentato, sono pieni di tasche. Tutte vuote, meno una. Tira fuori un portafoglio.
– Tienimi la torcia, Sam. Guarda guarda, qui che c'è?
Un fascio di banconote, c'è. Zek si mette a contarle.
– Rimetti tutto dentro, Zek, dobbiamo sapere chi è e basta.
– Zero. Niente documenti, solo un sacco di grana. Più di mille euro – gongola Zek ficcandoseli nella taschina davanti dei calzoni.
– Lascia perdere. Non sappiamo chi è questo, non sappiamo chi è che stiamo a fregare. Meglio che… – si allarma Sam.
– E quanto rompi! Primo: era questo pezzo di merda che cercava di rubare qualcosa a casa nostra. Secondo: non pensi a quello che possiamo fare con tutti 'sti soldi? La metà la diamo a Irina. Si prende una vacanza, si rifà il guardaroba, quello che vuole. Con

il resto andiamo avanti almeno un mese. Un colpo di culo, Sam, questo mica ci va a denunciare. Un vero colpo di culo e tu ci sputi sopra?
– Be', piacerebbe anche a me fare un regalo a Irina. Dài, sbrigati. Prima ce ne andiamo, meglio è.
– Aspetta. Mica male, quei calzoni con le tasche. A occhio sono pure della mia misura.
– Piantala, non è roba per noi, Zek.
– Peccato. Però glieli sfilo lo stesso.
– Ma che ca…
– Ehi fratello, hai mandato in ferie il tuo prezioso cervellino? Non è meglio se, quando si sveglia, lo stronzo ha qualche difficoltà?
– Ehm, sì. In effetti. Però fa' presto.
Zek armeggia con la cintura e sfila i pantaloni del tizio fino a metà coscia. Si accorge che non passeranno per le scarpe e traffica per toglierle.
– Pure gli anfibi, però… Mai visti così, guarda che figata – se li studia Zek. – Misura giusta pure questi, evvai!
Sam sbuffa, mette fretta e punta la torcia sull'imbocco del retro per controllare che non si avvicini nessuno. Lo scuote un'altra esclamazione di Zek.
– Uà! Forte!
– Che palle! Perché non te lo sposi, lo stronzo?
– 'Fanculo. E guarda, no?
– Che c'è! – esplode Sam. – Che è forte?
– Illumina qui. Le ginocchia. Guarda che roba.
Le ginocchia dell'uomo sono tatuate. Due stelle elaborate, con segni dentro e fuori.
– Vuoi carta e penna per ricopiarli? Ti dài una mossa o no?
– Okay okay, andiamo.
Si alzano, fanno un passo.
– Aspetta – dice ancora Zek.
– Vuoi pure le mutande?
– E che schifo, no! Però a lui non piacerà mica andare in giro senza brache.

Si chinano di nuovo, sfilano al tizio gli slip, con un occhio di considerazione per la misura dell'uccello. Mettono insieme mutande e pantaloni e si allontanano, gettandoli in un cassonetto lungo la strada.
– Eh, fratello, nella vita non si può mai sapere – fa Zek. – L'avresti detto tu, che quel rottinculo era la nostra fortuna?
Questo ci manca. Zek che si mette a fare il filosofo.
Andando verso casa, Sam si logora il cervello per capire.
Non commenta con Zek l'abbigliamento delle puttane che si avviano ai curvoni della Laurentina o sull'Ardeatina; non sente l'alterco che rompe il silenzio della notte dalle parti del quinto ponte, non scommette con suo fratello se finirà o meno a coltellate.
– Ma che cercava quello da noi? – sbotta. – Non abbiamo niente che vale la pena di fregare.
– Che ne so! Qualsiasi cosa era, è andata male a lui e bene a noi.
Zek si perde in contemplazione degli anfibi che ha appena fregato e Sam resta solo coi pensieri.
L'idea gli viene mentre salgono i quattro piani di scale buie.
– E se non voleva portare via niente? Se voleva *mettere* qualcosa?
– Farci un regalo, dici? E chi è, il nipote di Babbo Natale?
– Regalo un corno.
Entrano in casa e si precipitano in cucina.
Il frigo è ancora spostato.
Si chinano sul pavimento. C'è qualche scheggia di intonaco, in terra. Due mattonelle del battiscopa sono state scalzate e rimesse a posto, si vede dalla fessura contro il muro. Sam fa cenno al fratello di assecondarlo. Infila un'unghia nell'interstizio, le mattonelle vengono via. Nella cavità c'è qualcosa, Sam lo prende e si rialza.
È un coltello incrostato di sangue secco.
– O porc…! – fa Sam.
– Occazzo – fa Zek.
– Deve essere la sbaiaffa con cui hanno fatto fuori l'orologiaio.
– Ci scommetto gli attributi. Miei e tuoi.
– Be', se avevamo qualche dubbio che qualcuno ci vuole incastrare… – dice Sam pensieroso col coltello in mano.

Zek molla gli anfibi sul pavimento e glielo sfila. Lo rigira tra le mani, prova filo e punta sul polpastrello.
– Piantala, Zek. Se ci trovano con quello siamo fottuti. Ci stanno anche le nostre impronte, adesso. Ce ne dobbiamo liberare. Il fiume. È l'unica.
– Il fiume è lontano.
– Mezz'ora di corsa contro l'ergastolo, che dici?
– Ma cazzo, chi vuoi che lo sappia? Nick non ci ha perquisito casa, se lo vuole fare lo fa domani. Ci alziamo presto e…
– Merda, ommerda!
– Che c'è ancora?
– Se hanno messo qui quell'affare, avranno anche fatto una soffiata. Ci ritroviamo gli sbirri fra capo e collo da un momento all'altro. Dobbiamo buttare via 'sto coso, subito.
– Cazzo, c'avrei sonno.
– Ma sei scemo? Nick Badile o chi per lui sta già qua. Muovi le chiappe.
Sam inciampa negli anfibi, manda all'inferno scarpe e fratello, afferra le chiavi di casa, apre la porta.
E si trova davanti Nick Badile, col sorriso da ragazzino e la mano vicino al campanello.

– Via! – urla Sam.
Travolgono Nick e si scapicollano giù per le scale. Sentono il poliziotto che smadonna mentre si rialza e intima loro di fermarsi.
Corrono, Zek e Sam. Quattro gambe che pompano e quattro braccia che spingono la corsa nel modo giusto. Minny Morelli li faceva sudare come maiali, quando li portava sulla pista d'atletica comunale a fare fiato e coordinamento. "Mi ringrazierete", diceva. Forse sarebbe questo, il momento, ma i fratelli sono troppo impegnati a distanziare il più possibile Nick Badile.
Sentono i suoi passi, dietro. Non si avvicinano, ma neanche si allontanano.
I gemelli stantuffano l'asfalto come se via Silone gli avesse ammazzato la mamma.

A un certo punto i passi del poliziotto non si sentono più.
I gemelli conoscono il territorio, non c'è traversa o budello che non sia come casa. Ma sanno che anche Nick lo conosce.
Sam non è tranquillo, teme che stia cercando di anticiparli. Continua a correre con Zek in direzione del confine dell'abitato, per infrascarsi fra la vegetazione prima della riserva dell'Acqua Acetosa e del sentiero verso il Tevere.
Forse i tizi nella berlina bianca che li segue da quando si sono catapultati fuori casa non lo conoscono altrettanto bene, il territorio, ma sono testardi e pure fortunati.
Ai due manca ormai poco per uscire dall'abitato, attraversare via Marinetti, raggiungere le frasche e il fiume dove gettare il coltello insanguinato, ancora nella mano di Zek. C'è solo da percorrere la via stretta e deserta incassata fra gli ultimi palazzi.
Sono più o meno a metà del budello quando la berlina bianca sbarra la via verso la meta.
Si fermano di botto.
– Chi cazz…?
– Non lo so, Zek. Ma mi pare che ce l'hanno con noi. Torniamo indietro, prendiamo la svolta a…
Niente da fare.
La macchina di servizio di Nick arriva in quel momento in frenata e blocca l'altra uscita della strada.
– Che cazzo di giornata! – urla Zek alzando le braccia al cielo.
I gemelli, presi tra due fuochi, vedono il poliziotto che scende dalla macchina sbattendo lo sportello. Gli altri, quelli nella berlina, sono fermi.
Nick imbocca il vicolo a passo lento. Per un momento sembra che si muova solo lui, che esista solo il suono delle sue scarpe pesanti, mentre il resto del mondo è immobile e muto.
Poi tutto succede in fretta.
Zek e Sam si voltano verso la berlina. Il finestrino della macchina si abbassa. Ne esce qualcosa su cui la luce di un lampione accende un bagliore metallico.
– Giù! – urla Sam.
Si gettano a terra.

Due spari, la berlina riparte sgommando.
Silenzio.
I gemelli restano fermi a terra, i respiri corti. Poi sollevano piano la testa, controllano intorno, senza il coraggio di muoversi.
– Tutto bene, Sam?
– Sì, Zek, tutto bene. Se così si può dire.
Finalmente si alzano lenti, guardinghi.
Nessuno spara, nessuno si affaccia alle finestre, non sia mai. Nessuno corre verso di loro.
Nemmeno Nick Badile.
A cinque metri da loro, un corpo è steso sul selciato.
– Ossantammerda! – fa Sam. – Ce l'hai ancora quella torcia?
– Sì.
Si avvicinano cauti a Nick. È a terra, privo di conoscenza. Una macchia di sangue si sta allargando sulla camicia, a sinistra.
A Sam cascano le braccia.
– Questo è morto. Questo è un cazzo di poliziotto morto!
Si guarda intorno come se temesse di veder spuntare dal nulla tutti gli sbirri della città, pronti a pizzicarli vicino a un collega appena sparato e mentre sono in possesso di un coltello sporco del sangue di un certo orologiaio.
– È vivo – dice Zek con voce tetra.
– Che?
– È vivo. Respira.
Si chinano per guardare meglio.
Sam mette due dita sul collo dell'agente.
– È vero. Che facciamo?
– Lasciamolo qui. Se siamo fortunati creperà dissanguato.
– Ma dico, ti sei bevuto il cervello? Lasciamo crepare l'unico che crede a noi?
– Come no? Fa' che ci trova la lama addosso, e vedi come ci crede. Sbrighiamoci, prima che si riprende e ci rompe il culo anche conciato così.
Zek lo tira via, ma Sam s'impunta.
– Niente da fare. Stavolta decido io.

Prende il cellulare e chiama Abbe, mentre ordina al fratello di tenere le mani premute sulla ferita.
– Ma che schifo, quello è sangue di sbirro.
– Fallo. Ehi, Abbe. Siamo nei casini. Ci serve Doc Marino, subito. Con la sua macchina e la valigetta da stregone. No, noi stiamo bene. È Nick che... sì, lo sbirro, proprio lui. No, ascolta... okay, veniamo lì e ti spieghiamo tutto. Per favore, non so ancora perché lo facciamo, ma stiamo cercando di salvargli la pelle.
Silenzio.
Sam aspetta, Zek frigge, pungolando il fratello a sguardi e gesti d'impazienza.
– Shhh. Sta parlando con Luz.
– Parlare è una parola grossa.
– Quello che è.
Quando Zek è lì lì per strappargli il cellulare dalle mani, finalmente Sam risponde.
– Okay. Grazie, Abbe. Sei un grande.
Dà le coordinate e si mette ad aspettare, mentre Zek gli lancia sguardi malmostosi e impreca sottovoce.

Vittorio Marino, detto Doc, non è un dottore della mala. Non sbarca il lunario ricucendo i delinquenti perché l'hanno radiato dall'albo. Doc ha concluso un'onorata carriera ed è un medico in pensione. Dà qualche punto ai ragazzi della Vigor che si scontrano col pugno sbagliato nel momento sbagliato. Può succedere. Li ricuce anche quando non si sono fatti male proprio in palestra. Non chiede niente e non denuncia nessuno. Lui fa il medico, dice, mica il poliziotto. Lui rimette a posto le carcasse e basta. Carrozzeria, motore, annessi e connessi. Nessuno si azzarda a chiedergli più di questo, si vede dalla faccia che non è aria, ma tutti si fidano di Doc Marino.
Arriva con una monovolume grigio metallizzato vecchia di lustri. Nemmeno ci parla, con Zek e Sam. Si china su Nick, ausculta, palpa e tasta. Gli mette un collare per bloccare il collo. Poi fa cenno ai fratelli di caricarlo nella sua macchina, piano, con delicatezza. Zek e Sam con la delicatezza hanno qualche problema, ma in un modo o nell'altro riescono a fare come dice lui.

– Non si deve svegliare, Doc. Meglio se non si sveglia.
– Non c'è pericolo. Ha preso una bella botta in testa.
– In testa?
– Già. Ha lasciato mezzo cuoio capelluto sul paracarro.
Tace, mette in moto e va.

Abbe li sta aspettando.
– Se state qui, ringraziate Luz – li accoglie, secco.
Su indicazione del Doc, ha già preparato sul retro un tavolo con le buste di plastica condominiali e un lenzuolo pulito, il meglio che può fare. Se ne sta da una parte, maledicendo a mezza bocca la sua recente incapacità di tenersi fuori dai guai altrui, colpa di Luz.
Mentre il dottore borbotta e armeggia con gli strumenti nella valigetta, Zek e Sam addomesticano la storia a beneficio di Abbe. Se ne stavano per i fatti loro, raccontano, quando una macchina li ha bloccati. Per fortuna è arrivato Nick, ma quelli dell'auto si sono messi a sparare. Probabile che i proiettili fossero destinati a loro, anche se non sanno proprio dire perché. Forse c'entra un certo coltello che un tizio mai visto e conosciuto – uno che somiglia a Terminator – ha nascosto in casa loro. Racconteranno tutto a Nick, quando si sarà ripreso. Forse lui ci capirà qualcosa. Poveraccio, si è preso una pallottola al posto loro. Portarlo lì è stato il minimo che potessero fare.
– E questo è quanto – mette il punto Zek.
Abbe li guarda fisso.
– Un coltello. In casa vostra – borbotta scettico.
– Che, non ti torna? Eccolo – s'inalbera Zek, tirando fuori la lama dalla cintura dove l'aveva ficcata.
– Metti via quell'affare. Sentiamo che dirà il poliziotto.
– Eh, Abbe. È meglio che Nick non lo sa che siamo stati noi a portarlo qui – fa Zek.
– E perché?
– Ecco, vedi… insomma, non vogliamo passare per quelli che salvano gli sbirri. La reputazione, capisci? Magari Chick non si fida più di noi.

Abbe li fissa, occhi di onice nel volto imperscrutabile. Sta per replicare, ma si ferma e alza lo sguardo verso la scala che porta su all'appartamento.
Sul ballatoio è comparso uno spicchio di luce. Due piedi scalzi scendono i gradini, lambiti da stoffa lucida. Uno scalino via l'altro, prende forma una figura bianca dai piedi ai capelli, che sembrano d'argento anche nella penombra. Si ferma a metà, le mani appoggiate sulla balaustra. Zek e Sam guardano a bocca aperta. A loro Luz fa sempre quell'effetto: lei non arriva, appare.
Luz e Abbe si mettono a parlare a gesti, come fanno sempre. Quelli di Luz sono fluidi e veloci, quelli dell'uomo secchi e spigolosi, ma si capiscono lo stesso. La donna fa un cenno di assenso, un gesto di saluto a tutti e risale la scala. Cancella lo spicchio di luce chiudendo la porta.
Per tutto il tempo, Zek non ha fatto che guardare Luz e guardare l'orologio.
– Chiudi la bocca, Zek, ti ci entrano le mosche.
– Allora non è vero!
– Non crederai mica a quelle storie.
– La madre di Juanito dice che…
– Oh, piantala, la madre di Juanito ha il cervello svaporato, sempre appresso alle menate magiche.
– Silenzio, voi due – li redarguisce Abbe. – Prima e ultima volta.
Poi si mette ad aiutare Doc, che sta trafficando intorno al corpo di Nick Badile.
Zek e Sam restano a testa bassa.
La voce del dottore rompe il silenzio.
– Bene bene – borbotta. – Non ce l'hai fatta con questa massa di muscoli, eh? Eccola qua, la bastarda, incastrata nella costola.
Un suono metallico annuncia che Doc ha estratto la pallottola e l'ha depositata in un piatto. Sam si trascina dietro Zek perché vuole guardare. Zek detesta gli sbirri, vivi, morti o mezzi morti che siano, e preferisce fissare il soffitto.
– Adesso vediamo la testa. Uhm.
Il Doc chiede ad Abbe un rasoio usa e getta.
Rasa la nuca di Nick, disinfetta, mette punti e cerotti.

– Bene – dice togliendosi i guanti di lattice. – Dovrebbe cavarsela. Ha perso poco sangue.
– Abbiamo premuto la ferita per fermare l'emorragia.
– Abbiamo – sfotte Zek. – *Ho.*
– Bravi. Mi volete fregare il mestiere?
– L'ho visto nei film. Quelli dove tu ti addormenti sempre – dice Sam mollando una gomitata al fratello.
– La cosa che mi preoccupa di più è la testa. Le botte in testa sono una brutta faccenda. Speriamo bene. Ho fatto tutto quello che si poteva fare.
Sam struscia i piedi per terra, poi prende coraggio. – Bisogna riportarlo nella sua macchina, Doc. Non possiamo lasciarlo qui da Abbe.
– Sicuro – conviene Abbedulla. – Adesso ve ne andate e qui brucio quello che posso bruciare e pulisco il resto con la varechina. E portate quella robaccia lontano da qui. Non la voglio nemmeno nel mio cassonetto – dice, indicando il coltello e la pallottola.
Zek e Sam si guardano perplessi. Abbe deve essere davvero stranito, se dice tante parole tutte insieme. Sam chiede una busta. Ci mette dentro la "robaccia". La tiene in mano come il fiammifero corto che capita agli sfigati.
– Forza, carichiamoci Nick – fa Zek pratico.
Doc li guarda da sopra la montatura nera degli occhiali. Controlla l'ultima volta la medicazione alla testa. Sistema la sua borsa e aspetta che i gemelli rimettano Nick nell'auto.
– Spero di non aver fatto una minchiata – dice, mentre guida per tornare alla macchina del poliziotto.
Sam continua a tenere in mano il coltello e il proiettile. Sono un bel problema.
Il fiume adesso è fuori discussione, quelli magari non sono sicuri di averci steso e sono rimasti nei paraggi.
L'auto di Nick è ancora dove lui l'ha lasciata, con la portiera chiusa, ma non a chiave.
Adagiano il poliziotto al posto di guida, mentre Doc controlla passo passo e gli sorregge la testa, attenti a mascherare i movi-

menti per via di qualche macchina e qualche furgone che scortano al posto di lavoro i forzati del turno antelucano. A parte quei disgraziati, sono gli unici a muoversi nella luce livida. I baretti dei ponti hanno ancora la serranda abbassata.
– C'è un'altra cosa, Doc – azzarda Sam a testa bassa. – Questi devi tenerli tu.
Porge al dottore pallottola e coltello.
– Vi ha dato di volta il cervello? Che ci dovrei fare?
– Li conserviamo per Nick. Non si sa mai. E non possiamo tenerli noi. C'è qualcuno che ci sta addosso. Non sappiamo chi né perché. Ma quelle sono le prove che non diciamo balle, e a casa nostra non sono al sicuro. Devi solo tenerle finché non te le chiediamo.
Sam cerca di contenere l'espressione smarrita nei limiti della dignità.
Il medico si prende qualche secondo per trasecolare.
– Non se ne parla – tronca il discorso rientrando in macchina.
– Doc, per favore. È che ci hanno messi all'angolo, lo vedi, no? Due come noi non li aiuta nessuno.
Doc Marino non risponde, forse perché non ha voglia di dargli ragione. Chiude lo sportello e avvia il motore. Sam sussurra qualcosa al fratello e poi bussa sul vetro.
Il medico sfiata esasperato mentre abbassa il finestrino. – Che c'è ancora?
– Ehm, Doc, non ti scordi qualcosa?
– Cosa?
– Quanto ti dobbiamo?
– Perché, avete i soldi per pagarmi?
– Certo – fa Sam dando un'occhiataccia a Zek per evitare che dica "col cazzo".
Doc Marino sbuffa e alza gli occhi al tettuccio.
– Lasciate perdere. I poliziotti li ricucio gratis.
Ingrana la prima, mette la freccia e le mani sul volante. L'ultima cosa che si aspetta è che Sam gli lanci la busta sul sedile del passeggero e se la dia a gambe col fratello in senso contrario a quello di marcia, proprio mentre passa un pick up con una selva di attrezzi da giardinaggio puntati al cielo.

I gemelli lo sentono imprecare nel suo dialetto natale, prima di scantonare a destra appena possibile.
– Fischia, fratello. Geniale – ansima Zek.
– Non c'era altro da fare. Però mi dispiace, Doc è un bravo cristo.
– Sì, certo. Speriamo che non fila dritto al commissariato con le cose che gli hai buttato lì.
– Zek, sei senza speranza.
– Come ti pare. Mica sono io, il genio.
– Abbiamo fatto mattina.
– Sì. Giornata di merda, nottata di merda. Non so tu, ma io me ne vado a dormire.
Si avviano verso casa mentre l'alba cola giù dai palazzoni come olio sporco e s'ingolfa nelle traverse e sotto i ponti. Zek e Sam mandano avanti i piedi a memoria, pensierosi.
Il traffico aumenta in progressione geometrica. Per tutto il tragitto, Sam non fa che guardarsi intorno e radiografare ogni veicolo che passa.
Pure Zek, anche se sta attento a non farsi beccare dal fratello.

Congedo per malattia

Nicola Castillo ha appena finito di ripetere a Miriam Fantini che non si ricorda un tubo del fatto che qualcuno l'abbia ricucito e curato. Sa solo che si è risvegliato nella macchina di servizio con un gran mal di testa, la nausea e un dolore sordo alla spalla sinistra. Poi ha registrato la rasatura della nuca, la garza e la fasciatura pulita del torace. È andato subito da lei in commissariato.
Miriam Fantini lo ha costretto a un'immediata visita medica, ce l'ha praticamente trascinato di persona.
– Bel lavoro, Nick – ha detto il dottore. – Quello che ti ha rimesso a posto sa il fatto suo. Hai cinque punti in testa e due sulla spalla. Dalla lastra che ti ho fatto al volo, niente proiettili in corpo. Non c'è foro di uscita, perciò te l'hanno estratto. Hai qualche buco sulle braccia. Siccome non vedi i gatti blu, devono averti iniettato prima un anestetico e poi un antibiotico. Hai anche perso poco sangue, qualcuno ha fatto del suo meglio per bloccare l'emorragia.
– Insomma, mi hanno salvato la pelle.
No, non gli quadra. Difficile che chi gli ha sparato poi si sia dato tanto da fare per lui. E quei due squinternati, ecco, non ce li vede proprio a soccorrere uno sbirro. Men che meno uno sbirro che chiamano Nick Badile. Di norma, non riescono nemmeno a riconoscergli il grado.
– Fatti vedere subito se hai nausea e vomito o ti senti sbalestrato. La botta in testa non è da sottovalutare.
Il medico lo ha liquidato con una cura di antibiotici, analgesici all'occorrenza e due settimane di congedo per malattia.

– Allora, Nick. Mi vuoi dire cos'è successo prima che ti sparassero? Come ci sei finito con la testa su quel paracarro? – chiede Miriam Fantini appena rientrano nel suo ufficio.
L'ispettore ha due belle occhiaie intorno agli occhi blu. Forse l'ultimo nato non la fa dormire.
– Be', stavo tenendo d'occhio i Ciullà – risponde Nick palpandosi il cerotto sulla nuca. – Te l'ho detto che avrei agito così. Ieri pomeriggio hanno giocato ai bravi ragazzi tutti palestra e integratori. Andavano a casa quando sono rientrato in commissariato. Dopo un po' mi hanno passato una chiamata. Anonima. Una voce contraffatta mi informava che avrei trovato qualcosa d'interessante a casa dei fratellini, dietro il frigo, infilato nel battiscopa. Mi puzzava, ma sono andato a vedere. Neanche suono il campanello che quelli mi mandano a gambe all'aria e se la filano come il vento.
– Te l'ho detto che avresti dovuto trattenerli.
– E io te l'ho detto che qualcuno li vuole incastrare.
– Andiamo, Nick, non so che pensare. Di solito vai in brodo di giuggiole se i fatti corrispondono alle tue opinioni.
– Che vuoi dire?
– Quello che ho detto. Hai sempre pensato che i Ciullà starebbero meglio dentro che fuori. Finalmente li puoi togliere dalla circolazione con un'imputazione seria e li lasci andare?
– È che qualcuno ci vuole prendere per il c... per i fondelli e non mi piace.
La Fantini sbatte un faldone da un lato all'altro della scrivania solo per scaricare il nervoso.
– Sembri il padre di quei due. Non ci siamo con l'anagrafe, a meno che tu non li abbia generati quando avevi quindici anni.
Nick scuote la testa. Niente da fare, non ce li vede proprio a far fuori i vecchietti, e continua a pensare che ci sia sotto qualcosa che non riesce a capire.
– Poi? – fa Miriam Fantini, impaziente.
– Li ho inseguiti. Prima a piedi, ma corrono come dannati. Ho pensato che si fossero accorti che qualcuno aveva consegnato un regalino a domicilio, e che cercassero di liberarsene al più pre-

sto. In questi casi, niente è meglio del Tevere. Così ho preso la macchina e li ho beccati appena prima che sparissero giù per la scarpata e s'infrattassero all'Acqua Acetosa. Ma non ero il solo a seguirli.
– Come sarebbe?
– Sarebbe che un'altra macchina, una berlina chiara, li ha intrappolati e ha fatto fuoco. Sono abbastanza sicuro che il bersaglio fossero loro, hanno sparato due colpi. Ma quelli si sono buttati a terra e il confetto me lo sono preso io. Poi non ricordo più niente finché non mi sono svegliato nella mia macchina.
– Andiamo. Ho finito il turno, ti accompagno a casa.
– Miseria, no. Bisogna tornare sul posto, vedere se ci sono bossoli, analizzare i segni di pneumatico di quelli che hanno sparato, interrogare…
– Tu vai a casa – taglia corto l'ispettore sbattendo il palmo aperto sul certificato medico.
– Non se ne parla, io…
– Muoviti, su.
Fuori dall'ufficio della Fantini c'è parecchia agitazione. Diversi agenti sghignazzano mentre si preparano a uscire. L'agente Balduzzi dà una voce.
– Ehi, Castillo, vieni con noi?
– Castillo è in malattia – risponde per lui Miriam Fantini sventolando il certificato.
– Ti perdi qualcosa. Hanno segnalato uno sbroccato che va in giro dalle parti di Parco Corizza col pisello di fuori. Ci sarà da divertirsi.
Miriam Fantini ride e scuote la testa, Nick Castillo fa l'aria infelice. Gli scoccia proprio perdersi lo spettacolo.

In macchina, Castillo non si rassegna. Quando le cose non gli tornano non riesce a darsi pace. Che ci penserà qualcun altro a seguire il suo caso proprio non gli va giù.
Miriam Fantini guida l'utilitaria nel traffico della mattinata piena e del mercato, le mani sul volante e la testa altrove.
Nick tasta il terreno. – Facciamo che ho ragione io.

L'ispettore lo guarda in tralice. – Questa è una faccenda di pizzo finita male – dice.
– Ecco, una faccenda di pizzo. Non ti sembra strana? Le ipotesi sono due. La prima: Amilcare Zampa non ha mai pagato. In questo caso non si capisce come ci sia riuscito, visto che quel negozio ce l'ha da trent'anni. Oppure non si capisce perché glielo vadano a chiedere solo adesso. La seconda: ha sempre pagato, e allora perché farlo fuori?
– Questo è un nervo scoperto, Castillo. Lo sai anche tu che la situazione è in evoluzione. Magari Zampa ha sempre pagato il pizzo a una certa organizzazione, adesso se n'è fatta avanti un'altra e lui non aveva intenzione di pagare due volte.
– Okay. Le organizzazioni estorsive si sono moltiplicate, è vero. Di tutti i paesi e di tutte le lingue. Però hanno piuttosto la tendenza ad accordarsi, a dividersi il territorio.
– Magari è arrivato sulla piazza un soggetto nuovo e noi ancora non lo sappiamo. Ne spuntano tutti i giorni. Forse è qualcuno che di accordarsi non ha voglia.
Nick guarda fuori la giornata smagliante che sembra sbeffeggiare il suo umore nero.
– Speriamo di no, o ci aspetta una guerra fra bande, con conseguente scia di risse a catena e montagna di straordinari non pagati. No, non mi quadra. Un pestaggio è nella norma, ma se si mettono a far fuori quelli che non ci vogliono stare, chi rimane da spremere? C'è sotto qualcos'altro.
– Chiedilo a quelle due brave persone dei fratelli Ciullà.
– Senti, lo so bene che quelli non sono stinchi di santo, ma non sono nemmeno due assassini. Non hanno le palle. O meglio, forse Zek ce le avrebbe pure, ma c'è Sam. Potrebbe essere una testa fina, anche se lui non lo sa e io non glielo vado certo a dire. Per esempio, ha capito subito che Francesco Zebino, il nostro testimone, è un gran bel tocco di tossico. Però si trova attaccato a vita a suo fratello, se va al gabbio uno, ci va pure l'altro. Io dico che hanno fatto quello che fanno sempre: hanno pestato Amilcare Zampa su commissione. Poi qualcun altro è andato a finire il lavoro e si è dato molto da fare per affibbiare l'omicidio a loro:

vedi le istruzioni che hanno avuto, di menare il vecchio fuori dal negozio; vedi la testimonianza di quel fracicone di Zebbo, vedi la soffiata anonima di ieri sera. Ora io mi chiedo: perché? Cosa devono coprire?
Invece di rispondere, la Fantini cambia discorso. – Credi che siano stati loro a fare i buoni samaritani? Ce li vedi tu, a prendersi cura di quello che li ha messi dentro due volte e che li piglia a schiaffi un giorno sì e l'altro pure?
– No. Mi vorrebbero morto. Soprattutto Zek.
Ma non capisco in che altro modo potrebbe essere andata, pensa Nick Castillo.
– Ci andrai tu a esaminare la scena?
Miriam Fantini annuisce.
– Mi terrai informato?
– Tu pensa a rimetterti.
Nick però ha altri progetti. È sicuro che alla Fantini non piacerebbero.

Irina

Zek e Sam dormono fino a mezzogiorno e si svegliano con la stessa faccia e lo stesso pensiero. A guardarli, si direbbe che abbiano fatto lo stesso sogno.
Tutti e due ricacciano chissà dove le preoccupazioni della sera prima: ieri era ieri e oggi è oggi. Il giorno buono per portare fuori Irina.
Si litigano il telefono ancora prima di alzarsi. Vince Zek.
– Ehi, Irina – dice – prenditi la serata libera e fatti bella. Niente, una sorpresa.
Hanno conosciuto Irina una sera di fine estate, l'anno prima.
Ammazzavano la notte ancora calda per strada, strusciando su e giù tra via Sapori e via Silone, a guardare quelli che si facevano un gelato ai tavoli dell'unico bar della zona che si dà un tono e sprecavano chiacchiere e soldi nell'aria pesante di umidità e di polveri sottili. Avevano appena finito un lavoro e volevano tirare mattina a sballarsi da qualche parte.
Stufi di mandare avanti i piedi a vuoto, si erano scelti un angolo scuro e tranquillo per litigare in pace sulla scelta del posto dove andare.
A poca distanza da loro, un tipo grosso come un faraglione ne stava dicendo quattro a una ragazzetta tutta gambe e capelli, secca che i cinquanta chili se li sognava. Cercava di farla salire su una macchina.
In questi casi, Zek e Sam tendono a farsi i fatti propri, che ai Ponti è sopravvivenza. L'abbigliamento della squinzietta la diceva lunga sul suo mestiere, e le puttane ci facevano presto il callo, alle strapazzate.
Però quello stava esagerando. Quando il tizio l'aveva afferrata per i capelli, si erano scostati dal muro dove stavano appoggiati.

– E che cazzo! – aveva detto Zek. – Ma guarda che verme.
– Tsk, peso massimo contro peso piuma. Minny non approverebbe per niente.
Si erano avvicinati, il faraglione si era inalberato e aveva messo la mano in tasca.
Non aveva fatto in tempo ad allungare il braccio col coltello che si era trovato a terra, tutto preso a decidere se gli facesse più male il naso, la mascella, lo stomaco o l'orgoglio.
Zek e Sam gli avevano dato il pugno di grazia, l'avevano sollevato di peso e scaricato in un cassonetto.
La ragazza era stata a guardare.
– Ehi, voi due – aveva detto – grazie tante. Adesso mi tocca sparire, o quando quello si sveglia me la fa pagare.
Zek e Sam erano rimasti interdetti, magari si aspettavano un ringraziamento vero.
– Che c'è, non gli rendi abbastanza, al tuo pappa? – aveva farfugliato Zek.
Lei non aveva risposto subito, era rimasta lì ferma a guardarli. Poi aveva gettato indietro la testa ed era scoppiata in una risata squillante.
Invece di incazzarsi, come succede sempre quando qualcuno gli ride in faccia, Zek si era avvicinato con un sorriso da cretino.
– Io sono Zek, lui è Sam. Gemelli congiunti – si era presentato con un tono che aveva fatto sghignazzare suo fratello.
Erano andati tutti e tre da Abbe.
Davanti a tre birre, avevano appreso che lei era arrivata da poco in città, che si chiamava Irina e che tutti quei riccioli di fuoco e le lentiggini sul naso erano l'unica eredità della madre russa. "Quella stronza" aveva mollato la famiglia quando lei era una ragazzina di dieci anni. Gli occhi azzurri invece venivano dal padre italiano, e quello lo aveva mollato lei perché allungava le mani.
Più tardi avevano scoperto anche che il sesso a tre poteva essere facile, e pure divertente.
La sera dopo si erano sbattuti in giro finché non l'avevano incontrata. Stava per salire su una macchina sportiva. Era volata loro incontro con un sorriso malizioso.
– Ragazzi, sparite, o non riesco a lavorare. Tanto lo sanno già tutti.

– Cosa? – aveva chiesto Sam.
– Che "la russa" ce l'ha eccome, il protettore. Grosso che sembrano due. E mena come Dio.
Aveva strizzato l'occhio, tirato un bacio doppio ed era corsa via.
Da allora si erano visti spesso.
Zek e Sam hanno qualche difficoltà col sesso. Le ragazze non li prendono nemmeno in considerazione, e le puttane o dicono no, o chiedono tariffa doppia. Invece Irina non si fa problemi. Anzi, pare che darsi da fare per due le piaccia. Non ha mai voluto soldi.
Per Zek e Sam, festeggiare vuol dire portare fuori Irina.

Irina arriva in borghese. Abito nero semplice, le onde di capelli rossi domate in un nodo sulla nuca, scarpe eleganti, poco trucco.
– Uà! – fa Zek.
– Sembri proprio una seria – fa Sam.
– Che mi tocca sentire – protesta lei. – Io *sono* una seria.
Le porgono una busta, legata con un fiocco fatto coi lacci delle buste della spazzatura. Dentro ci sono cinquecento euro.
Irina resta a bocca aperta.
– Che significa? – dice quando la richiude.
– Cazzo, è un regalo. Che, non si vede? C'è pure il fiocchetto. Prenditi una vacanza, sbancaci il Rond Point, facci quello che ti pare – spiega Zek che per poco non scoppia d'orgoglio.
Irina tace. Tiene la testa bassa e cincischia col pacchetto.
Poi sorride. Un sorriso nuovo, mai visto. Poi scoppia a ridere in quel modo che sembra una doccia fresca a metà luglio.
Zek e Sam si guardano perplessi, si chiedono se non abbiano sbagliato qualcosa. Le ragazze sono strane. Forse Irina non è abituata ai regali, le puttane devono riceverne pochi.
Ma è un momento. Lei li bacia, li prende per le mani e li tira verso la porta, fuori, verso una serata speciale.
Cena da Granella. Un gran posto, per quelle parti, con le candele e i fiori freschi sulle tovaglie blu. Sam ha addirittura prenotato. I gemelli hanno fatto abbassare gli sguardi curiosi con un paio di occhiate eloquenti, Irina splende. Presto, quelli che hanno voglia di farsi i fatti altrui guardano lei.

Capita a volte che Zek e Sam le raccontino dei lavoretti, e di Chick che li procura. Dei furti ben riusciti e di quelli che potevano andare meglio. Delle partite di erba che fanno venire sonno e di quelle buone, che ti ammazzi di ridarella. Lei non chiede, loro raccontano lo stesso. Stavolta però no. Non dicono niente di come si sono procurati i soldi. Significherebbe tirare fuori una faccenda troppo complicata, a cui Sam non ha voglia di pensare e che Zek sembra aver dimenticato. Per Zek, gli eventi del giorno prima sono lontani, come se fossero capitati a qualcun altro. E forse è meglio così. Certe volte bisogna che i fatti si depositino, che poi si vede più chiaro. Forse.
Solo un'ombra, mentre Irina va in bagno per via del troppo vino.
– Zek, c'è uno che ci guarda.
– È da quando siamo nati che ci guardano – risponde laconico Zek.
– Ma questo di più.
– Lo conosci?
– Macché.
– Frega cazzi stasera, fratello. Che, te lo sei scordato? Stasera è festa. Non scassare le palle.

Tornano a casa brilli e satolli. Vanno a letto, e dopo un po' di capriole soddisfacenti continuano a chiacchierare, finché Zek non crolla addormentato.
Sam e Irina parlano piano, mentre lei fuma una sigaretta e scrolla la cenere in un piattino poggiato sotto il seno.
L'odore di nicotina è entrato in casa di Zek e Sam insieme a Irina. Prima lo detestavano, adesso lo amano, perché vuol dire che lei è stata lì.
– Sai, da un po' Zek è strano – confessa Sam. – Non so che pensare.
– Tu ti preoccupi troppo. Zek è a posto.
– Lo so. Però quella fissa che gli è presa...
– Quale fissa?
– A te mica te lo dice. Vuole trovare i soldi per l'operazione. Vuole che ci separiamo. È da qualche mese che non pensa ad altro.

Irina soffoca una risata per non svegliare Zek. Dondola la gamba appoggiata sul ginocchio piegato.
– Che cazzata.
– Shhh. È quello che dico pure io. Ormai la nostra vita è così, e va mica tanto male.
– No, non va male per niente. Dove li trovo altri due come voi?
– E Chick che gli dà spago.
– Chick? Quello che vi fa lavorare?
– Ah ah.
– A Zek piace, Chick.
Sam si stringe nelle spalle. – Lanzetta va bene per il lavoro. E basta. Zek esagera, si fida troppo. Manco fosse suo padre.
Irina fa cerchi di fumo con gli ultimi tiri della cicca. A Sam è sempre piaciuto quel gioco. Lei fa gli anelli, lui li centra con un dito e sfida la ragazza a farne altri, tra finte proteste e risate vere. Stanotte però Irina non ride.
– Gli hai chiesto perché vuole farlo? – dice, spegnendo il mozzicone nel piattino. – Insomma, c'è un motivo?
– Boh.
Irina tace. Scosta i capelli dal collo, si rannicchia contro le gambe di Sam e chiude gli occhi.
Sam soffia via una ciocca rossa che gli è finita sotto il naso. Resta a guardare il profilo delicato, le lentiggini che lei cerca di coprire col trucco e invece a lui piacciono.
Ama parlare con Irina quando Zek dorme. Per pochi minuti è come averla tutta per sé. Spesso le dice cose che non confida nemmeno a suo fratello. Ma questo no, non può.
Non glielo dice che forse è colpa sua. Di Irina.
Che, secondo lui, Zek vuole separarsi e portarla via. Vuole lasciarlo solo.
Si tiene l'idea. Si tiene il segreto.
E con questo sono due. L'altro, lo sa, a Zek non lo dirà mai.
Tiene per sé anche la domanda: "Se fossimo due persone, tu con chi andresti, con me o con lui?" Cerca di scacciare il pensiero, non si vuole rispondere.
Scivola nel sonno con la mano sul seno di Irina.

Cittadino Zebbo

Quattro fottuti giorni persi.
Nicola Castillo ci ha provato ad approfittare della prima finestra oraria consentita dalla visita fiscale per verificare di persona quello che sospetta, ma è andata uno schifo.
Appena messo piede in strada si è ritrovato a chiedere sostegno a un lampione, mentre lui contrattava con cervello in centrifuga veloce e stomaco in rivolta. Guidare in quello stato significava ospedale. Chiamare il medico per vertigini e nausea significava ospedale.
Così ci ha dormito su. Tanto, forte, pesante e incazzato nero. Oggi il mal di testa è sempre lì, ma sembra che stomaco e cervello abbiano deciso di starsene fermi al posto loro.
Sa che, a prescindere da come si sente, non dovrebbe farlo. Se la Fantini lo venisse a sapere, lui potrebbe anche beccarsi una sospensione. Da quando è arrivata lei, al commissariato si comportano tutti come se fossero al Rotary. Il turpiloquio è calato a picco, le battute sul sesso sono solo sussurrate, e a Nick è venuto automatico tirare fuori il congiuntivo dalla naftalina.
A prima vista fa quell'effetto lì, l'ispettore Miriam Fantini. Una madre di famiglia che ha esteso il concetto al commissariato, ecco. Così la pensava Nick all'inizio. Poi è arrivato alla conclusione che fosse meglio non avercela contro, l'ispettore. Perché all'occorrenza è capacissima di metterla giù dura, turpiloquio compreso. Alla faccia dei capelli biondi, degli occhi blu e della figura morbida per qualche chilo di troppo.
L'insubordinazione non la tollera proprio. Le redini stanno in una

mano sola, ed è la sua. L'ha chiarito subito quando ha sospeso per tre giorni Adamo Fortuzzi, perché l'ha beccato a farsi i fatti suoi su Facebook in orario di servizio. La scusa di Fortuzzi era stata quella di cercare informazioni su un indiziato.
– Ti ho autorizzato io la linea d'indagine, Fortuzzi? – aveva detto lei con un sorriso disarmante.
– No, ma pensavo…
– E allora non c'è storia. Fuori.
Neanche un accenno al fatto che non se la fosse bevuta, che stesse su Facebook per lavoro. Non l'aveva chiesto lei, punto.
Nicola Castillo ci lavora insieme da qualche mese, e non è che vada male. È che si stanno ancora prendendo le misure. Lei gli ha fatto intendere che non sopporta le sue manone usate come uno sfollagente, la sua mania di stare in divisa anche quando non serve, i modi spicci da strada. Hai voglia a spiegare che il linguaggio da strada è l'unico che i soggetti con cui ha a che fare possano capire.
– Sembri un poliziotto da film del dopoguerra. Di quelli di serie zeta – gli ha detto una volta. Proprio così.
E poi ci sono quelle che l'ispettore chiama divergenze di genere, dovute al fatto che lui è un uomo e lei una donna.
– Purtroppo per te non ci si può fare niente, Castillo.
Al diavolo, ci sto troppo a pensare, si scuote Nick.
S'imbottisce di analgesici ed esce di casa alle tredici e zero uno spaccate.
Mentre guida cauto verso il domicilio di Francesco Zebino, detto Zebbo, si guarda alle spalle come un poliziotto corrotto braccato dai colleghi.
Zebbo vive nel *sunny side* del quadrante sud, dalla parte giusta della Laurentina che taglia in due la zona di competenza del commissariato. Buoni e cattivi divisi da un nastro d'asfalto a scorrimento veloce.
È ora di pranzo, e sa come troverà Zebbo: ancora mezzo fatto, a smaltire la botta della sera prima.
Imbocca un vialetto del quartiere Giuliano-Dalmata, silenzioso nell'ombra dei pini mediterranei, elude il citofono aiutando a en-

trare una signora con le buste della spesa, sale a velocità da ottuagenario fino al terzo piano e suona direttamente alla porta. Poi suona di nuovo, e poi ancora.

Per un momento fantastica di irrompere nell'appartamento e trovare Zebbo riverso sul letto con un buco in fronte. Zebbo è una caccola, se non ci fosse non mancherebbe a nessuno.

Sta per andarsene quando sente un passo strascicato avvicinarsi alla porta.

– Apri, Zebi'. Non fare l'idiota, che non è aria.

Zebbo apre. Piano.

Canotta sporca, barba lunga, occhio cisposo. Che dopo due minuti di esame lo riconosce.

– Che diamine, Zebbo. Manco trent'anni e strusci i piedi peggio di mio nonno. Fammi entrare, forza.

Zebbo si rassegna. Fa strada, bofonchiando.

– Che borbotti? Parla forte, che non ti sento.

– Dicevo che ho già detto quello che dovevo dire.

– Mica sono sordo fino a questo punto. Ho sentito qualcosa come "mandato".

Zebbo ringalluzzisce. – Embe' certo. Non le serve un mandato per entrare a casa mia?

– Nossignore. Mica sei indagato. Sei un testimone, adesso. Facciamo carriera.

Nick conosce l'appartamento. C'è già stato quando, mesi addietro, era andato a prelevare Zebbo per sospetto coinvolgimento in un giro di droga più vorticoso del solito. Ma in quell'occasione il tizio non si era rivelato utile, gli aveva solo fatto sprecare un po' di sberle.

– Guarda come tieni questo posto, Zebino. Un vero porcile. Mica te lo meriti di vivere in una casa così.

– Mio padre pensava di sì – risponde lui grattandosi le ascelle e stravaccandosi sul divano ingombro di posaceneri pieni, cartacce unte e bicchieri di carta. – Allora? Che c'è?

– La tua deposizione. La devo verificare – dice Castillo accomodandosi su una poltrona piena di macchie.

– Ma se l'ho già…

– E adesso me la ripeti. Con tutto quello che ti sniffi, mica lo so se mi posso fidare. Chissà se la memoria ti regge fino al processo.
– Ma certo, è tutto scritto, l'ho pure firmato.
– Lo so, ma devo essere sicuro. Non mi va di costruire un caso su quello che dici e poi tu mi crolli perché ti sei calato troppa roba in corpo. Tutta la storia, forza.
Zebbo si gratta, tira su col naso, guarda fuori, sul balcone ombreggiato dalle chiome dei pini.
Un tipo sbagliato coi genitori giusti, pensa Castillo. *Proprio un bel posto, un sacco di finestre. Altro che la mia stamberga con vista sul traffico della Laurentina.*
Zebbo sta ripetendo a pappagallo la sua deposizione: era fuori dal *Frankenstein* a prendere una boccata d'aria fra un drink e l'altro. Aveva notato due tipi alti e grossi appoggiati al muro, che parlavano fitto. Poi li aveva visti dirigersi verso un vecchio che chiudeva un negozio di orologi. Si era messo a guardarli perché si muovevano in modo strano. Si era incuriosito. I due – si era accorto che erano gemelli siamesi, e mica uno lo vede tutti i giorni, un fenomeno così – avevano messo in mezzo il vecchio e l'avevano portato nel vicolo accanto. Ne erano venuti fuori dopo dieci minuti ed erano andati via. Il vicolo è di quelli senza uscita, perciò il vecchio doveva essersi fermato lì, perché nella mezz'ora in cui lui era rimasto davanti al locale non l'aveva più visto. Quando l'indomani aveva saputo che era stato trovato cadavere gli era sembrato chiaro che…
– Sì sì, certo. Hai fatto il bravo cittadino. E non si è avvicinato nessun altro?
Zebbo si pulisce col dorso della mano il naso che continua a colare.
– No. Finché sono stato fuori, no.
– Adesso dimmi: quanta roba ti eri sniffato, Ze'?
Lui fa la faccia da salutista offeso.
– A me puoi dirlo – continua Nick. – È per controbattere le obiezioni che ci farà il vice questore. Sei schedato come tossico, lo sai, no? Tanto resta fra noi.
– Veramente avevo bevuto solo un paio di…

Nick Castillo, certe volte, ha poca pazienza. Un altro dei difetti che gli rimprovera la Fantini. Si alza e si dirige verso Zebbo a passo lento. Non perché teme che gli giri la testa. Sa che più è lento, più la gente se la fa sotto.
– Okay okay. Un paio di tiri, se proprio lo vuole sapere. Niente che faccia sballare più di tanto. Insomma, me lo ricordo bene quello che è successo.
– Bravo ragazzo – fa Nick sedendosi di nuovo. – Vedi, noi abbiamo tutto l'interesse a confermare la tua testimonianza. Ma deve essere inattaccabile, lo capisci questo?
Zebbo fa cenno di sì, tranquillizzato. Si azzarda addirittura a fissare la nuca incerottata del poliziotto.
– Chi le ha fatto lo scalpo?
– Ho fatto arrabbiare la mia ragazza. Torniamo a noi: hai detto che i gemelli stavano appoggiati al muro. Ti ricordi come?
– Co-come?
– Sì, come. È una parola troppo difficile? In che modo stavano appoggiati al muro, i nostri indiziati?
Lo sguardo di Zebbo va a caccia di farfalle e non ne trova.
– Ma… che ne so? Come si appoggiano tutti, no? Con le spalle al muro. Ah, avevano le gambe incrociate. Una davanti all'altra – conclude trionfante.
– Una davanti all'altra. Tutti e due?
Zebbo ci pensa. – No, uno solo. L'altro le teneva distese.
– Eh eh, Zebino, nella deposizione questo non c'è.
– Me ne sono ricordato adesso perché me l'ha chiesto lei. È grave?
Nick Castillo lascia la domanda in sospeso, ad aleggiare nella puzza di chiuso, di alcol vecchio e di sigarette morte.
Perché cazzo non me le gioco al lotto, certe cose? pensa.
– Ma no, ma no – dice poi. – Basta che quando te lo dico io fai un salto in commissariato a mettere a verbale questa… come vogliamo chiamarla? Integrazione?
– Certo, certo, se è così importante.
– Bene. Mi faccio sentire io fra qualche giorno. Così hai tutto il tempo di controllare se c'è qualcos'altro che ti ricordi. Dunque,

ricapitoliamo: i sospettati erano appoggiati al muro uno di fianco all'altro, giusto?
– Sì.
– Sicuro?
– Certo.
– Uno con le gambe incrociate e uno con le gambe distese. È corretto?
– Mi pare di vederli.
Silenzio. Un bel silenzio lungo, di quelli che significano qualcosa. Zebbo va in allarme. L'agente Castillo lo guarda. Fisso. Feroce. Il tossico si muove a disagio sul divano, fa per alzarsi.
– Seduto! – tuona Castillo.
Va a piazzarsi davanti a lui, afferra le bretelle della canottiera e lo tira su.
– Adesso sentimi bene. Primo: questa cosa che hai appena detto, segnatela. Segnatela perché la dovrai ripetere fra un paio di settimane, e non voglio che il tuo schifo di cervello flippato se lo scordi. Secondo: fatti tornare in mente il nome di chi ti ha pagato per testimoniare contro quei due. Se solo provi a negare, ti faccio ingoiare tutte le cicche del portacenere. Allora?
– No, non mi ha pagato nessuno, giuro – piagnucola quello.
– Riprova – dice dolcemente Nick, mentre allunga la mano verso il portacenere.
– Cazzo, ma che mi vuole morto?
– Lasciami sognare.
Zebbo si tormenta le ascelle, deve averci i pidocchi, lì. Nick lo strapazzerebbe per bene, e con tanto piacere. Ma è in una posizione debole, sta dove non dovrebbe stare.
Cazzo, oggi non se ne fa niente, pensa mentre allenta la presa sulla canottiera.
– Fatti tornare in mente quel nome, o te lo ricordo io a suon di schiaffi. Ricevuto, merdina? Tutto chiaro?
Zebbo fa cenno di sì.
– Pensa a quello che ti conviene fare, Zebbo. Pensa, ricorda e vieni a dirlo a me. Solo a me, capito? Di' di sì.
– S… sì.

– Bene. È un piacere avere testimoni come te. E ripulisci ’sto porcile.

Nick Castillo sbatte Zebbo sul divano, e se ne va sbattendo pure la porta.

Torna a casa con la testa che non gira ma fa un male cane, appena in tempo per farsi trovare dolorante in caso di visita fiscale.

Maledizione, c’ho ragione da vendere, e mi tocca lavorare di nascosto. C’ho fretta, e mi tocca lavorare a puntate.

Cake design

Bob Carrezza rigira la sigaretta fra le dita, mentre tiene d'occhio la torrefazione e aspetta il momento giusto per entrare.
Molte delle donne che ha ospitato per una notte hanno sentito il dovere di preoccuparsi per la sua salute. Tutte a chiedergli di smettere di fumare. Qualche volta ha anche detto sì, tanto sapeva che la storia non sarebbe durata così a lungo da consentire la verifica alla crocerossina di turno. Dopo la sigaretta post coitum, si trattava di tenere duro fino alla mattina dopo. Visto che non è ancora arrivato a fumare nel sonno, la cosa era fattibile.
Le sigarette spesso tornano utili per aspettare qualcosa o qualcuno senza dare nell'occhio. Il solito tabagista esiliato da tutti gli esercizi commerciali, che affronta freddi polari e caldi tropicali pur di catramarsi l'anima. Così pensano tutti.
Il giornalista sfiora nella tasca la busta con il bruscolino che gli ha dato Sam. Manlio Salvi, il suo "gancio" alla Scientifica, è stato difficile da trovare e si è fatto pregare, ma renderà il favore che gli deve. Con calma, perché deve ficcare l'analisi in mezzo a quelle autorizzate. Controllerà se su quella buccia c'è il DNA di Chick Lanzetta, tanto è schedato, nessun problema per il riscontro.
Non sarebbe un buon cronista di nera, Bob, se non sapesse qualcosa delle attività di Chick. Da quando ha parlato con i fratelli Ciullà, cinque giorni prima, l'ha cercato dove sa che è facile trovarlo: centri di scommesse con licenza e non, sale da gioco, angoli di spaccio, palestre e bar di facciata. Ovunque gli hanno risposto che Chick non si vede da qualche giorno. Finché una

donna sfatta e brilla, che dava il tormento alla macchinetta del poker, gli ha consigliato di provare dalla sua ragazza. Felicita, ha detto.
Gli ha indicato la strada per il suo negozio. A via Pavese numero boh, basta lasciarsi guidare dall'odore di caffè e di cannella.
E così Chick ha una fidanzata. Deve tenerla fuori dai suoi giri, non ne sapevo niente.
Bob Carrezza guarda impaziente nel negozio. È pieno, e la cosa sembra andare per le lunghe. La torrefazione è un bugigattolo, ma, come dice il cartello sulla porta, c'è dentro una scuola di *cake design*, che si risolve in un tavolo incastrato davanti alla vetrina. Lì, un gruppo di persone osserva qualcosa che somiglia a una barriera corallina. Si consultano e discutono, nemmeno stessero a progettare un astroporto. Una creola sovrappeso interrompe ogni tanto le diatribe sul posizionamento di una stella marina di zucchero o sull'uso di un attrezzo, per macinare miscele di caffè e liquidare i clienti veloci.
Dopo la quinta sigaretta, il gruppo di architetti di torte se ne va con la scogliera tropicale incartata a vista, e il negozio è vuoto.
Felicita. Pelle d'ambra, capelli neri, occhi azzurri e lineamenti fini. Con trenta chili di meno sarebbe uno sballo.
Bob sfodera il sorriso da rubacuori. – Salve, cercavo Chick.
– Non conosco nessun Chick.
Accento francese leggero, steso sulla parlata cinica della metropoli come una spolverata di zucchero a velo.
– D'accordo. Riccardo. Riccardo Lanzetta.
– Non è qui.
Bob fruga in un cesto di cioccolate aromatizzate al tutto, tè dai nomi esotici e aggeggi per decorare le torte.
– C'è un buon profumo, qui dentro. Batte anche la puzza dei gas di scarico.
– Sì, lo so. Cosa vuole da Riccardo?
– Niente di che. Solo parlarci.
– Certo. Tutti con *Chick* vogliono "solo parlare".
– Signora Felicita…
– Felicité. Riccardo tratta i suoi affari altrove.

– Non ho affari, con Chick. Sono un giornalista, ho bisogno di farci due chiacchiere. Solo se lui vuole.
L'amarezza nascosta da qualche parte piega la bella bocca della creola. – È quasi una settimana che non si sente. Forse lei ne sa più di me.
La donna si volta e comincia a sistemare pacchetti colorati che sembrano già in ordine perfetto. Entra un cliente che chiede due etti di colombiano macinato per la moka. Lei serve e aspetta che l'uomo sia uscito.
Bob impiega il tempo a pensare che Chick deve essere scemo. Per quanto ha potuto vedere, il negozio tira che è una meraviglia. Ci sarebbe lavoro per due. Lavoro pulito. Ma deve essere questo che non piace a Chick. Lui e le sue arie da piccolo boss. Se lo immagina fra le polveri di caffè e di cacao, mentre cerca di piazzare qualche polverina di un altro colore, una di quelle non incluse nella categoria merceologica del negozio di Felicité. Forse è meglio che Lanzetta stia alla larga da lì.
Per tutto il tempo, Felicité l'ha soppesato di sottecchi, e lui si è lasciato soppesare.
– C'è qualche problema? – chiede la creola, con la preoccupazione che per un attimo si palesa in tutto il suo fulgore.
– Non lo so. Per questo voglio parlarci.
– Non posso aiutarla.
– Ho provato dappertutto. So dove va, è il mio lavoro. Ascolti. Ultimamente si comportava come al solito? Insomma, era del solito umore?
La donna non risponde.
– Basterebbe anche una sensazione, Felicité. Nel mio mestiere, le sensazioni si chiamano fiuto e portano lontano.
– Riccardo è come è.
– Va bene – sospira Bob. – Le lascio il numero del mio cellulare. Se si fa vivo, gli dica di chiamarmi. È importante.
Prima di prendere il biglietto da visita, Felicité gli mette in mano un sacchetto di carta colorata che profuma come deve profumare il paradiso dei caffeinomani.
– Non carichi troppo la moka. Ne basta poco, di questo.

***

Bob butta un occhio nel bar gastronomia dove ha incontrato i gemelli. Non ci sono. Non fa in tempo ad aprire bocca per chiedere se si siano visti che il tipo al banco gli mette davanti una Beck's. Quello che ha bevuto giorni prima coi ragazzi. Fa un cenno di apprezzamento al nordafricano lungo e secco come un ramo d'inverno e ne riceve in cambio un gesto altrettanto asciutto.

– Zek e Sam? – chiede.

– In palestra – risponde l'uomo senza alzare lo sguardo dal boccale che sta asciugando.

Anche la conversazione è asciutta come il deserto.

Bob si siede.

Ha un contatto nuovo di zecca in polizia. Deve ancora andarci piano, ma la cosa sembra funzionare: un colpo di cellulare, e a metà birra ha in mano le informazioni sulla donna di Chick.

Felicité Dubois, vedova Crocetta. Nata haitiana, ora italiana per via di matrimonio. Pulita e profumata come il suo negozio, messo su coi soldi che le ha lasciato il marito, insieme a una casa al Serafico. *La signora non sembra stupida*, pensa Bob. Sa che gli affari di Chick non profumano come i suoi. Ha deciso di vedere solo la parte buona che anche un soggetto come Lanzetta deve tenere nascosta da qualche parte.

L'amore non è solo cieco, ha anche bisogno di uno psicoterapeuta, decide.

Annusa la busta con il caffè.

Chissà perché una così abbottonata fa un regalo a un giornalista rompipalle cui non ha detto un accidente? È un messaggio? Qualcosa tipo "vorrei aiutarti ma non posso"?

Scuote la testa, concludendo che forse è stato solo un modo gentile di levarselo dai piedi e si mette a pensare a quello per cui è lì. Se la Dubois è pulita e profumata, la storia che gli hanno raccontato i Ciullà puzza come la peste. Il fiuto gli dice che potrebbe essere collegata a un'indagine che sta mandando avanti a calci, perché si trova tutte le porte sbarrate e Crisafulli la vede bene come un ponfo sul naso.

Non è nato cronista di nera, Roberto Carrezza. Era un commentatore politico. Ma il giornale aveva cambiato proprietà, e il nuovo padrone aveva messo a capo di tutto Crisafulli. Che esigeva articoli graditi a chi lo pagava. Bob non ne era stato capace, non gli veniva bene. Così aveva chiesto la nera, che gli era stata concessa con prontezza sospetta. Ma anche lì era stato capace di scontentare il direttore.

Bob non saprebbe dire da quanto tempo la politica si sia messa ad andare a braccetto con gli affari. Forse neanche un Nobel per l'economia sarebbe capace di individuare il momento esatto. Ma è convinto che da quel momento le cose siano peggiorate, motivo per cui capitano più politici nei meandri del malaffare che a Montecitorio. Alcuni colleghi hanno appena fatto un colpaccio che ha sbattuto sul banco degli imputati mezza giunta comunale, e lui non avrà pace finché non avrà restituito il colpo alla concorrenza. Mica facile, perché Crisafulli gli passa un articolo su tre, e quell'uno esce solo perché lui sa approfittare dei momenti di distrazione cui va soggetto quell'incompetente del suo direttore. L'articolo sul vecchio mulino l'ha spacciato per un pezzo di costume locale, e quello c'è cascato.

Bob ha l'aria soddisfatta quando vede avvicinarsi i gemelli, odorosi di bagnoschiuma da due soldi.

Si siedono senza salutare, in mano due integratori che Abbe ha consegnato loro mentre passavano davanti al bancone.

– Ma non bisogna mai chiedergli niente, a quello? – li saluta.

– *Quello* si chiama Abbedulla. Per gli amici Abbe, per te no. Che puzza è quella che hai addosso? – fa antipatico Zek.

– Puzz… ah, dev'essere il caffè – sorvola sul tono Bob, tastandosi la tasca della giacca. – Sei un intenditore, Zek. Questa è una miscela pregiata. Come va, ragazzi?

– Da schifo, va – dice Sam. – Tu? Saputo niente? Il DNA?

– Calma e gesso. Ho parlato con un amico alla Scientifica.

– E Chick? Ci hai parlato con Chick?

– Chick non si trova.

– Non risponde nemmeno al telefono – aggiunge Sam.

– Quello se ne sta tappato a casa, fratello. Ha visto le brutte e se ne sta inguattato. Sono giorni che ti dico che dobbiamo andare da lui.

– Zek, che palle! Lo sai che Nick Badile ci sta addosso. Mica lo possiamo portare dritto a casa di Chick. E lo sai che in questo momento è meglio...
– Nick Badile c'ha altro per la testa. Starà pure lui tappato a casa a leccarsi le ferite.
– Ferite? Che ferite? – chiede Bob ad antenne dritte.
– Niente, era per dire – tronca Sam.
Bob fa un sorrisetto e scuote la testa. Chissà perché non gli riesce di piantare in asso quei due.
– Ma si chiama proprio così? Nick Badile? – chiede.
– No, si chiama Castillo. Gli hanno sbagliato il cognome – risponde Zek.
Abbe passa a ritirare la bottiglia di birra e a portarne un'altra. Scambia uno sguardo con i gemelli, ignora Bob.
Il cronista sente qualcosa nell'aria. Qualcosa in cui c'entra anche quell'Abbedulla. Fissa i due fino a mandare storto il beverone di Zek.
– Cazzo hai da guardare?
– Cosa non mi state dicendo, ragazzi?
Ancora sguardi incrociati, di tutti i tipi: scocciati, di sottecchi, innocenti, fasulli. Indecisi.
– Va bene. Siete voi che mi avete chiamato. È per voi che mi sto sbattendo. A rompere le palle ai miei amici, a cercare Chick, a...
– Sarà vero, allora, che sei Madre Teresa – fa Zek.
– Madre Teresa un corno. Lo faccio perché mi conviene. Ma se non mi raccontate tutto perdiamo tempo e basta.
– È che è un momentaccio, Bob. Dobbiamo andarci piano. Ci... insomma, ci seguono. Ci tengono d'occhio – soffia Sam.
– Te sei fissato. A leggere tutta quella roba diventi paranoico – lo rimbecca il fratello.
Sam lo ignora.
– Non so se è qualcuno mandato da Nick Badile, o... o peggio.
– Peggio, eh? Sapete una cosa? È da quando sono nato che me la cavo senza di voi. Posso continuare a farlo. O mi dite tutto, o tanti saluti, e amici come prima.
– Mai stati amici tuoi – infila Zek.

Sam sospira esasperato. Butta uno sguardo preoccupato ad Abbe, che sta dietro al bancone a braccia incrociate, faccia di pietra e orecchie spalancate.
– Bob ha ragione – dice.
– Come no.
– L'abbiamo cercato noi.
– Fa' un po' come ti pare.
Così vuota il sacco, Sam. Tutto.
La notte di coltelli insanguinati consegnati a domicilio, la notte di Terminator e del Trio Bacardi; delle corse verso il fiume e di berline assassine che sbagliano mira. Di Nick Badile mezzo morto. Della bella pensata di salvargli la pelle.
– Una pensata di Sam – specifica Zek.
L'unica cosa che Sam tace è che Nick l'hanno portato lì, da Abbe, e che l'ha ricucito quel sant'uomo di Doc Marino. Abbe non gradirebbe, e sanno che Doc si tiene fuori da tutto.
– Io non ce l'ho, la prova, ma da quella notte ci seguono. Zek dice di no, ma io sono sicuro. Solo che chi lo fa è bravo, non riesco a tanarlo. Non è una persona sola, mi sa. Sarebbe meglio sparire, ma non sappiamo dove andare. Che Nick ci controlla ci può anche stare. Ma se non è lui?
– E chi sarebbe?
– Non lo sappiamo – ringhia Sam.
Bob riflette mentre fa ruotare l'ultimo sorso di birra. Sembra una brutta storia. Davvero brutta. E quei due imbecilli pretendevano che lui li aiutasse senza raccontare tutto quel casino. Ha voglia di alzarsi e piantarli lì, a sbrogliarsela da soli.
Ma la faccenda, oltre che brutta, potrebbe essere grossa. Potrebbe essere quella che gli farà pareggiare i conti con la concorrenza.
– Avete idea di chi fosse quello che si è introdotto a casa vostra?
– Mai visto.
– Aveva qualcosa di particolare? Non so…
– Boh. Grosso, tutto muscoli, capelli a spazzola, un accento strano.
– Fratello, non ti ricordi il meglio, aveva… cazzo, Sam!
Bob non lo viene a sapere, il meglio. Perché Sam ha mollato nelle costole di Zek una gomitata che l'ha fatto piegare in due.

Sam indica il bancone a Bob, solo con gli occhi.
C'è un tipo, lì. Non l'hanno sentito entrare. Li guarda, mentre Abbe serve quello che ha chiesto. Grosso, tutto muscoli, capelli a spazzola. Beve qualcosa di chiaro tutto d'un fiato, paga e se ne va. A Bob sembra di cogliere un ghigno gelido rivolto al loro tavolo.
– Ossantammerda – sfiata Sam sottovoce. – È lui. Quello del coltello.
Bob ripassa al volo lo schedario dei cattivi di zona che porta impresso nel cervello. Niente. Non c'è un soggetto del genere fra le sue conoscenze. Se lo ricorderebbe, uno che somiglia a Schwarzenegger.
Sam è verde, anche Zek sembra preoccupato.
– Non è Nick che ci fa seguire. È quello là. E adesso non gliene frega niente che lo veniamo a sapere. Ma che diavolo...?
– E che cazzo, Sam, piantala di frignare. Se ci scassa i coglioni, gli diamo un'altra ripassata.
– Giusto. L'avete già steso una volta, che ci vuole? – fa Bob sprecando l'ironia.
– Chissà perché ce l'ha con noi – fa Zek, guardandolo per la prima volta con una punta di rispetto.
Sam punta gli occhi al soffitto e prende un respiro profondo.
– Dunque, vediamo. Prima l'abbiamo intronato di botte e scaricato in un posto puzzolente; poi gli abbiamo fregato gli scarponi, sfilato mille euro e passa e l'abbiamo lasciato per strada col pendaglio di fuori. Che dici, basta per una ricca incazzatura?
– Davvero gli avete fatto tutte quelle cose? – ride il giornalista.
– Zek è un tipo vendicativo.
– Ha cominciato lui.
– A quanto pare, siete grandi, grossi e cazzuti. Qual è il problema?
Sam si scuote, si raddrizza e sospira. – Giusto. Sì, giusto.
– Cacasotto – lo apostrofa Zek.
– Coglione – rintuzza Sam.
– Coperti e allineati, ragazzi. Ha ragione Sam – conclude il cronista in un'apoteosi di cerchiobottismo. – Profilo basso finché non ci capiamo qualcosa.
– Come no.

– Cerco di scoprire qualcosa su quel tizio – tira dritto Bob. – Voi non vi fate male, va bene?
Gli è venuta la fregola. Deve fare un sacco di cose. Deve ancora trovare Chick e scoprire chi sia quella specie di Schwarzenegger dei poveri, da quale protezione gli derivi l'arroganza di giocare a carte scoperte e perché, a quanto pare, se ne freghi altamente delle conseguenze. Ha visto una sicurezza simile nei membri di un branco. E siccome l'affare sembra grosso, deve esserci dietro un branco di tutto rispetto.
Deve tornare a bomba, alla sua indagine iniziale. Scoprire se e come sia legata a quello che sta capitando a Zek e Sam.
E fare qualcosa che aveva in mente da un pezzo: la visita a una vedova fresca di lutto.

Aperitivo dalla vedova Zampa

Il rompipalle delle tredici e trenta, pensa Nicola Castillo mentre suona al portoncino di casa Zampa, un casale ristrutturato fuori dal cuore dei Ponti, ma ancora entro i confini del distretto, oltre Fonte Ostiense e in vista del fiume. Isolato ma bello, con i colori caldi e un giardino curato che sembra esiliato nella sterpaglia da un mondo migliore.
Con questa dovrò parlare in punta di forchetta. Che strazio.
Agnese Zampa gli apre vestita di tutto punto. Un sobrio abito grigio, filo di perle, i capelli color mogano lucidi di spazzola. Sta bene da vedova, Agnese Zampa.
– La disturbo? Stava per uscire, vedo.
– No, no, agente…
– Vice ispettore Castillo. Posso entrare?
– Ma certo, scusi. Sa, quando è venuto l'altra volta ero proprio fuori di me.
– Capisco – fa Nick entrando nell'atrio.
Una bella proprietà, questa. In un posto sfigato, ma bella, pensa, seguendo la vedova nel salotto, dove è già stato subito dopo il ritrovamento dell'orologiaio per portarle la bella notizia che suo marito era stato accoltellato.
– Avete novità?
– No. Sono passato solo per vedere come sta.
– Davvero? È molto gentile. Ho appena fatto il caffè.
– No, grazie. Pranzerò fra poco – mente Nick mentre segue lo sguardo della donna alla macchinetta elettrica grande, che fino a pochi giorni prima distillava caffè per due. La signora non si è ancora attrezzata per la solitudine.

– Le offro un aperitivo, allora.
La vedova non aspetta risposta. Si alza e va verso un frigobar incassato in un mobile scuro.
Nick ne approfitta per massaggiarsi le tempie. Qualcuno gli ha piazzato un martello pneumatico nel cranio, e gli scoccia non sapere a chi deve il favore.
Si guarda intorno. C'è qualcosa di diverso da quando è venuto la prima volta. La vedova non era così disinvolta, le tapparelle erano abbassate e la stanza gli era parsa opprimente.
Saranno le finestre aperte, la luce, o... ah, ecco. Ma guarda.
L'arrivo di prosecco e noccioline gli fa dimenticare per un attimo il pensiero e il martellamento in corso.
– Cosa le è successo alla testa e alla spalla? Non è che c'entra con l'indagine sulla morte di Amilcare? – s'interessa la vedova Zampa.
– In un certo senso. Non si preoccupi. Rischi del mestiere.
– Mi dispiace. Può dirmi qualcosa? La sua collega... non ricordo il nome: bionda, piccola, molto cortese.
– L'ispettore Fantini?
– Sì, mi pare di sì. Già pochi giorni dopo... insomma dopo la morte di Amilcare, mi ha detto che avete... come dite, voi? Una pista?
Nick Castillo sorride. Miriam Fantini gli perdona molte cose perché si trovano spesso sulla stessa lunghezza d'onda, sebbene entrambi lo ammettano ancora a malincuore. Anche lei tiene d'occhio la vedova.
– Ha detto giusto. C'è la deposizione di un testimone e abbiamo interrogato due brutti soggetti. Ma sono manovalanza, non agiscono da soli. Crediamo che ci sia un mandante. È lui che vogliamo. O lei.
Nick si gioca lo sguardo penetrante. I colpevoli lo capiscono subito, quello sguardo lì.
Invece Agnese restituisce un'occhiata fra il divertito e lo scocciato. – E pensare che c'è chi parla male della polizia. Sa una cosa? Mi sento protetta. Mi siete di grande consolazione. Vi preoccupate per me. C'è un sacco di gente che si preoccupa per me.
– Per esempio?
– Oh, qui è un viavai continuo. Tutti vogliono sapere come sto,

mi chiedono un sacco di cose. Cose che non so, la maggior parte delle volte. Amilcare pensava a tutto lui. Diceva che io dovevo stare serena. Stare serena e fargli fare bella figura.

Nick registra una ricca dose di sarcasmo. Sotto a quel tono c'è una vita intera. Ma per tirarne fuori qualcosa di utile non basta il poliziotto buono. Ci vorrebbe un santo, magari uno di quelli disoccupati e venerati da Amilcare Zampa. O uno strizzacervelli. Soprattutto uno senza mal di testa.

– Si prendeva cura di lei, è questo che fanno i buoni mariti, no?

– Certo.

Agnese Zampa si alza e va a scolarsi la macchinetta del caffè, che ormai deve essere tiepido. Prende tempo, forse qualche decisione. Nick la osserva bene. Almeno una ventina d'anni meno del vecchio. Sui cinquanta passati da poco, diciamo. Curata, ben tenuta. Un figurone, alla messa della domenica.

– Come ha conosciuto suo marito? Se ha voglia di parlarne. Sa, più sappiamo della vittima, e più...

– Non sia così imbarazzato, agente – dice decisa Agnese, tornando a sedersi di fronte a lui. – Queste cose le ho già dette all'ispettore. Io e Amilcare avevamo un buon accordo. L'ho incontrato vent'anni fa, in un momento in cui ero stanca di cercare l'uomo giusto e di battere sui tasti di una cassa al supermercato con una laurea in tasca. Io volevo un po' di stabilità, lui desiderava qualcuno che non lo facesse sentire solo e che fosse capace di rispettare la forma. Ci teneva molto alla forma, Amilcare. Poco romantico, lo so. Ma sì, ha ragione: a modo suo, è stato un buon marito. E io sono stata una buona moglie. Ah, prima che me lo chieda lei: Amilcare non aveva nessuno. Sarò io a ereditare tutto. E lo sapevo, ero al corrente del testamento. Ciò nonostante non ho ucciso mio marito, né ho incaricato qualcuno di farlo. È questo che le interessa?

Colpito e affondato, pensa Nick. *Non ci so proprio fare con quelli senza precedenti.*

– Non sia così mortificato. È colpa della tv. Ormai sappiamo tutto di criminali e indagini di polizia. Ne ho vista tanta, di tv.

– D'accordo. Mi parli di tutta questa gente che si preoccupa per

lei. È per questo che sta in casa vestita come se dovesse uscire?
Ride. Un po' mesta, ma ride. – Amilcare ci teneva a una moglie sempre presentabile. Certe abitudini sono dure a morire. E sto aspettando il commercialista.
– Il commercialista, e poi?
– Poi spero basta. Sono già venuti l'avvocato, un paio di agenti immobiliari, un giornalista.
– Un giornalista? Chi?
– Aspetti, Carrezza. Roberto Carrezza. È venuto stamattina.
– E che voleva da lei, un giornalista?
– È un cronista di nera, ha detto. Ho messo in chiaro che se voleva notizie sulle indagini si sarebbe dovuto rivolgere a voi. Ma mi è parso interessato ad altro.
– Cioè?
– A questa casa. Ha voluto sapere se avessi intenzione di venderla.
– Vuole comprarla lui?
– No, non mi è sembrato. Mi ha chiesto se fosse venuto qualcuno a chiedermi di acquistarla, o di metterla in vendita. Mi è parso strano che lo sapesse. In effetti, un paio di agenti immobiliari si sono fatti avanti quando il corpo di Amilcare era ancora caldo.
La vedova tace e Nick riflette. Questo è un elemento nuovo. Chissà se la Fantini lo sa.
– Ha voluto che glieli descrivessi.
– Chi?
– Gli agenti immobiliari.
– E com'erano?
– Bah. Giovani, eleganti, gentili. Entrambi bruni. Avevo altro per la testa, non me li ricordo molto bene. Quello che hanno detto, da un orecchio mi è entrato e dall'altro mi è uscito.
– Non le hanno lasciato un recapito? Un biglietto da visita?
Agnese Zampa fa mente locale. – No. No. In effetti è curioso. Mi hanno detto che capivano il momento. Che sarebbero ripassati più in là. Che intanto cominciassi a pensarci su.
Vedova e poliziotto rimuginano nel sole del meriggio. Nick guarda preoccupato l'orologio: l'ora del coprifuoco fiscale si avvicina. Agnese Zampa gli piace. Non dovrebbe nemmeno concedersi va-

lutazioni del genere, con una probabile indiziata. Perché nella sua indagine clandestina sta scoprendo moventi e comportamenti che la inguaierebbero, eccome.
– E ci sta pensando? Venderà il casale?
La vedova riflette, carezzando la stoffa del divano. – Non lo so. Amilcare amava questo posto. È stato il suo primo investimento, quando gli affari hanno cominciato a girare per il verso giusto e questi immobili li davano via a prezzi stracciati. Per lui aveva un valore simbolico. Non ho ancora deciso. È grande per una persona sola, la zona è troppo isolata, ma vorrei rispettare le sue volontà. Ci penserò con calma. Non si prendono buone decisioni sotto stress. E, comunque lei la pensi, la morte di Amilcare è uno stress. Ha un appuntamento, vice ispettore?
– Cosa?
– Guarda sempre l'orologio.
– Certo. Sì. Mi aspettano in commissariato – dice Nick alzandosi dalla poltrona. – Grazie per l'aperitivo. E grazie per la chiacchierata.
Agnese Zampa fa un sorriso di circostanza e lo accompagna alla porta. – Venti minuti al buio, occhi chiusi, respirazione regolare. Vedrà, è meglio di qualsiasi analgesico.
– Che?
– Il suo mal di testa. Si vede lontano un miglio. Lei dovrebbe riposare, vice ispettore Castillo.

La giornata è sfolgorante. Nel tratto privo di alberi della Laurentina, la luce forte entra dagli occhi, trapassa il cervello e colpisce giusto dove una mano sconosciuta gli ha ricucito lo scalpo. Fa un male bestia, e pure la spalla si è messa a pulsare come i *subwoofer* di uno stereo da coatto, ma niente più nausea e vertigini. Il casale Zampa è distante da casa sua, Nick ha dovuto prendere di nuovo la macchina. Purtroppo. È la seconda volta che corre il rischio. Se la Fantini passa per caso e non la vede posteggiata sotto casa dove gliel'ha riportata lei, capace che gli spara un cazziatone.
Ma con Miriam Fantini ci vorrebbe proprio parlare. Le vorrebbe chiedere di fare un salto dalla vedova e di controllare se le quadri quello che pensa lui. Agnese Zampa ha aperto le finestre,

arieggiato la casa, arieggiato la vita. Ha eliminato dal salotto la parata di santini del caro estinto e i connessi lumini da cimitero. È questo che rende l'atmosfera meno soffocante, là dentro. Intende rispettare le volontà del marito, dice, ma la prima cosa che ha fatto è stata togliere di mezzo il segno più ingombrante della sua presenza. Si mette in grande spolvero e ci tiene a far vedere che ha ancora qualche cartuccia da sparare.
Insomma, la dipartita del povero Amilcare ha tolto un bel peso dalla vita di Agnese Zampa.
E per quanto la signora abbia messo le mani avanti, l'eredità e la voglia di godersi gli anni a venire costituiscono il più classico dei moventi. Quasi sempre è quello giusto.
Non ce la vede ad accoltellare il marito, però. Se c'è lei dietro la morte del vecchio, deve aver pagato qualcuno. Un'occhiata al suo conto in banca sarebbe d'obbligo. Magari la Fantini ci ha già pensato. È solo che lui non lo sa. Lui è fuori. Lui è in malattia. Manco una telefonata per aggiornarlo, l'infame.
Quando metto le mani sullo stronzo che mi ha sparato, giuro che lo ammazzo a puntate, bofonchia mentre manovra per parcheggiare, fra fitte e scariche della spalla fasciata.
Però, a considerare tutti gli aspetti della faccenda: come non ce la vede ad accoltellare personalmente il marito, Agnese, non ce la vede nemmeno a montare tutta quella manfrina per incastrare Ezechiele e Samuele Ciullà. Gli pare un po' troppo per una vedova ultracinquantenne che ha passato vent'anni a soddisfare il bisogno di compagnia di un vecchio orologiaio.
Naaa, completamente fuori squadro, conclude mentre armeggia con le chiavi allo scoccare del coprifuoco.
La penombra del monolocale è un sollievo.
Percussioni in testa e pulsazioni alla spalla ormai hanno messo su un concerto rock duro e puro.
Disteso al buio, occhi chiusi, respirazione regolare. Farà così. Ma prima s'imbottisce di analgesici.
Stordito dai farmaci, scivola in un dormiveglia agitato.
La prossima tappa è questo Carrezza. Che razza di nome da checca, pensa prima di sprofondare nel sonno.

Campo sportivo comunale

Zek e Sam stanno ingrugnati davanti alla finestra della cucina. Con un guizzo repentino, la tarda primavera si è trasformata in autunno uggioso. Dieci gradi in meno del giorno prima e nuvole gonfie di elettricità.
– C'è da tirare fuori di nuovo la felpa dai panni sporchi – mugugna Zek, imbronciato come il cielo.
– E per fare che? Tanto siamo disoccupati – risponde Sam.
Ne hanno parlato la sera prima. Il fatto che Chick sia sparito è un casino. Primo, deve ancora sganciare duecento euro. Il lavoro con l'orologiaio è stato eseguito a regola d'arte, mica è colpa loro se il vecchio poi è schiattato. Secondo, deve dare qualche spiegazione sul perché si sia messo a mangiare bruscolini proprio davanti al cadavere di Amilcare Zampa. Terzo, Chick procura l'ottanta per cento del lavoro alla ditta Fratelli Ciullà. Che può andare avanti un po' di tempo con i soldi sottratti al cristone tatuato, ma finiti quelli sta a zero.
– L'hai detto.
– Già. È la crisi.
– Crisi un cazzo. È colpa di Chick. Adesso ci deve levare dalla merda.
– È Chick che ci ha messo nella merda – sospira Sam.
– Be', voglio che me lo dice lui.
Brutta aria. Brutta come la giornata di fuori. Il clima non incoraggia a uscire, ma starsene chiusi a congetturare su chi li pedina e chi li vuole incastrare è peggio.
– La Vigor? – propone Zek.

– No, lì ci trova anche quel tizio. Quello che ci mette i coltelli a casa.
Zek ci pensa su. – Dimmi se ho capito bene: se usciamo fuori dal triangolo maledetto, Nick Badile o chi per lui ci fa il culo. Se restiamo nel triangolo maledetto ci fa il culo Terminator. Bello. Bella scelta.
– Okay – si decide Sam. – Qualche giro di pista? Lo diciamo a Minny, poi, così è contento.
– Ma vuoi scherzare? Fuori "dal nostro misero perimetro"? – scimmiotta Zek.
– Senti, Badile starà ancora a curarsi, e poi… be', se proprio vuoi saperlo, è meglio se ci becca Nick. Quello più di tanto non ci può pestare.
– È meglio se non ci becca nessuno.
– Sicuro, fratello. Sicuro.
Infilano le scarpe da corsa, prendono su borsoni e k-way, e si avviano al centro sportivo comunale.

L'impianto è deserto, a quell'ora del mattino. La gente ci va nel pomeriggio e la sera, a sgambare sui campi illuminati. Ragazzini delle scuole prive di palestra, squadre locali di calcetto, tennisti da dopolavoro.
Il cancello non è mai chiuso. Achille, il custode, è sempre in giro, ma stavolta non si vede.
La pista corre intorno al campo da calcio spelacchiato.
Ogni giro sono quattrocento metri. Dieci giri sono il minimo, venti sono meglio. Così, finché dura, Zek e Sam non devono pensare.
Ci danno dentro, regolando fiato e falcata. Finché smettono di contarli, i giri. Finché la fatica non c'è più. Non c'è più fatica, non c'è più Chick, né Badile, né Terminator. C'è solo ritmo, cuore che pompa, polmoni aperti, terra che fugge sotto le suole. E vento sulla faccia che asciuga il sudore. Anche la pioggia che si è messa a cadere va bene. Va bene tutto, a correre come dice Minny.
Si fermano dopo un'ora. Piegati, le mani sulle ginocchia a riprendere fiato.

– Meglio che stare ai domiciliari, eh? – ansima Zek.
Si battono il cinque e vanno a farsi una doccia.

– Achi'! – strilla Zek dando una manata sull'interruttore. – Achille!
Nessuna risposta.
I tubi al neon sfarfallano parecchio prima di stabilizzarsi. Gli spogliatoi, nel seminterrato illuminato da finestre a bocca di lupo, cadono a pezzi. Ma dopo una bella corsa, una doccia calda è comunque una doccia calda. Anche se i gemelli devono aspettare diversi minuti prima che l'acqua color ruggine smetta di sputacchiare dalle cipolle e scorra nel modo giusto e col colore giusto. Niente fila, niente Achille che si lamenta della bolletta troppo alta. Perciò se la prendono comoda, lavando via sudore e stanchezza, col calore che finalmente arriva a sciogliere i muscoli.
Stanno lì a godersi l'idromassaggio quando la luce si spegne.
– Quando cazzo lo cambiano, 'sto neon – borbotta Zek, interrompendo il getto d'acqua.
E si blocca.
Quando non tiene su le cuffiette, Zek ha l'udito fino. Fa segno a Sam di tacere.
– Poi sono io, il paranoico – sibila Sam.
– Zitto.
C'è qualcosa.
Un silenzio fasullo. Quello che senti quando qualcuno non vuole fare rumore.
Zek e Sam discutono a gesti.
"Chi cazzo è?"
"E che ne so? Qualcun altro che ci vuole fare secchi?"
"Magari ci prova."
Smettono di colpo, perché hanno visto.
Un'ombra ha appena attraversato la luce che dalle finestre piove su una panca. Così veloce e sinuosa che non sono sicuri di averla vista davvero.
Trattengono il respiro.
Nudi, bagnati, immobili e in guardia.
Un rumore indefinibile, dalla sinistra.

Zek e Sam sono carichi e concentrati.
Di nuovo quel passo senza suono.
Di nuovo quel rumore. Una specie di gorgoglio.
Viene dal basso, dalla parte di Sam.
Lui tiene la gamba pronta a scaricare la tensione in un calcio micidiale contro qualsiasi cosa si affacci oltre la parete del cubicolo.
Un fremito dell'aria, tesa come un lenzuolo su una branda di caserma.
– *Mieow*.
Una testa pezzata, orecchie triangolari, grandi occhi verdi e vibrisse all'erta.
– Ma cazzo! – esplode Zek. – È quella troia di gatta.
Sam fa appena in tempo a trattenere il calcio, prende a pugni le pareti della doccia, non sa se ridere o mollarglielo davvero, quel calcione, alla madre di tutti i randagi del campo. Per lo spavento che gli ha fatto prendere.
– Cazzo Sam, ce la facciamo sotto per la gatta di Achille. Stiamo proprio messi male.
– Malissimo. Pussa via, bestiaccia.
La gatta li guarda senza timore, poi si allontana indifferente verso l'uscita, dondolando la pancia gravida di altri piccoli bastardi.
Finalmente scaricano l'adrenalina e ridono davvero.
– Se la racconti in giro t'ammazzo.
– Fossi scemo.
Aprono di nuovo il getto d'acqua bollente, che con quella faccenda si sono infreddoliti.
Escono dal cubicolo che ancora ghignano, rilassati.
E stavolta lo sentono insieme.
Un fruscio alle spalle.
Si spostano appena in tempo.
La forma scura piomba loro addosso, un braccio alzato, una mano che stringe qualcosa che luccica un istante, prima di calare sulla spalla di Sam e mancare il bicipite per un pelo.
Un secondo, e tre corpi si avvinghiano in un groviglio dove non si capisce più cosa sia di chi. Colpi e fendenti, schivate e pugni.

Zek pesta alla cieca, senza pensare, una macchina. Sam stavolta è più preciso di lui. Individua la faccia dell'aggressore e trova spazio per scaricarci un diretto, dove ha concentrato tutta la paura e la tensione degli ultimi giorni.

Il tizio crolla, sbatte la nuca sul bordo di una panca e resta a terra immobile, col naso spappolato e un occhio che si sta già gonfiando.

– Preciso, fratello – boccheggia Zek.

Si chinano sul corpo. Un individuo olivastro, coi baffetti e i capelli scuri. Sembra un latino.

– E chi è?

– Boh. E mo' che gli abbiamo fatto, a questo?

– Niente, Zek. L'hanno pagato per farci fuori.

– Ma perché? – urla Zek al soffitto.

Un grido infantile, disperato.

Sam scuote la testa. Mette le dita sul collo del tizio come ha fatto con Nick, e dice che è vivo.

– Per poco. L'ammazzo io, questo qua. Dove cazzo è finito quel coltello?

Sam lo vede. È volato vicino all'entrata degli spogliatoi, chissà in quale momento della lotta. Lo prende coprendosi la mano con l'asciugamano e lo ficca nella busta impermeabile col logo della *Vigor.*

– Da' qua, che glielo ficco in gola.

– Già ci danno la caccia se non abbiamo ammazzato nessuno, figurati se do retta a te. Vestiamoci, Zek. Filiamocela da qui.

– E dove?

Le rare volte che Zek piagnucola, Sam approfitta per invertire i ruoli. – Cacasotto – lo stuzzica.

– Coglione – risponde Zek sottovoce.

Il campo sportivo è ai piedi del poggio su cui svettano i grattacieli del quartiere e corre il viale scandito dai ponti. Una salita lunga, senza riparo. Piove forte, adesso. Zek e Sam nemmeno se ne accorgono. Fendono il diluvio cupi, trasognati e zuppi fino all'osso. Due fantasmi d'acqua.

Strada deserta, poche macchine di passaggio che procedono lente, intimorite da quell'iradiddio. In cima alla salita, Sam accelera e si ferma sotto il primo ponte a disposizione. Appoggia le spalle al muro, molla il borsone e resta così, con gli occhi chiusi e il fiato grosso.

– Be'? – fa Zek. – Che, non ti regge la pompa?

Sam non risponde. Sta lì, col pomo di Adamo che va su e giù come se inghiottisse qualcosa.

– O te la fai sotto per due gocce?

– Merda, e mo' basta! – sbotta Sam. – È troppo. Troppa roba. È la seconda volta in una settimana che la sfanghiamo per un pelo di cazzo. Non mi va giù. Non ce la faccio. Se poi stiamo pure a litigare un minuto sì è l'altro pure…

– Quello stronzo non lo dovevamo lasciare così, lì negli spogliatoi. Quello…

– Quello niente. Che fa, ci va a denunciare? "Scusi, agente. Dovevo ammazzare due tizi e quelli m'hanno menato"? – motteggia Sam.

– E pure Achille…

– Achille sta benissimo. Abbiamo fatto la cosa giusta. Dacci un taglio.

Prima di uscire dal campo, hanno trovato il custode. Steso nel suo gabbiotto, legato e imbavagliato, svenuto ma vivo. La micia era accanto a lui, e li guardava con quell'espressione fissa dei gatti, che pare che non gliene freghi niente di niente.

"Era venuta a cercare aiuto" aveva esclamato Zek.

"Può darsi. Sleghiamolo e lasciamolo qui. Se si riprende anche quell'altro sono cavoli".

"Ma…"

"Niente ma. Se quello voleva ammazzare Achille, l'aveva già fatto. Gli serviva solo di non averlo fra i piedi. È noi che vuole".

– Okay, io ci do un taglio – risponde Zek giocando con la mano sotto la pioggia che cade dall'arcata del ponte. – Basta che ce lo dài pure te.

– Scusa, eh? Scusa se sto incazzato. Non so se te ne sei accorto, ma ci vogliono incastrare.

– Questo s'era capito da un pezzo.

– E ci vogliono ammazzare.
– E si sapeva pure questo. Che novità c'è?
Sam sospira. Se non fosse per Zek, starebbe qualche momento in pace. Lì, nell'occhio del ciclone. Un buco di quiete al centro della tempesta oltre lo schermo di gocce, dove comincia il mondo che ce l'ha con loro.
– Speravo che… – dice piano. – Ah, lasciamo perdere.
– No, mo' lo dici.
– Insomma, quando hanno sparato nel vicolo, quelli della berlina, voglio dire, ecco, una speranza m'era rimasta. Dopotutto, quelli potevano avercela con Nick, giusto? Può essere che non ce l'avevano con noi. Che ci siamo trovati solo nel posto sbagliato al momento sbagliato. In fondo Nick è uno sbirro, normale che qualcuno dell'altra squadra ha voglia di farlo secco, no?
– Seh, e Cristo è morto di freddo.
– Be', poteva essere – s'impunta Sam. – Però, dopo oggi…
– Fa' pace col cervello. Ce l'hanno con noi, punto. Mi piacerebbe sapere chi. Penso, penso, ma a pensare sei bravo tu. Io ci ho provato, ma nisba, niente. Zero. E quello stronzo di Chick che sparisce invece di tirarci fuori dai casini. Servirebbe una mano, ma a noi chi ce la dà?
– Be', Bob. Ha detto che ci aiuta.
– Solo perché gli conviene.
– Doc Marino sta tenendo il coltello e la pallottola.
– Perché l'abbiamo fregato.
– E Abbe ha…
– Perché gliel'ha detto Luz.
– Allora Luz.
– Perché… 'fanculo, Sam.
Sam ridacchia, gli piace un sacco incastrare il fratello. Un modo come un altro per mettere un punto a quella crisi. *Capitano, ma basta aspettare che passi*, pensa. Si china per raccogliere il borsone. Zek lo segue per attraversare la strada.
Una BMW che viene su dalla salita a motore imballato stringe la curva e annaffia i gemelli con un ventaglio d'acqua, manco fosse un motoscafo d'altura.

Zek e Sam reagiscono insieme. Stesse facce, stessi insulti, stesso dito medio al cielo. Stesso ritmo, due cuori e un vaffanculo. Guardano l'auto che si allontana col suo carico di contumelie. Un ghigno soddisfatto combatte contro sguardi accigliati e labbra contratte e finisce per spuntarla.

– Sì! – si battono il pugno.

– Sai, pensavo una cosa – fa Zek. – Nick Badile rompe i coglioni, e dove sta?

– A casa, a leccarsi le ferite.

– E Terminator?

– Non so se c'ha una casa, ma sicuro che si sta a curare qualche bozzo.

– Bravo. E lo stronzo col coltello?

– Eh, quello è meglio se trova qualcuno che gli rifà il naso.

– E questo viene a significare?

– Boh.

– Che siamo forti, fratello. Che a noi nessuno ci ammazza. Magari ci provano.

Escono rinfrancati da sotto il ponte. Fuori dalle pareti liquide che continuano a scendere dall'arcata, la pioggia ha rallentato. Dalle parti di Laurentina c'è addirittura un pezzo di cielo blu.

Zek e Sam si avviano a passo vivace verso il sesto ponte, verso casa.

Davanti al portone della torre, Zek ha un rigurgito di coscienza.

– Però resto della mia. Dovevamo fare qualcosa per Achille. È un tipo a posto.

– Hai ragione, Achille è a posto. E rimbambito. Stava bene, manco se lo ricorderà, quello che è successo.

– Con Nick Badile fai la crocerossina e con lui no.

– Io non mi faccio ammazzare solo perché uno ti sta simpatico.

– Quella gatta è meglio di te, Sam.

– Che, ricominciamo?

– Certe volte, te…

Lascia la frase a metà.

L'ascensore del palazzo non funziona mai, i quattro piani se li fanno sempre a piedi, con un pensiero ai poveracci del quattordicesimo. E siccome è sempre scassato, la porta è pure sempre chiusa.

Adesso no. C'è uno spiraglio da cui si vede una scarpa.

Zek e Sam si interrogano con lo sguardo.

– Qualcun altro che vuole farci fuori? – sibila Zek.

– Da sdraiato?

– Come?

– Ragiona: quella non è la scarpa di uno che sta in piedi.

– Vero, fratello. Magari è un barbone che si fa una dormita al riparo.

– Quella non mi sembra la scarpa di un barbone, a occhio e croce.

Zek sbuffa come fa sempre quando a suo fratello sembrano troppe cose.

Sam lo tira verso l'ascensore, apre la porta scorrevole con un dito. Bob Carrezza, semisdraiato nella cabina, solleva le palpebre per quello che può e ammicca attraverso un occhio gonfio e l'altro livido.

– Era ora, ragazzi. Volevo salire, ma 'sto coso non funziona. Temo che mi dobbiate portare su voi.

Visita di cortesia

Nicola Castillo sta ingrugnato davanti alla finestra del monolocale.

L'unico affaccio sul mondo di fuori, però è grande. È stata quella finestra che l'ha convinto a prendere la casa.

Guarda il traffico sulla Laurentina, impazzito sotto una pioggia che sembra qualcosa di solido. Ha l'impressione che, se mettesse fuori la mano, potrebbe scostarla come una tenda, per quanto è fitta.

È la prima volta che è felice di starsene a casa. Quando piove così, Roma va in tilt. La circolazione si blocca, i tombini traboccano, i sottopassi si allagano. I soccorsi non sanno a chi dare i resti e qualcuno finisce per rimetterci la pelle, dando il via a un codazzo di polemiche e al festival dello scaricabarile.

In questi casi, se sei in servizio non ci sono orari, non c'è pace e non ci sono garanzie. Nick è contento di starne fuori, per una volta.

È da un po' che va così. Cambiamenti climatici repentini, nessuna previsione attendibile.

Sta'a vedere che quei mentecatti di ambientalisti c'hanno ragione, il mondo sta andando a puttane.

Pensa a quello, Nick, per non pensare al mal di testa.

Torna al pc, dove ha appena lanciato una ricerca su Roberto Carrezza. Da quello che ha letto, il cronista sembra proprio quello che in buon italiano si chiama un gran rompicoglioni. Inchieste che scottano, prima, e poi la nera. Dove riesce a trovare cose che scottano più di prima. Che ci stava a fare a casa della vedova

Zampa? Dal poco che ha potuto capire, Roberto Carrezza tratta casi del genere con la mano sinistra, per dovere di cronaca. Il vecchio Amilcare è solo un morto ammazzato come tanti. O no? Cerca il numero del giornale con Google, telefona e chiede del giornalista, presentandosi come un informatore. Carrezza non c'è, e non gli danno il numero di cellulare.

Sbatte giù il cordless e torna davanti alla finestra. Se si fosse qualificato con nome e grado, l'avrebbe ottenuto eccome, il numero. Ma magari poi la Fantini sarebbe venuta a saperlo. Sa sempre tutto, quella. Sta giusto meditando se correre il rischio, quando una luce pulsante blu si ferma sotto casa sua. Il lampeggiante è l'unica cosa che si vede, in quel diluvio.

Gli inquilini sanno come si guadagna la vita. Nel palazzo non è successo niente, altrimenti si sarebbero già attaccati al suo campanello. Perciò la visita è per lui.

Nick diventa un miracolo di efficienza: chiude il divano letto così com'è, sbatte i piatti sporchi e la tazza della colazione nel forno e toglie le briciole dal tavolo.

Dà uno sguardo di controllo. Nasconde alcune riviste che l'ispettore troverebbe discutibili e mette sul pc la schermata di Facebook, appena in tempo prima che suonino alla porta.

Miriam Fantini e Adamo Fortuzzi asciugano le scarpe sullo stuoino. Da quando è stato sospeso, l'agente scelto Fortuzzi è il cagnolino da compagnia dell'ispettore. Un cagnolino contento, deve avere un debole per le donne autoritarie.

– Ma che sorpresa. Sei venuta a controllarmi, capo?

– Dovrei? – fa la Fantini entrando e sbattendo sul tavolo una busta piena di sfere arancioni.

– Che è? Aranci? – fa schifato Castillo.

– No, arance. L'albero l'ho lasciato dov'era – risponde impietosa la Fantini. – Dacci qualcosa di caldo, va', ingrato.

– Caffè?

– Meglio un tè, dura di più.

Castillo fruga nella dispensa, sperando di trovare un paio di bustine lasciate da qualcuna delle sue sporadiche conquiste. Le trova quando ormai non ci crede più.

Fortuzzi spiega che sono dovuti intervenire in uno scantinato a pochi isolati da lì, dove l'acqua ha rischiato di affogare un'intera famiglia di cinesi.
– Be', come è andata con quel tizio col pisello di fuori? – chiede Castillo, agganciandosi all'ultima chiacchiera di commissariato, giorni prima.
– Chi? Ah, quello. Niente, non lo abbiamo trovato. Invece abbiamo beccato un barbone in mutande, con un ficozzo sul cranio. Qualcuno lo aveva steso per fregargli i calzoni pulciosi e le scarpe sfondate che portava addosso, che schifo. Non la finiva più di sbraitare.
Castillo si volta a guardare i due seduti sul divano. Non è abituato a ricevere gente, si chiede se ci sia qualcosa che deve fare, oltre a servire un tè scaduto.
– Sei stata sul posto dove m'hanno quasi ammazzato? – domanda all'ispettore.
La Fantini si toglie la giacca bagnata e la piazza sul termosifone. Non servirà a niente, perché è spento, ma sembra che il gesto la faccia sentire meglio.
– Sì, ci sono stata. Due bossoli, calibro 9. Sul paracarro c'era il tuo contributo biologico: pelle, sangue e capelli. Il povero paracarro se l'è cavata per miracolo.
– Le tracce di pneumatici?
– Ci vuole tempo. E sai meglio di me che quella macchina risulterà rubata.
– Già. Zek e Sam?
– Tutti casa e palestra, paparino.
– Bravi ragazzi.
– Ossignore, Nick! Quelli sono due delinquenti.
– Che non delinquono fino al punto che dici tu. Se li becco a spacciare li rimetto dentro, ma stavolta sono solo capri espiatori, nessuno me lo leva dalla testa. Appena finisce 'sta storia della malattia, faccio due chiacchiere con Chick Lanzetta. Novità sul caso Zampa?
L'ispettore lo guarda fisso in un modo che costringe Nick a girarsi e a darsi da fare con due tazze scompagnate, zucchero e latte.
– Tu ne hai, di novità?

– Io? Chiuso qua dentro? Vuoi scherzare?
– Allora sta' in campana, qualcuno ti ha spostato la macchina.
– Sono stato io, avevo finito gli analgesici.
Quando si volta, la Fantini ha le mani nei capelli e Fortuzzi guarda fuori. Il mal di testa di Nick si conquista un posto nel Guinness dei Primati.
Porta le tazze una alla volta. Finalmente scopre quanto sarebbe utile un vassoio.
– Sentiamo: che faresti, se fossi in servizio?
– Controllerei la vedova. Routine. L'avrai già fatto, no?
– E nient'altro?
Castillo cammina sulle uova. Il suo capo non la prenderebbe bene, la faccenda delle sortite all'ora di pranzo. Non sarebbero utilizzabili in tribunale, e soprattutto non le ha ordinate lei.
La guarda mentre si scalda le mani con la tazza. – Boh. Prima la vedova. Allora? Ci sei andata?
– Certo.
– E come l'hai trovata?
– Si tiene su. Cerca di superare.
– Le hai fatto una visita di cortesia?
– Castillo, quella botta in testa ti fa straparlare. Ti pare che non la controllo? Come sta, quello che faceva quando è morto il marito e quello che fa adesso. E il conto in banca.
– Ah, quindi ci hai pensato pure tu.
– Certo che ci ha pensato. Ci hanno pensato tutti. Il primo sospettato è sempre il coniuge, no? – interviene Fortuzzi mentre si sforza di mandare giù il tè che non deve essere una meraviglia.
– Tu zitto. Quel "sempre" è l'origine di tutti gli errori giudiziari del mondo – lo mette a cuccia la Fantini.
Castillo non riesce a capire se lo vuole svezzare, tenere al guinzaglio corto o tormentare per la faccenda di Facebook.
– Insomma?
– Insomma niente. Mentre il marito tirava le cuoia, la signora usciva dal parrucchiere, dove aveva trascorso tutto il pomeriggio. Poi ha incontrato una conoscente e l'ha invitata a casa per mostrarle come si fa una torta di mele come Dio comanda. L'alibi regge. Per quello che

vale. Non ho mai pensato che lo avesse accoltellato personalmente.
– Movimenti bancari?
– Zero. Gli Zampa avevano un conto a firma congiunta. La signora non poteva toccare un centesimo senza che Amilcare Zampa fosse d'accordo. Nessun movimento strano dopo la morte del marito, solo l'anticipo per il funerale, per quando le ridaremo il corpo. Niente sicari assoldati dal coniuge, Fortuzzi.
– Però adesso lei eredita tutto – si lascia scappare Castillo.
– E tu che ne sai?
Nick si morde la lingua. – Amilcare Zampa non ha altri parenti, questo ho fatto in tempo a verificarlo. E quello che hai detto mi fa pensare che, senza il marito, la signora Zampa tiri un bel sospiro di sollievo – dice, anche se avrebbe una gran voglia di informare il suo capo sul viavai continuo di avvocati, commercialisti, agenti immobiliari e giornalisti che anima le giornate della vedova. Ma dovrà aspettare. Peccato, perché vorrebbe proprio sapere se anche l'ispettore ha fiutato l'aria nuova che ha fiutato lui, nel casale Zampa.
Aria nuova come quella di adesso, che ha smesso di colpo di piovere, e un sole accecante sta lì a dire che è stato uno scherzo, lui non se n'è mai andato e quella pioggia furiosa è stata solo un brutto sogno.
Castillo guarda fuori, meditando sull'inaffidabilità ormai accertata del tempo e su quella tutta da accertare delle vedove di fresco conio.
La sua aria svagata incuriosisce la Fantini. – Be', che ne pensi? – gli chiede. – L'hai vista anche tu, la vedova. Ti pare il tipo?
– Nessuno pare il tipo, prima che lo becchi con le mani nel sacco. Sì, Agnese Zampa sembra l'innocenza in persona, però…
– E sentiamo: faresti altro?
– Non lo so, ci devo pensare. Al momento sono fuori dal gioco, no?
– E non ti piace per niente.
– No, non mi piace. E allora?
Cerca di interpretare la smorfia della Fantini dopo un sorso di tè. Deve essere davvero uno schifo, di quelli che sanno di sapone.

Sì, pensa, *è il tè. Speriamo.*
Il cellulare dell'ispettore toglie Castillo dalle peste.
Miriam Fantini ascolta assorta.
– Siamo in zona, arriviamo subito – conclude.
– Che è successo?
– Una squadra di volontari che sorvegliava l'argine del fiume ha trovato un corpo. Andiamo a vedere.
– Almeno non piove più. Hai tutte le fortune – dice Castillo sollevato, accompagnando i colleghi alla porta.
– Fortuzzi, vai ad accendere il motore e avverti in commissariato che andiamo là – ordina Miriam Fantini.
– Ma…
– Sbrigati.
L'ispettore resta sulla porta. Aspetta che i passi di Fortuzzi sfumino per la tromba delle scale. Nel frattempo guarda Castillo con aria perfida. – Zebbo è venuto in commissariato a integrare la sua deposizione. Cercava te. Dice che glielo hai detto tu. Due giorni fa.
Ma che stronzo. È un tipo ansioso o questa è la sua idea di vendetta?
– Quello sogna. È strafatto.
– Può darsi – sogghigna lei, dandogli un pugno sulla spalla buona.
Si avvia, scende una rampa di scale, lo ammonisce dal basso.
– Non farti beccare dal medico fiscale. Poi mi racconti tutto.
Se ne va, lasciando Nick Castillo a pensare che no, non l'ha ancora inquadrata bene, l'ispettore Fantini.

Primo soccorso

Bob Carrezza, accasciato su una sedia da cucina in casa dei fratelli Ciullà, si lascia curare dalla strana coppia che lavora a quattro mani senza imbrogliarsi mai. Gli ci è voluto poco per capire che Zek e Sam hanno una certa pratica con le ferite da pestaggio. A forza di darle e prenderle in abbondanza, fuori e dentro la Vigor, devono aver fatto di necessità virtù. Così ipotizza Bob.

Dal bagno è spuntata una cassetta di pronto soccorso fornita di tutti i rimedi per rappezzare il peggiore degli scavezzacollo, e Bob si sente rassicurato dal dettaglio che i due si siano lavati le mani e le abbiano disinfettate, prima di mettergliele addosso.

– Il tuo bel faccino è tutto rovinato, Bob. Che peccato – dice Zek.

Il cronista ci coglie una punta di soddisfazione e sospira, ma non ribatte.

– Mi dondola un dente – si lamenta.

Sam ha un'espressione compassionevole mentre gli palpa la mascella. Pare più dispiaciuto, magari si sente in colpa. E fa bene. Perché quei tre che l'hanno sorpreso quella mattina in garage per pestarlo come un tamburo hanno a che fare con la storia dentro cui l'hanno tirato i fratelloni, ci scommetterebbe la tessera stampa.

Vorrebbe fare mente locale, Bob, ma ha deciso di pensare più tardi, non appena avrà dato fondo al repertorio di smorfie che le cure dei gemelli gli stanno strappando.

– Ti serve il dentista. Se sei sfigato, ti sei fottuto una costola o due. Ma con la faccia hai avuto culo, non servono punti. Non sorridere, o il labbro spaccato ci metterà un sacco a guarire. Aspetta che si sgonfia tutto e che vanno via i lividi. Un paio di settimane – diagnostica Sam mentre rompe con un pugno una busta di ghiaccio istantaneo.

– Grazie, dottore.

– Dottore un cazzo. Si può sapere che t'è successo?

– Non si vede, Zek? Stamattina stavo andando al giornale e mi hanno pestato. Punto. Nel mio mestiere succede.

– Chi?

– E che ne so. Erano in tre, non hanno aperto bocca. Non saprei dire nemmeno come sono fatti, perché mi hanno preso alle spalle e trascinato di peso in una parte buia del garage. In quel momento avevo altre preoccupazioni. Contento?

– No. Per niente. Adesso ci beviamo qualcosa e ti decidi a cantarcela tutta – fa Zek con la solita grazia.

Sbaraccano l'infermeria improvvisata, poi raspano nel frigo e tirano fuori tre Michelob.

Non sa quanto riuscirà a bere, Bob. Ha lo stomaco in subbuglio e ogni respiro è un'impresa. Ma una birra fresca è quello che gli ci vuole.

Zek stappa, mentre Sam sistema due sedie proprio di fronte al cronista.

I gemelli siedono, gli piazzano davanti la bottiglia, si fanno un sorso e lo guardano in silenzio.

– Be'? Grazie per i cerotti ve l'ho già detto. Adesso grazie per la birra e siamo in pace. E risparmiati "pace un cazzo", Zek, va bene? Me lo dico da me: "pace un cazzo".

– Te lo dici da te un cazzo.

Il giornalista vorrebbe ridere, ma gli hanno appena consigliato di non farlo. Stronca l'impulso con un sorso di birra. Il momento più bello nelle ultime ore, anche se gli tocca inghiottire goccia a goccia. Zek è rabbuiato. Sam ha la fronte corrugata e le labbra a punta.

– Sai, Bob, stavo pensando una cosa – dice.

– E sarebbe?

– Ecco: tu, all'inizio, non ci hai preso mica sul serio. Quando ci siamo visti la prima volta da Abbe, dico. Solo da un certo punto in poi. Abbiamo detto qualcosa che ti ha convinto a darci retta. Ci ho messo un po' a ricordarmi quando hai cambiato idea.

– E cioè?
– E cioè quando abbiamo nominato Amilcare Zampa. Dopo quel nome, ci hai fatto ripetere la storia daccapo. Ti suona?
– Mi suona, e allora?
– E allora, scassi sempre le palle che ti dobbiamo dire tutto. E noi l'abbiamo fatto. Cose che non avremmo detto alla mamma, pace all'anima sua. Però tu non ti sbottoni per niente.
– Ragazzi, ho i miei segreti professionali. Sapete che…
– Segreti professionali una ceppa – giunge puntuale Zek.
– Complimenti. Vedo che sei capace di variazioni.
– Se non la pianti di dire stronzate…
– Basta, smettetela. Zek ha ragione. In pochi giorni hanno provato a incastrarci con un omicidio, ci stanno attaccati al culo e hanno cercato di ammazzarci due volte. L'ultima un paio d'ore fa. È il caso che tiri fuori tutto anche tu.
Bob si appoggia allo schienale della sedia, beve e li studia con calma. La sorte si deve essere proprio divertita a mandargli fra i piedi due tipi come Zek e Sam. Due soggetti con poco passato, brutto presente e futuro cupo. Si chiede se sia il caso di fidarsi di loro. Due delinquentelli da niente, uno col cervello sveglio e l'altro mezzo tourettico.
Però in fondo hanno ragione. Ha qualcosa da perdere a scoprire le carte? Loro certo non andranno a dire niente in giro. Però metti caso che si facciano beccare e che qualcuno li convinca a parlare. Se non ha capito male, i soggetti con cui hanno a che fare usano sistemi spicci, sapranno sicuramente come sciogliere le lingue riottose. E se le sue ipotesi arrivassero alle orecchie sbagliate, potrebbero mettere in allarme quelli che gli interessano. I delinquenti veri. I mandanti. I suoi bersagli preferiti. Individui di soldo e di potere, capaci di rendere la vita molto difficile a chiunque intralci i loro piani.
– E allora? Che, ti sei addormentato? – lo riporta coi piedi per terra la voce scorbutica di Zek.
– No. Mi piacerebbe, ma no. Mi stavo chiedendo se posso fidarmi di voi. Qui c'è in ballo roba grossa, l'avrete capito.
– No, badrone. Noi ezzere due boveri gredini.

– Smettila, Zek. Certo che ti puoi fidare. Dici che non arrivi da nessuna parte se non ti diciamo tutto, magari è vero. Ma noi non ci possiamo guardare le spalle se non ci aiuti tu. Insomma, o giochiamo in tre o va tutto a puttane. Ci piacerebbe scoprire chi è che ci vuole morti o al gabbio, mi pare il minimo. E ho idea che tu lo sai.

– A proposito di dire tutto: cos'è questa storia che hanno appena cercato di ammazzarvi?

– Stamattina al campo sportivo comunale. Un tizio col coltello, negli spogliatoi. L'abbiamo steso e siamo scappati. Pareva un latino.

– Un latino? E che c'entra? L'avete ammazzato?

– Macché. Quando ce ne siamo andati era messo male, ma respirava.

– Purtroppo – si dispiace Zek.

– Un latino, eh? Siete sicuri?

– No. Ci siamo mica messi a parlare del più e del meno. Poteva essere pure nordafricano, greco, turco, siciliano, calabrese. Chi se ne frega. Quello che conta è che ci voleva affettare.

– Hai ragione, importa poco. Quella è bassa manovalanza, la prendono dove capita.

– Ehi, fratello, ma non lo vedi cosa sta a fare? Cambia discorso, così non ci dice niente. Bel tentativo, fichetto, ma non funziona.

– Sta' calmo, Zek. È che mi preoccupo per voi.

– Raccontalo a tua nonna. Tu vuoi la tua storia e basta. Di noi non te ne frega un cazzo.

Bob si scola la bottiglia e guarda Zek. Il tourettico è andato dritto al punto e ci ha preso prima e meglio del fratello svelto. *Touché.*

– Okay. Ce l'avete un'altra birra? Perché ci servirà.

– Seguivo per il giornale la faccenda dello sgombero del mulino. Insieme a quelli che ci andavano a spararsi le pere e a qualche senzatetto, hanno buttato fuori anche un po' di volontari che facevano qualcosa di buono per la zona, là dentro, da quando il centro Morante ha chiuso. Corsi di musica, concerti, mostre di fotografia, indagini sul quartiere. Perciò, un putiferio, quelli zitti non ci stanno. Mi sono chiesto perché, e perché proprio adesso. Un uccellino mi ha detto…

– Sam, sei sicuro che ci possiamo fidare di uno che parla con gli uccelli? – ghigna Zek.

– Sta' un po' zitto – sbotta Sam. – Va' avanti, Bob.

– Ecco, mi sbatto in giro e vengo a sapere che c'è un progetto per farci un centro commerciale. Roba seria, un sacco di soldi in ballo. E quello che lo caldeggia è un politico che ha già avuto qualche problema: corruzione, frequentazioni discutibili, le solite cose. È cascato sempre in piedi, ma questo non vuol dire. La cosa mi puzza e comincio a ficcare il naso, ma non tiro fuori niente. Però non sono solo io a sentirla, la puzza. La commissione urbanistica blocca i lavori, per esempio. Pare che non si possa rilasciare la concessione edilizia perché non c'è spazio per il parcheggio. Il mulino ha il fiume che gli gira intorno su due lati e il terzo è demanio. Inalienabile. C'è solo una direzione in cui si potrebbe sviluppare il progetto, ma lì c'è un vecchio casale, il proprietario l'ha ristrutturato di fino e non vuole sentir parlare di vendere.

– Sempre l'uccellino?

– No, l'ingegnere comunale a capo della commissione. Sono tornato a parlarci e mi hanno detto che era in malattia. Ci ho riprovato dopo una settimana e l'avevano trasferito. Definitivamente. Non mi hanno rivelato dove. Privacy. Così dicono.

– Chiunque la sentirebbe, la puzza – considera Sam.

– Difatti. La puzza la sente anche un certo procuratore, uno che chiamano Bulldog perché non molla mai, così prende in mano la faccenda. Chissà, magari quell'ingegnere è andato a farci due chiacchiere prima che lo trasferissero.

Sam insegue un pensiero che sparisce subito, spazzato via dal risentimento. – Senti un po', ma ci hai preso per scemi? – lo interrompe. – Non è che tutte queste cose stavano già nel tuo articolo e non ci racconti niente di nuovo?

– Ah già, leggete i miei articoli. Ve l'ho già detto che sono onorato?

– Non ti gasare, ci ho buttato un occhio al volo. Devo averlo ancora da qualche parte.

Il giornalista guarda con rimpianto la seconda birra che volge alla fine. – L'antefatto è questo. Poi succede che ammazzano il proprietario del casale. Quello che non vuole vendere. Che si chiama Amilcare Zampa. Poi succede che cercano di incastrare voi per l'omicidio. Poi viene fuori che stanno tampinando la vedova per farle cedere la proprietà. Intanto qualcuno segue voi e vi vede parlare con me. Allora seguono anche me, mi vedono parlare con la vedova Zampa e si preoccupano. Quindi mi pestano. Quindi…
– Quindi siamo nella merda.
– Sì, Zek. Fino al collo. Perché ci puoi giurare: se voi andavate bene per il lavoro di grosso, per quello di fino si stanno servendo di qualcun altro. Professionisti. E io voglio scoprire chi è il mandante e chi sono i professionisti.
Restano in silenzio per qualche minuto a digerire la faccenda. Che non ne vuole sapere di andare giù. Fuori il pomeriggio si è tinto di rosso e la cucina sembra un set di David Lynch. Bob pensa che se la sta cavando bene. Ha detto la verità ai gemelli, ma ha tenuto fuori i nomi.
– Ma cazzo, perché proprio noi?
Sam guarda il fratello con aria di compatimento. – Ancora, Zek? È stato Chick. È Chick che ci ha messo nei casini.
– E Chick è sparito – conclude Bob.
– Be', appena viene fuori sono cazzi suoi. Ma che gli è saltato in testa, dico io? Gli affari andavano bene, perché s'è ficcato…
– Soldi. Tanti soldi. Deve aver spuntato un bel prezzo: toglie di mezzo un impiccio come Zampa e fornisce bello e pronto il capro espiatorio. Cioè voi. Servizio completo. La fedina penale ce l'avete già incasinata, non c'è un'anima che vi difenderebbe e c'è un testimone oculare. Uno che afferma di avervi visto e che deve essere costato solo qualche pista di coca. Caso aperto, caso chiuso, con due colpevoli perfetti.
– Grazie tante – mugugna Sam.
– Brutto figlio di una troia impestata. E con noi se la voleva cavare con due centoni a cranio per menare il vecchio. 'Sto tirchio. Te l'avevo detto, Sam, che ce ne poteva scucire trecento.
Bob Carrezza si alza. È dolorante e incerto sulle gambe, ma sod-

disfatto. Lì c'è la sua storia, che sta in piedi da sola. Altroché se ci sta. Deve solo scoprire come ha fatto Chick ad appaltarsi un lavoro così. Per quanto ne sa, gli manca l'aggancio. E soprattutto scoprire chi sono quelli che ce l'hanno con lui e con i gemelli. Perché se è vero che una scartina come Chick Lanzetta si è illuso di salire di grado utilizzando altre due scartine come lui, è vero anche che adesso, a tenere il fiato sul collo a tutti, c'è un'organizzazione intera che non deve amare gli errori. E siccome con Zek e Sam di errori ne ha già fatti parecchi, deve essere proprio incazzata.

Chiunque siano, alzeranno il tiro, ne è sicuro.

– Grazie del disinfettante e delle birre, ragazzi. Io me ne vado.

– Che fai? Lasci perdere?

– Non ci penso nemmeno. Tanto non mi faranno fuori. Se un certo procuratore si trova davanti l'omicidio di Zampa e quello del giornalista che sta indagando sul centro commerciale, tirerebbe le somme. Si alzerebbe un polverone. Troppa attenzione. Al massimo mi aspetto un altro avvertimento come quello di oggi. Voi, piuttosto. State in campana, eh?

– Che pensi di fare? – domanda Sam.

– Cercherò ancora Chick. Lui è la chiave di volta. E poi tenterò di parlare col Bulldog. Sam, che c'è?

– Io? Perché? – inghiotte a vuoto Sam.

– Così. Hai una faccia strana.

– Senti un po' chi parla di faccia strana – risponde lui, più scorbutico del fratello.

Il cronista scende le scale piano, con cautela. Sono buie, e lui è ridotto a camminare come il suo bisnonno. Non ci giurerebbe, ma gli è parso di vedere un'ombra di rispetto nello sguardo di Zek. Sogghigna.

Sono ridotto proprio male, se comincio a tenere in conto l'opinione di Ezechiele Ciullà.

Zek e Sam chiudono la porta e ci si appoggiano contro.

– Maledizione – fa Sam.

– Che c'è?

– Vieni con me, devo controllare una cosa.
Trascina il fratello in camera da letto. Cerca frenetico nel mucchio di calzoni sulla sedia, fruga in tutte le tasche. Finalmente trova un foglio di giornale ripiegato.
Porta Zek in cucina e stende il foglio sul tavolo. È malridotto, le parole sulle piegature non si leggono più. Ma quello che Sam ricorda è leggibile. Ci torna su parecchie volte, come se volesse convincersi di vedere quello che vede, poi si rialza.
– Maledizione, Zek. Guarda chi è il Bulldog.

L'uomo del fiume

Nicola Castillo sta sciando sulla neve fresca. Quando derapa, alza ventagli di cristalli candidi così belli che si sente orgoglioso di averli fatti lui. L'aria è fredda, ma il cielo è limpido e splende il sole.
In fondo alla pista c'è l'imbocco di un tunnel. Castillo non ricorda di averlo mai visto. Però non è preoccupato. Continua a scendere in parallelo, veloce, elegante e felice.
Di colpo capisce che quello non è un tunnel. È un'enorme narice. Allora sì che si preoccupa. Il grande naso comincia ad aspirare la neve, gli toglie la pista da sotto i piedi. Castillo arranca, cade in un turbine di ghiaccioli, sci e racchette. Viene risucchiato, sprofonda in un baratro di cui non vede la fine ma che gli fa un po' schifo lo stesso. Appena prima di impattare contro una superficie ignota, schizza a sedere sul letto.
Guarda la sveglia sul comodino. Sono quasi le otto. Ci mette qualche secondo a capire che si tratta delle otto di sera. Dopo che la Fantini se ne è andata, ha preso una robusta dose di analgesico ed è andato a sciare.
Sto esagerando con quella schifezza. Che razza di sogno. Roba da Zebbo.
Solo allora sente lo squillo del cellulare. Ha una mezza idea di ignorarlo, ma quello non smette.
Si alza stordito e barcolla verso il telefono.
È l'ispettore.
– Giù dalla branda, Nick. Passa in commissariato.
– Veramente…

– Ci hai preso gusto a grattarti la pancia? Nessuno verrà a cercarti, a quest'ora. Ti aspetto, sbrigati.

In commissariato due colleghi stanno portando dentro un ragazzetto. Faccia d'angelo, riccioli neri sul collo e sguardo perso di chi non sa cosa gli stia capitando. Fa quasi tenerezza.
Eh sì, ragazzino. Se ti metti in certi giri, può capitare che ti becchino, pensa Nick.
Un pesce piccolo dello spaccio di "pezzi", suppone. Piccolissimo. Sradicare il traffico è un sogno a cui nessuno pensa più. Abbatti l'undicesimo ponte e i pusher si spostano al decimo e via così. Ne arresti uno e ne spuntano tre. Buttare giù cemento non serve a niente. Ci sarà sempre un posto e uno spacciatore, finché c'è richiesta di mercato. Sradicare il traffico è un sogno morto.
Nick viene accolto a battutacce.
– Ehi, Nick, cambia barbiere.
– Sembri uno di quei quadri tutti storti che valgono un sacco di soldi.
– Ma non eri malato? Ci marci, eh?
– Ditela tutta, vi manco.
Soffia fra i denti un "'fanculo" *urbi et orbi* e bussa dall'ispettore.
Appena lo vede, la Fantini agguanta borsa e soprabito e lo prende per un braccio.
– Andiamo.
– Dove?
– All'obitorio.

L'aria della sera è pulita. Fredda, per essere metà aprile, ma la Fantini guida col gomito appoggiato al finestrino aperto. In silenzio.
La Laurentina regala l'onda verde. Il traffico su Cristoforo Colombo scorre come nei sogni di chi ci rimane imbottigliato tutti i giorni. In questi casi partono le scommesse su dove e quando arriverà il tappo, ma la Fantini ha il cipiglio di chi non ha voglia di parlare. Il sogno sfarfalla a Via Druso, s'incrina a Porta Me-

tronia, si sgretola alla Ferratella e va in pezzi a San Giovanni. Tappo. Un altro sogno morto.
Il mal di testa ha dato tregua a Castillo, ma vista la situazione durerà poco. L'ispettore ha sempre una brutta faccia.
– Dove hai lasciato Fortuzzi?
– L'ho mandato fuori dai piedi.
– Andiamo, che ti ha fatto il pivello?
Lei sbuffa.
– È arrivato da poco, insieme alla Camponeschi. È ancora inesperto, ma sembra un bravo ragazzo – lo difende Castillo.
– Va tenuto d'occhio. E non mi fido di un agente di polizia che sta sempre sui social.
– Rassegnati – sospira Castillo. – Ormai è così. Se non stai su Facebook, non esisti. Ci sto pure io. Fortuzzi dice mica balle, è vero che ci puoi trovare cose interessanti. Per il lavoro, dico.
– E ce le puoi anche mettere, le cose interessanti. Senza nemmeno accorgertene.
– Pensi che abbiamo un merlo canterino in centrale? Ispettore, scusa, ma questa è una ca… boiata. Li conosco tutti meglio di te.
– Sarà, ma è meglio che se ne stia a casa, stasera.
– Dovresti starci anche tu. Hai l'aria stanca.
– Ho telefonato a mio marito. Penserà lui ai bambini. Forse è pure meglio così.
La mascella s'indurisce. Miriam Fantini, in questo momento, non sembra proprio la madre di famiglia che ha esteso il concetto al commissariato. Maltratta il cambio per avanzare di cinquanta centimetri.
– E perché hai chiamato proprio me? Balduzzi è di turno, Zaffòn pure, non potevano…
La Fantini lo guarda storto. – Sei il mio vice, no?
Castillo decide di prenderlo per un apprezzamento. – Non hai solo l'aria stanca. Stai virando al verde bile – approfitta subito.
– Sono stata giù al fiume, dove hanno trovato quel cadavere. Ho avuto la pessima idea di guardarlo da vicino. C'è voluto quasi tutto il pomeriggio per fare i rilievi e portarlo via. Fatica sprecata, fra l'altro. Con la pioggia il terreno era molle, e fra volontari

e colleghi imbranati non resta un'impronta buona che sia una. Se c'era una prova, tanti saluti. E poi pare che non l'abbiano ammazzato lì.
– L'ha detto il medico legale?
– Sai che Scaragna è pignolo. Non dice niente se non ha aperto. Ha promesso che l'avrebbe fatto subito. Stiamo andando da lui.
– Chi l'ha detto, allora?
– Quelli che l'hanno trovato. Gli ambientalisti che controllano il fiume quando viene giù un subisso d'acqua come quello di stamattina. Il corpo navigava tranquillo sul filo della corrente. L'hanno agganciato con qualche bastone e l'hanno tirato a riva.
– Bene. Me ne sono capitati tanti: sparati, accoltellati, strangolati. Un annegato mi mancava.
– E continuerà a mancarti. Secondo me, quello è arrivato in acqua già morto.
– L'ha detto…?
– Lo dico io. La faccia è uno sfracello, per poco non vomitavo. Qualcuno gli ha cancellato i connotati. Non credo che siano stati i pesci.
Castillo si chiede come faccia, Miriam Fantini, a conciliare i pranzetti di famiglia con quello che ha visto in giornata. Forse non ci riesce, ed è per quello che sta incazzata.
– Documenti? – chiede.
La Fantini dice no mentre guadagna un metro buono.
– Qui facciamo mattina. Ma una botta di sirena?
– Smettila, non hai più l'età per parlare come un pivello.
Dopo Santa Croce in Gerusalemme la situazione migliora. Porta Maggiore fa un altro regalo inaspettato e la Fantini imbocca Scalo San Lorenzo per raggiungere l'Istituto di Medicina Legale da via Tiburtina.
La movida che lambisce lo Scalo e via dei Reti va in giro a maniche corte. I ragazzi hanno deciso di credere al calendario e non al termometro che segna otto gradi, e battono i denti dentro abiti troppo leggeri.
Nick si è chiesto spesso che gusto ci sia a starsene in mezzo alla strada, appoggiati a una macchina con lo stereo a palla fino a

mattina. Anche quindici anni prima preferiva un tetto sulla testa e le gambe sotto il tavolo. Il letto in compagnia meglio ancora.
Le sue riflessioni sono interrotte dalla frenata dell'auto di fronte all'Istituto.
Percorrono il trionfo di linoleum e neon che conoscono bene. La recente ristrutturazione ha tolto temporaneamente di mezzo lo squallore delle mura scrostate e dei cadaveri in corridoio, ma c'è poco da migliorare, in un obitorio. Mostrano distintivi e autorità a chi di dovere e bussano da Scaragna.
Prendono fiato. Si preparano all'impatto olfattivo più conflittuale che c'è. Morte e disinfettante. Escrementi e Bergamon. Viscere all'aria e canfora sotto il naso. Morte, merda e frattaglie la spuntano sempre. Nick è convinto che nemmeno uno sbirro del Bronx a fine carriera possa farci l'abitudine, checché ne dica. Solo gli affettacadaveri ci riescono.
Il medico apre senza parlare né salutare, e dà loro camici, cuffia e guanti. Pignolo, appunto. Però di parola.
Si è già portato avanti col lavoro. L'uomo del fiume è sul tavolo autoptico, con la sua bella incisione a Y che mette in mostra le budella sotto la lampada a led. Brutto spettacolo, ma la faccia è peggio.
Nick inghiotte. No, non si abituerà mai. La Fantini è pallida. Si appoggiano con le spalle al muro, entrambi impegnati nella consueta contrattazione con i rispettivi stomaci. Aspettano il solito segnale da Scaragna. Parlargli prima è inutile: come parlare a un sordo quando non guarda.
Finalmente il medico legale alza la testa e sbircia da sopra la mascherina.
– Allora? Com'è morto? – domanda l'ispettore.
– Male. Malissimo.
– Che significa?
– Intanto non è morto annegato. Avevi ragione, Miriam. Niente acqua nei polmoni. Quest'uomo è stato pestato a morte prima di essere gettato ai pesci. La causa del decesso è un colpo che ha sfondato la scatola cranica, qui, vedete? Ma magari, a quel punto sarà stato pure contento di morire.

– Tempi?
– In acqua da tre, quattro giorni. Ma chissà per quanto lo hanno strapazzato, prima. Guardate. Ha le dita spezzate, tre costole rotte, la milza spappolata. Gli mancano i due incisivi superiori e quattro unghie della mano destra. Per dati più precisi, devo ancora lavorarci su.
– Un pestaggio in piena regola.
– Peggio. Direi piuttosto tortura.
– Non c'è modo di risalire al punto in cui l'hanno gettato nel fiume? – chiede la Fantini.
– Si può provare con la Fluviale. E la Scientifica può scoprire qualcosa dagli organismi che gli abbiamo trovato addosso e sui vestiti. Ma è difficile. Flora e fauna del Tevere sono pressoché uguali per chilometri.
– Sono quelli i suoi vestiti? – dice Castillo indicando un tavolo perimetrale.
– Sì. Sta' attento, li devo ancora esaminare.
Lui ostenta i guanti di lattice e, quando il medico si china di nuovo sul corpo, gli fa il verso e alza il dito medio. La Fantini disapprova ma le scappa un sorriso che s'indovina anche con la mascherina.
Castillo tocca con cautela gli indumenti del morto. Un impermeabile chiaro tutto infangato. Un abito grigio, una camicia *botton down*, nessuna cravatta. Boxer di marca e calzini lunghi che una volta erano grigi, forse. Tutto di taglia XXL, la vittima era sovrappeso.
Alla faccia del dottore, mette le mani nelle tasche dell'impermeabile. Sono vuote. Sente i soliti detriti che si accumulano sempre per vie misteriose. Le rivolta con attenzione. Palline di carta che l'acqua ha reso inservibili per qualsiasi analisi, polvere bagnata, stagnola di sigarette o di gomme.
Toh. E questo?
Prende qualcosa, la osserva da vicino.
– Dottore, ha controllato cos'aveva nello stomaco la vittima?
– Che domanda. Certo.
– Allora? L'ultima cena del povero cristo?

– Niente ultima cena. Mai lavorato così poco per lo stomaco di un obeso. Disidratato e a pancia vuota. Non è ben messo l'amico, qui. Dal mineralogramma del capello non sembra che assumesse droghe. Però ho rilevato una percentuale di zinco superiore alla norma. Non ho ancora finito. Ci scommetto i ferri che si nutriva male. Troppo formaggio, o…
– Troppi bruscolini?
Il dottore alza dal tavolo una faccia sorpresa. – I semi di zucca sono carichi di zinco. Castillo, da dove t'è uscita, questa?
– Dalle tasche di quello là.
Nick Castillo solleva il frammento di buccia che ha trovato nella tasca dell'impermeabile.
– Mi cascassero i denti davanti se non abbiamo trovato Chick Lanzetta.

Al posto giusto al momento giusto

Bob Carrezza allontana il telefono dall'orecchio. Se lasciasse il cellulare nell'altra stanza, Crisafulli si sentirebbe lo stesso.
– … nel fiume. Ne parlano tutti meno che noi. Che ti pago a fare, Carre'?
Bob bofonchia qualcosa fra le labbra gonfie.
– Ah, bene. Dalla voce si direbbe che ancora dormi. Alza le chiappe, Bob. Vai dove devi andare e portami qualcosa su quell'affogato. Qualcosa che non stia già su tutti i giornali. O ti sbatto a scrivere i necrologi, ti sbatto.
Bob chiude la comunicazione.
'Fanculo. Crede di essere un gran direttore perché conosce a memoria tutte le frasi fatte dell'ambiente.
All'inizio Bob se le era annotate e aveva scoperto con disappunto che, a metterle insieme, sarebbe venuto fuori un discorso compiuto. Un discorso da Crisafulli, ma un discorso. Si era biasimato per aver perso tutto quel tempo con la scuola di giornalismo.
Accende la tv su un canale all news, mentre fa l'inventario dei dolori e s'impegna a scegliere qualcosa da mettersi addosso per camuffare le botte. D'inverno sarebbe stato più facile.
"*… irriconoscibile, non è stato ancora identificato. Il cadavere è stato portato a riva da un gruppo di volontari che pattugliavano l'argine del Tevere in concomitanza con la forte pioggia di ieri, che ha mandato in tilt la città. La polizia, al momento, batte tutte le piste…*"
– Bla bla bla – chiosa Bob Carrezza abbassando l'audio. – Vediamo un po' come va con il mio contatto in polizia.

Il quale contatto è donna, bella e sensibile al fascino della stampa. Deve ancora lavorarsela bene, ma è sicuro di aver scelto la strategia giusta. Dare spago agli sfoghi di una giovane agente che sogna di fare il cecchino nei NOCS e si ritrova ad archiviare verbali finirà per portare i suoi frutti. Non è il giorno giusto, l'agente non risponde.

Chissà se le piacerà un giornalista pestato a sangue. Magari lo trova romantico.

Manda giù un paio di aspirine col caffè, rispolvera un vecchio panama dei tempi belli, mette su occhiali scuri, impermeabile e una sciarpa a coprire la bocca.

Fuori, l'aria fa male dappertutto. Ci vorrebbe un dottore, ma i dottori fanno un sacco di domande. Preferisce ricorrere all'illusione di essere un cartone animato. Capita di tutto, ai cartoni, e non crepano mai.

Però prende un taxi per evitare il garage, e non smette di guardarsi alle spalle.

Davanti al commissariato dei Ponti c'è una certa animazione. Bob vede arrivare e partire diverse pattuglie. E vede involarsi anche il suo contatto. La bella Diana sale su un'auto di servizio in compagnia di un collega.

Inizio sfortunato. I *desiderata* di Crisafulli dovranno attendere che rientri la ragazza, e lui si prepara a una lunga attesa. Sa per esperienza che prendere di petto il vice questore aggiunto con domande dirette equivale a farsi un viaggio gratis a quel paese, per dirla pulita. È lui a decidere cosa dire, quando e a chi.

Entra nel bar di fronte al commissariato e si appropria di un tavolo davanti alla vetrina. Osserva l'andirivieni della stazione di polizia.

– No, c'è andata ieri sera con Castillo – sente alle sue spalle.

Il nome gli fa drizzare le antenne. Con la scusa di ordinare un caffè, si volta e vede due agenti che chiacchierano un paio di tavolini più in là.

– Ma Castillo non sta in malattia?

– Già, dovrebbe.

– Non è che lui e la Fantini…

– Ma piantala. Quella c'ha marito e tre figli. Non le riconosci, le fiche in disarmo?
Risatine al testosterone.
Arriva il caffè, insieme a un'occhiata sospettosa del cameriere. Non capita spesso di servire al tavolo l'Uomo Invisibile in una giornata di primavera.
Bob sospira. Ci si dovrà abituare, alle occhiatacce.
– Insomma – riprende la voce dietro di lui – hanno capito chi è l'annegato?
– Pare di sì. La Fantini non fa che dare ordini, stamattina. Con quel tono... hai capito quale, no?
– Come no. Povero Fortuzzi.
– E beato Nick che se ne sta a casa.
Bob Carrezza cerca di sorseggiare il caffè striminzito più a lungo che può. Il nome dell'annegato in anteprima sarebbe il colpaccio che metterebbe a cuccia il suo direttore per qualche giorno.
I due si alzano per pagare e Bob si scoraggia.
La folgore arriva quando stanno ormai sulla porta.
– Una denuncia di scomparsa? Hanno trovato i documenti?
– Macché. Gira voce che...
– Che?
– Pare che c'entri un bruscolino.
– Che cazzata, Zaffòn. Ma te le bevi tutte, eh?

Verificare i fatti, verificare la fonte. Verificare, verificare e poi verificare.
Questo gli hanno insegnato. Ma Bob sa che, se non ti butti, finisce che buchi la notizia, e rendi la vita rose e fiori a tutta la concorrenza che di verificare se ne sbatte.
Perciò corre a casa, tira giù seicento parole e le manda a Crisafulli per email. C'è il nome dell'annegato, Riccardo Lanzetta, detto Chick. C'è la sua squallida storia di mezzacalzetta del malaffare. Ha anche messo su carta un ventaglio di ipotesi sul motivo della sua dipartita: droga, prostituzione, scommesse clandestine. Tutte al condizionale e con un punto di domanda cautelativo.
Le ipotesi vere – quelle connesse alla sua indagine sul centro

commerciale e al rapporto di Chick coi gemelli e con l'omicidio di Zampa – le tiene nel cassetto. Salteranno fuori al momento opportuno.

Spera che tutta quell'aria fritta serva anche a qualcos'altro.

È un messaggio ai soggetti che l'hanno pestato: "Faccio solo il mio lavoro, ragazzi. Questo è quello che so. L'affare che v'interessa non l'ho nemmeno sfiorato. Dite al vostro capo che da me non deve temere nulla. Sono solo un povero scribacchino che non ha capito un'acca e non occorre che mi diate un'altra lisciata."

È sicuro che leggano la cronaca con molta attenzione. E non solo la cronaca.

Tutt'altro che teste di cavolo. Magari. Qualcuno, lì, c'ha i controcoglioni.

L'omicidio di Lanzetta lo preoccupa. Bob è a conoscenza del fatto che le organizzazioni criminali si siano moltiplicate. Sa anche che tra loro corrono accordi, spartizioni e scambi di favori. Ma fino a quel momento, e in quella zona, tutto si era mantenuto nei limiti del piccolo cabotaggio. Spaccio, estorsioni, macchinette del poker, prostituzione. Sa che alcune divergenze si sono risolte con episodi che non sono andati oltre la scaramuccia.

Un omicidio, però, mette le cose su un altro piano. Perché il livello si è alzato a quel modo? Il giro di soldi intorno al centro commerciale deve essere grosso, certo. Ma non quadra. Gli omicidi attirano l'attenzione, e la discrezione resta la base di ogni buon affare. E il politico che appoggia il progetto c'entra qualcosa con l'omicidio Zampa?

Non lo so. Avrà preso ogni precauzione, si sarà affidato... a chi? Tutto fa pensare a un nuovo soggetto. Uno che gioca ad asso pigliatutto. Fantastico.

A new kid in town, canticchia fra sé il vecchio pezzo degli Eagles.

Nel giro di un'ora, che ha trascorso a pensare e a cambiare le medicazioni, arriva l'email di risposta di Crisafulli. Complimenti, nientemeno.

"Lo vedi che se vuoi sei il migliore? Buona così, Carrezza."

Sollevato dal fatto che quel rompiscatole non lo disturberà per un po', decide di sistemare qualche sospeso. Trova il coraggio di scendere in garage, sale in macchina e passa a prendere il suo amico della Scientifica. Manlio Salvi è stato veloce, ma non gli svelerà niente che non sappia già. Anche se lui non glielo dirà.

A Bob, Roma ricorda una donna di Altan. Giunonica, nuda e distesa, con le palpebre a mezz'asta e lo sguardo di chi ha visto troppo e capito tutto. Qualche volta la matrona si mette in tiro e torna una sedicenne sbarazzina col vento tra i vestiti.

Come quel giorno al rione Ripa.

Ermete al Velabro potrebbe essere un trappolone per turisti, ma il proprietario non è il tipo. Rannicchiata sotto un contrafforte di via San Teodoro, sull'angolo con via del Velabro, la trattoria resta un posto per chi la conosce e si affeziona. Bob porta sempre lì le persone cui deve ricambiare un favore. La chiesa di San Giorgio, l'Arco di Giano e il Tempio di Vesta, visti tutti insieme, ammorbidiscono il più tosto dei creditori, che se ne va con la voglia di rendersi di nuovo utile al più presto.

Bob è di casa.

– *A brutto fijo de 'na mignotta, finarmente t'hanno menato* – lo abbraccia Ermete.

Manlio Salvi, pelata lustra, gambe distese sotto il tavolo e mani intrecciate sulla pancetta, si gode il posto e l'aria speciale che c'è solo a Roma a primavera. Deve entrarci qualcosa il fatto che tocchi le pietre antiche prima di toccarti la faccia, altrimenti non si spiega.

Lui e Bob si dedicano alle fettuccine mari e monti prima di parlare di affari.

Il DNA sulla buccia di seme di zucca trovata da Sam nel vicolo dove qualcuno ha ammazzato Amilcare Zampa appartiene a un soggetto schedato, un certo Riccardo Lanzetta, dice il tecnico una volta spolverata la prima portata.

Bob si morde la lingua per non dire "lo so".

– Questo aiuta?

– Aiuta.

– Certo che stai conciato bene.

– Finalmente ho preso a botte Crisafulli.

– Dimmi che lui sta peggio.
– Lui sta peggio.
Manlio ride e attacca il secondo.
– A cosa lavori, Bob? – domanda, mentre inzuppa il pane nel sugo del baccalà alla romana.
– A una storia di bruscolini. Quando è pronto l'articolo ti cito.
– Bravo, così mi buttano fuori. Allora?
Bob tace e s'impegna anche lui nella scarpetta.
Manlio ridacchia. – Uh, quanto stai abbottonato.
– È meglio così per tutti.
– Sono così pericolosi, i bruscolini?
– Micidiali. Non sai quanto.
Dolce, frutta, caffè e ammazzacaffè. Grazie, Manlio. È stato un piacere, Bob. Alla prossima.

Sulla via del ritorno, Carrezza si ripromette di scatenare una campagna stampa mai vista per assegnare il Nobel a quello che inventerà un analgesico di lunga durata e senza effetti collaterali. Ha una gran voglia di tornarsene a casa, ma il traffico sonnolento del primo pomeriggio lo invoglia a fare un'altra puntata al commissariato, giusto per annusare l'aria che tira.
Infilare il Lungotevere a Ripa, Porta Portese, Marconi e Laurentina in un quarto d'ora è un'esperienza che ogni romano racconta alla prima occasione. Bob cronometra diciassette minuti netti.
Arriva alla stazione di polizia appena in tempo per vedere Zek e Sam che scendono da un'autopattuglia, scortati da una bionda piccola e rotonda con un sorriso da mamma cattiva.

– Facciamo a capirci – dice Miriam Fantini mentre osserva Zek e Sam da dietro la scrivania. – Io non sono il vice ispettore Nicola Castillo. Perciò vi assicuro che da qui non uscite se non tirate fuori tutto. Mettetevi l'anima in pace.
Zek e Sam sembrano a disagio. Non trovano requie sulle sedie che si sono dovuti appaiare da soli.
– Signora… – esordisce Sam.
– Ispettore Fantini. Samuele, giusto?

– Sam.
– Samuele ed Ezechiele. Bei nomi. Biblici.
– Nostra madre era molto religiosa.
– Bel risultato, l'educazione religiosa.
– Lascia stare la mamma – salta su Zek.
– Calma, Zek. La sig… l'ispettore non voleva dire niente di male.
– Certo che no. Quella poveretta ha tutta la mia comprensione.
– Sai che se ne fa. È morta.
La Fantini alza al soffitto gli occhi blu e si rassegna a esercitare la santa pazienza. Zek deve essere quello duro, pensa. Vorrebbe che ci fosse Nick. Si è studiata gli incartamenti, ma non conosce i gemelli bene come il suo vice. Se vuole un risultato, deve fare attenzione.
– Lo so che è morta. Sappiamo un sacco di cose, qui. Guardate che bel dossier, tutto per voi. Spaccio sotto i ponti, furto di cellulari e computer, aggressione, scippo… Bene, ragazzi. Adesso mi raccontate come siete passati dai crimini minori all'omicidio su commissione – conclude sorridendo.
– Ahó, ma che cazzo dici…
L'ispettore si alza di colpo e pianta i pugni sulla scrivania.
– Sciacquati la bocca, stronzetto. Niente parolacce, qui. Allora?
Zek incrocia le braccia e mette il broncio. La Fantini si risiede e fa cenno a Sam di continuare.
– Noi non c'entriamo niente con nessun omicidio, signora ispettore. Nick… ehm, voglio dire, il vice Castillo sa tutto. Lui ci crede.
– Lo so che vi vuole bene. Io no. Io penso che staremmo tutti meglio se non ci fosse gente come voi. Allora, cominciamo daccapo. Cominciamo da Amilcare Zampa, va bene?
Miriam Fantini si appoggia allo schienale della sedia, incrocia le braccia sul petto e ascolta Sam che sciorina la storia a pappagallo. Le sembra addirittura di riconoscere le frasi esatte che ha letto nel rapporto di Nick. Sospira. I fratelli Ciullà devono aver imparato presto la regola numero uno del delinquente accorto: con gli sbirri, dire il minimo e contraddirsi mai. Dopo qualche minuto non lo guarda più. Si stira la gonna sui fianchi, sfoglia meccanicamente il rapporto di Nick. All'ennesima frase predigerita si alza di scatto e allarga le braccia.

– Ah, basta. Tutto questo è già nel rapporto di Castillo. Non mi state dicendo niente di nuovo, ragazzi.
– Perché è così che stanno le cose.
La Fantini li osserva in silenzio. – Daccapo – dice.
Sam aggrotta la fronte, prende fiato e ripete tutta la solfa.
Quando ha finito, l'ispettore sorride.
– Daccapo.
– Ma che caz... cavolo! Che è 'sto trucchetto? Noi non abbiamo ammazzato nessuno, cazzo. Piuttosto c'è qualcuno che vuole farci secchi a noi – sbotta Zek.
Sam si mette le mani nei capelli.
– Ecco, questo è più interessante – fa la Fantini. – E sentiamo: chi vi vorrebbe morti?
– Non lo sappiamo – urla Zek. – E non ho capito che ci stiamo a fare, qui. Noi quel vecchio l'abbiamo solo pestato, e pure piano. Nick lo sa.
Bene. Dunque è Zek quello che mi devo lavorare.
– E ditemi, dov'è che avrebbero cercato di uccidervi? Dalle parti di via Kafka, per caso?
– Che ne so? Uno mica guarda la via, mentre qualcuno lo vuole stecchire.
– Uhm. Vi vogliono stecchire.
– Sicuro come una palla.
– Perché?
– Cazzo ne so.
– Ezechiele!
– E che caz... cavolo!
Miriam Fantini si alza e va a guardare fuori dalla finestra. A sentire i fratelli Ciullà, sembra proprio che Nick abbia ragione a ritenerli più vittime che carnefici. Forse è vero che si trovano al centro di qualcosa che non capiscono. Però non stanno dicendo tutto, è evidente.
– Toglietemi una curiosità: siete stati voi a soccorrere il vice ispettore Castillo?
Scena muta.
– Andiamo, ragazzi. Avete fatto una buona azione. Qualsiasi giudice ne terrebbe conto.

– Che c'entriamo noi coi giudici? Non abbiamo fatto niente.
– Un pestaggio, se poi sarà solo un pestaggio, non è "niente". Allora, chi ha ricucito Nick?
– Noi – risponde a precipizio Sam.
– Fantastico. Vi porgo i complimenti del medico di Nick. Ha detto che non avrebbe potuto fare un lavoro migliore.
– A boxare ti fai una certa pratica.
– Certo. Allora, tutto qui? Sicuri?
– Tutto qui.
– Va bene, in cella c'è un sacco di tempo per pensare.
I gemelli ammutoliscono. Miriam Fantini crede di capire perché Nick non ce li vede ad ammazzare nessuno. Le facce da guerra sono un imbroglio mal riuscito, Zek e Sam se la stanno facendo sotto. Bravi a non farlo vedere, ma non abbastanza.
E non ho ancora sparato il pezzo da novanta.
– Senta, ispettore – fa Sam. – Perché mi sta a chiedere cose che sa benissimo? Nick... cioè, il vice ispettore Castillo le ha già detto tutto, no? Mica sono scemo che mi metto a sparare balle. È tutto vero. Sul serio. Che ci facciamo qui?
– Ci sono elementi nuovi.
– Ah. E viene a dire? – fa Zek scontroso.
– Quant'è che non avete notizie del vostro amico Chick?
– Eeeh... non è un amico, è... – arrotola Sam.
Zek sbuffa e interrompe il fratello. – È un bel po' che Chick non si vede in giro.
– L'avete cercato?
– Certo, ci deve sganciare due cen... ahio, Sam!
Miriam Fantini fa fatica a non ridere.
– Te li scordi i due centoni, Zek. Ieri abbiamo ripescato Chick nel Tevere.
– Ma che...?
– Che gli avete fatto, poveretto? Pure come cadavere faceva proprio schifo.
Le mascelle di Zek e Sam cadono insieme. Due facce uguali con lo stesso stupore dipinto sopra. Non parlano. Anche Miriam Fantini tace e li osserva. Se dovesse scommettere, scommetterebbe

che sono sinceri. Che della morte di quella zavorra di Riccardo Lanzetta non sappiano un accidente. O forse sono più abili di quanto creda. Non vuole rilasciarli come se niente fosse, come forse farebbe Nick. Può cuocerli a fuoco lento, magari funziona.

– Cercate di capire: adesso sono due gli omicidi a cui è logico collegarvi. Cos'è, Chick non vi pagava?

– Chick ci pagava sempre – mugugna Zek. – Era un bravo cristo.

– Sì, bravissimo. Bene, ricominciamo. Raccontatemi di nuovo tutto, soprattutto di Chick.

– Ancora?

– Sì. Daccapo.

Strix aluco

Il tramonto sulla città fa spettacolo. Per chi lo vuole guardare. Le nuvole lasciano il cielo con un acuto da soprano drammatico, rosse di sole calante e scure di pioggia che migra altrove.
Il cielo da Turandot tinge di rosa le penne argentate dell'allocco, che, ad ali spiegate, si lascia trasportare dalle correnti. Il piccolo rapace ha occhi grandi e vista lunga. Vede i fatti degli umani che hanno scelto il suo nome per indicare gli stupidi.
Una colonna di aria fredda e scende davanti a una finestra, oltre la quale due ragazzi con la stessa faccia si prosciugano le tonsille per raccontare a una donna bionda sempre la stessa storia. L'aria calda lo riporta in alto, in direzione del sunny side.
Un'altra finestra inquadra un uomo anziano, intento a fissare in silenzio un proiettile e un coltello incrostato di sangue.
Oltre il nastro d'asfalto, in linea retta, un tipo alto e grosso con la faccia da ragazzino sta davanti a uno schermo su cui campeggia un volto da attore con la rasatura trascurata; legge un numero su un blocchetto, pesta sui tasti di un cellulare e impreca.
L'allocco prende una corrente ascensionale e arriva vicino al fiume, dove una donna elegante con i capelli color mogano trattiene lacrime e conati di vomito, mentre ficca in una busta il micio sgozzato che ha trovato sullo zerbino.
Aggancia una corrente che lo riporta nella direzione da cui è partito.
Su una curva della grande via piena di macchine, una ragazza magra con tanti capelli rossi punta i piedi e rifiuta di salire su un Suv nero. Su una strada in discesa, l'uomo con la faccia da

attore e la rasatura trascurata sta davanti a un negozio chiuso di caffè e dolciumi, incollato alla vetrina a leggere un cartello, e si gratta la testa.

Davanti alla Vigor, *un vecchio basso e compatto in pantaloncini e canottiera sudata dice di no a un tipo che lo sovrasta in muscoli e altezza; poi scuote la testa e guarda la strada come se cercasse qualcuno che non si fa vedere, scrutando nell'andirivieni di ragazzi coi borsoni sportivi.*

L'allocco conosce quei ragazzi meglio di chiunque altro. Dal suo rifugio li vede ogni giorno. Di ognuno conosce le paure su cui ha modellato la faccia da duro, il passo da bullo, il pugno serrato. Vorrebbe aiutarli tutti. Non può.

Fermo sull'entrata immersa nei gelsomini, Abdullah osserva il cielo incuneato fra le torri. Gli ricorda un tramonto nel deserto, quel cielo, dopo una delle piogge che pulivano l'aria dalla sabbia come un gigantesco tergicristallo. Era in sere così che suo padre gli insegnava a far volare i falchi, mentre i bambini del villaggio giocavano coi fennec.

Se i gelsomini di Luz fossero fioriti, profumerebbero come al suo paese. Ma non è ancora tempo, dovrà accontentarsi dell'odore dello *zighinì*.

Scaccia la nostalgia, scaccia il pensiero sgradevole della scritta che ha appena fatto cancellare dal muro: "Fuori i terroristi dal quartiere."

Forse è un caso. Forse non ce l'hanno con lui. L'unica cosa esplosiva che abbia mai usato è il peperoncino.

Scruta l'aria trasparente, s'incanta ai disegni mutevoli creati e sciolti dagli uccelli della sera. Pensa al suo falco, che ha dovuto abbandonare, e gli si inumidiscono gli occhi.

Sorride a tutto quello che ha trovato, dopo. O a quello che, forse, ha trovato *lui*.

Un barbaglio nel blu.

Ringrazia Allah per Luz e per ciò che ha, rientra nel locale e sale in casa al suo posto. Alla finestra incorniciata dai gelsomini.

Chi paga il conto?

Dopo essersi consumato le dita sul telefono per ore, Nick Castillo si chiede se ne sia valsa la pena. Roberto Carrezza parla come se masticasse una manciata di chiodi. Che gli potrà dire di utile uno che pare morto di sonno o ubriaco alle nove di mattina?

Si è qualificato, Nick. Nome, grado e tutto, stante la benedizione della Fantini. Però è stato giocoforza buttarla sull'informale, visto che non può portare Carrezza in commissariato e metterlo sotto torchio. Deve accontentarsi di una delle sue sortite clandestine. Ma se questo va bene per un debosciato come Zebbo o per una donna in lutto, potrebbe non funzionare con un tipo scafato come il giornalista. Non potrà contare su divisa, distintivo e ambiente ostile, Nick. Pazienza. Potrà sempre torchiarlo dopo, quando non sarà più agli arresti domiciliari per colpa di quei due malnati di Zek e Sam. Si è accordato con il cronista per un ristorante anonimo, in una via trafficata dell'Eur. Magari gli toccherà pure pagare il conto.

La spalla emette segnali di protesta sempre più deboli. Sta guarendo, o Nick si è abituato al dolore. La testa fa sempre male, ma comincia a dargli qualche ora di respiro. Spera che sia così gentile da lasciarlo in pace per l'ora di pranzo.

Il contatto vocale è stato quello che è stato. Il contatto visivo, nel ristorante convenzionale e poco illuminato, mette tutta la situazione su un piano che nessuno dei due ha previsto.

Sono entrambi malridotti.

Bob teme la complicità fra esponenti di due categorie a rischio

botte. Che va anche bene, ma non quando devi pesare le parole e lavorare di fino. Magari anche Nick Badile ha il suo stesso problema.
Prima che la smettano di squadrarsi e riescano a tirare su le barriere opportune contro la solidarietà tra reduci di guerra, passano diversi minuti. Alla fine si salutano con lo stesso sorriso a mezza bocca.
– Roberto Carrezza?
– Bob.
– Lei è un po' diverso dalle foto che ho trovato in Rete – dice Nick.
– Non ho fatto controllare i freni, ma l'airbag funzionava benissimo – spara Bob, che sta spacciando la stessa balla a destra e a manca.
– Mh. Trauma da airbag. Bella rogna.
Si siedono a un tavolo appartato. Il cameriere fatica a trovare la faccia di circostanza, visto che non gli è mai capitato di servire un Picasso e l'eroe di un fumetto splatter allo stesso tavolo. I due ordinano il menù del giorno senza fare caso a quello che propone.
– Dunque, vice ispettore Castillo. Perché sono qui? – farfuglia Bob versando due dita di rosso nei bicchieri da osteria.
– In commissariato non c'è tranquillità. Troppi casi tutti in una volta.
– Questa città sta diventando un bordello.
– Questa città è sempre stata un bordello. È che adesso voi giornalisti lo trovate divertente.
– Sicuro. Senza tre cadaveri al giorno sarei disoccupato.
Bevono in silenzio, studiandosi di sottecchi.
Bob indica col capo la spalla del poliziotto.
– Fa male? – chiede.
– Sempre meno, sto un pezzo avanti. Lei ha ancora parecchia strada, mi pare.
– Passerà – risponde lui stringendosi nelle spalle. – Allora? Cosa vuole sapere da me?
– Cosa ci faceva dalla vedova Zampa?
Bob Carrezza si aspettava una domanda diversa. Sa che, prima o poi, il flagello personale dei fratelli Ciullà gli chiederà conto

dei suoi incontri con loro. Si è preparato una panzana, un pezzo di colore sul quartiere. Qualcosa sulla Vigor e i ragazzi che la frequentano. Giusto per tenere le manone di Nick Badile lontane dalla sua inchiesta.
Ma questa domanda no, non se l'aspettava.
– Condoglianze.
Nick sospira. – Non credo, Bob.
– Sono un cronista di nera, cerco di fare bene il mio mestiere.
– Fa le condoglianze a tutti i parenti delle vittime di crimini violenti? Non la invidio per niente. Allora, perché era da lei?
Si appoggiano allo schienale della sedia per fare spazio al cameriere, che deposita due piatti di pasta. Dal profumo, sembra un'amatriciana senza il minimo rispetto per il conteggio delle calorie.
– Notizie, vice ispettore. Dettagli. Se voglio dare un po' di pathos a quello che scrivo, parlo coi parenti. La gente lo pretende, il pathos. "Era tanto buono. Ottimo marito e gran lavoratore. Nemmeno un nemico, manco a pagare". Cose così.
– Questo lo scrivono tutti senza scomodare le vedove. Leggo roba del genere anche quando schiattano quelli in odore di ergastolo.
– Certo. Dopo la morte, tutte anime belle. L'aldilà deve essere un posto poco frequentabile.
La battuta strappa una smorfia a Nick e un mugolio a Bob.
– Stiamo messi bene – dice il giornalista.
– Okay – fa Nick, buttandola sulla confidenza. – Eviti di rispondere. Il che significa che corri dietro a qualcosa.
– Io corro sempre dietro a qualcosa.
– Ti spiego come funziona: qui c'è un povero vecchio che è stato accoltellato fuori dalla sua orologeria. Uno che apparentemente non aveva nemici, davvero. E c'è un povero poliziotto che vuole scoprire chi è stato. Per dirla chiara: chi mi nasconde elementi utili a pizzicare l'assassino si becca come minimo intralcio alla giustizia.
– Sono un giornalista. Il segreto professionale protegge me e le mie fonti.
– Tu vedi dove te lo ficchi, il segreto professionale, se è come penso. Allora, che te ne frega della casa di Agnese Zampa?

Bob accusa il colpo e cerca di non farlo vedere. Con la faccia che porta in giro non è tanto difficile.
Capisce quello che Zek e Sam dicono di Nick. Il vice ispettore è uno che non molla. E con quella faccia da bambinone e il sorriso da ragazzino è tutt'altro che stupido. Di buono c'è che non li sta nominando. Quindi il loro legame con tutto l'affare non l'ha ancora trovato. Ha qualcosa, ma deve essere ancora vago. Forse qualche dettaglio che si è lasciata scappare Agnese Zampa. Ha bisogno di una tregua per pensare.
– Che dici se diamo a questa amatriciana l'attenzione che merita? Si fredda – dice accettando l'invito alla confidenza, mentre inforchetta qualcosa che non gusterà per niente.
Nick grugnisce un sì. Mangiano in silenzio, studiando il modo di sfilarsi informazioni.
Bob sonda il terreno poggiando la forchetta. – Un collega che ha scritto il pezzo su Zampa dice che avete una pista.
– Non trascuriamo niente.
– Ho capito, è una pista fasulla.
Nick Castillo gli sorride. – Sei divertente, Bob.
Qualsiasi cosa significhi. Un colpo a vuoto. Time out.
Bob focalizza il punto della questione: la morte di Chick non ci voleva. Se la polizia la collega alla proprietà della vedova, addio scoop.
– Facciamo così, vice ispettore. Nick – si decide. – È vero, sto dietro a una storia. Ma ancora non sono arrivato a niente, se proprio vuoi saperlo. Perciò ti riempirei la testa di ipotesi strampalate che ti farebbero perdere tempo e di cui potrei vergognarmi nel giro di poco.
– E sentiamole, queste ipotesi strampalate. Giuro che se fanno schifo non lo dico a nessuno.
– Ascolta, per adesso ti do qualcosa. Che potrebbe entrarci oppure no. Non lo so ancora nemmeno io. E quando arriverò al punto, perché ci arriverò, sarai il primo a saperlo. Giusto il tempo di buttare giù l'articolo di cui la mia carriera ha tanto bisogno. Che ne dici?
– Di cosa hai parlato con la vedova Zampa? È l'ultima volta che te lo domando qui e con le buone.

Bob sospira. Si chiede se ci sia qualcosa capace di scalfire una testa tanto dura.
– Del maritino buonanima. Se la signora fosse a conoscenza di nemici o di problemi legati all'attività del caro estinto. Non ne sa niente. Amilcare Zampa la teneva all'oscuro di tutto. Le ho chiesto cosa intenda fare adesso. Non ci ho cavato fuori un accidente, difatti non ho scritto l'articolo. Va bene così?
– E degli agenti immobiliari che le fanno visita avete parlato?
– No. Che agenti immobiliari? – risponde Bob troppo in fretta.
Per fortuna arriva il quarto di pollo alla cacciatora. Profuma di aglio e rosmarino e naviga in troppo grasso, che annega tre patate di accompagnamento. Bob è convinto che il vice ispettore ci annegherebbe volentieri lui. È certo che, se fossero stati in commissariato, la musica sarebbe stata diversa. Ma qui Nick non può forzare le cose, Bob lo sa. Ci mancherebbe che il proprietario del locale, che già li squadra di tanto in tanto per come sono conciati, chiamasse il 112 perché un avventore malmesso si è messo a battere i pugni sul tavolo e a urlare contro un altro messo peggio di lui.
– Sentiamo un po' che mi racconti.
Bob Carrezza tira un sospiro di sollievo. Se gli riesce di allontanare il discorso da ciò che gli interessa, ha ancora un po' di tempo per lavorare in pace.
– Riccardo Lanzetta. Chick.
– E tu che ne sai di Chick?
– Non hai letto i giornali di oggi, eh?
– Non ho tempo da perdere. A giornali e giornalisti ci pensa il vice questore aggiunto. Guai a chi glieli tocca. Allora, tu che ne sai di Chick?
– Che la piena del fiume ha fatto un favore alla comunità. Morto affogato, giusto?
– Se lo dici tu – fa Nick nascondendo a stento un sorriso maligno. – Come hai saputo che è lui?
– Se non fossi in grado di essere al posto giusto al momento giusto dovrei occuparmi dei necrologi, come dice il mio capo. Orecchie aperte e il vecchio due più due. E una piccola dose di fortuna. Prendi i quotidiani di oggi. Il mio articolo è in cronaca.

Nick lo guarda fisso. Il sorriso da bambino non c'è più.

– Cosa sai che noi non sappiamo?

– Che aveva una fidanzata, per esempio.

Nick Castillo scoppia a ridere. – Chi? Chick Lanzetta?

– Sì. Proprio lui.

– Che stomaco. Sarà una vecchia ba...

– Neanche per sogno. Lascia perdere le solite idee sulla donna del gangster. Felicité Dubois è haitiana di nascita, italiana per matrimonio. Vedova. Sembra una tipa a posto. Ha una torrefazione e si occupa di torte. Chissà che doti nascoste aveva, Chick, per meritarsi una così.

– Ma parliamo proprio di Chick? Di quella palla di lardo?

– Se anche voi non ne sapete niente, vuol dire che è stato davvero bravo a tenerla fuori dai suoi giri e dai suoi affari.

– Come no. Un galantuomo. Be', in fondo non è stato inutile parlarti, Bob. Sentiremo cosa ha da dirci questa Felicité.

– Se ci riuscite, fatemi un fischio.

– Che vuol dire?

– Ecco, ieri sera sono passato da lei. Sapevo che non aveva notizie di Lanzetta da qualche giorno. Avrei voluto dirle della morte di Chick prima che uscisse l'articolo sul giornale. Glielo dovevo, ti pare? Ma il negozio era chiuso. Per ferie, diceva il cartello.

– Per ferie? Adesso?

– Già. Siamo sotto Pasqua e si avvicinano le festività di primavera. Mai visto un negozio di caffè e dolciumi che chiude in questo periodo.

– Uhm... – bofonchia Nick.

– Appunto. Può darsi che Felicité abbia avuto un problema con la famiglia di origine, se ne ha ancora una, oppure...

– ... oppure quelli che hanno fatto fuori Lanzetta sanno della sua esistenza e vogliono scoprire cosa le ha detto Chick.

– Il quale non le ha detto niente, mi ci gioco il dente che traballa. Ma non significa un accidente. Queste storie non finiscono mai bene. Sarebbe un peccato, Nick. Spaccia un caffè favoloso.

Nick Castillo mette mano al cellulare. Nel ristorante non c'è campo. Smadonna, dà un'occhiata fuori, dove è in corso un concerto

per clacson e insulti fantasiosi, ci rinuncia. Guarda l'orologio e balletta sulla sedia come se qualcuno l'avesse riempita di spilli. Bob Carrezza, soddisfatto dell'effetto di quello che ha detto al poliziotto, si volta per chiedere due caffè e il conto.
– Bene, Bob.
– Mi terrai informato?
Nick lo guarda storto senza dire né sì né no.
– Ehi. Non so se te ne sei accorto, ma ti sto regalando il mio scoop. Spero che te ne ricorderai, quando scoprirete tutti gli altarini.
– Non ti allargare. Non lo so se questa informazione valga un'esclusiva. E non sono io che decido queste cose.
– Ma parlerai con chi le decide, sono sicuro.
Arrivano i caffè e il conto. Nick e Bob lo studiano, incerti su chi debba tirare fuori il portafoglio.
– Okay. Pago io se mi dici chi ti ha conciato così – propone Bob.
– Lascia stare. Inciampi del mestiere. E tu? In quanti erano a pestarti?
– Mi ha pestato l'airbag.
Nick lo esamina con aria professionale. – Ma certo. In quanti erano, Bob? Così, a occhio e croce, direi almeno tre.
Roberto Carrezza cerca di ridere con una parte della faccia che non si spacchi al primo ghigno. – Andiamo, Nick. Un bell'inventario da uomo a uomo. Che ti è successo?
– D'accordo. Pallottola vagante alla spalla e testata pesante su un paracarro. Tu?
– La faccia la vedi da te. Più qualche costola incrinata e un dente che vuole lasciarmi. Sai chi è stato?
– Dannazione, no – sbotta Nick. – E tu?
– Non lo so neanch'io. Ancora.
Dividono il conto a metà.
Roberto Carrezza insiste per offrire l'ammazzacaffè. Si sente in obbligo: è l'unico a sapere che sono stati rappezzati tutti e due da quei cattivi soggetti dei fratelli Ciullà.

Nicola Castillo guida verso casa in automatico.
Ha fatto bene a parlare con questo Carrezza.

Sa molte cose, ma non tutte. Non sa che Lanzetta non è morto affogato, ma torturato a morte e finito con una botta in testa, per esempio. Se la Fantini ha ragione e in centrale c'è qualcuno che spiffera, il basista deve avergli passato male la soffiata, oppure ha accesso solo alle chiacchiere di corridoio.
Come i due pivelli, appunto.
Il giornalista dice anche molte cose, ma quello che tace è meglio di quello che spiattella senza problemi. Nick sa per certo, da Agnese Zampa, che Carrezza le ha chiesto delle sue intenzioni sulla casa, e che hanno parlato delle agenzie immobiliari avare di recapiti. Quindi, se Carrezza si è tenuto questa informazione, vuol dire che è quella cruciale. Deve parlare con la Fantini, chiederle di fare qualche ricerca al catasto sul casale della vedova. Non un cattivo risultato, vista la situazione.
E poi quella storia della fidanzata di Chick. Bisogna intervenire subito, o il commissariato si troverà presto un altro cadavere fra i piedi. Magari sarà una perdita di tempo, quella Dubois può essere andata a seppellire un parente nella sua terra. Ma meglio sgomberare il campo dalle ipotesi. Controllare presso gli uffici comunali le richieste di chiusura per ferie, e le liste passeggeri dei voli aerei, subito.
Neanche chiude la porta di casa che ha il telefono in mano.
Scarica le informazioni alla Fantini, che stavolta ricambia.
La sera prima ha fermato Samuele ed Ezechiele Ciullà, dice.
– Ma no! – fa Castillo.
– Ma sì! Ti pare che ammazzano Chick Lanzetta e non interroghiamo i suoi dipendenti a tempo indeterminato? Per il fermo me la sono dovuta sudare con il vice questore, elementi zero e nessun magistrato lo convaliderà. Gli ho detto che era soprattutto per proteggere due potenziali testimoni chiave.
Castillo sbuffa una risata. Miriam Fantini che difende i Ciullà.
– C'è poco da ridere, Nick – lo interrompe lei. – Dopotutto, hanno già provato a farli fuori. Cercano di non darlo a vedere, ma mi sembrano spaventati.
– Accidenti. A chi hanno pestato i piedi quelle due mezze seghe? Oh, scusa.

– È proprio quello il punto. Ho l'impressione che non lo sappiano nemmeno loro.
– Cominci a pensarla come me, allora.
– In galera starebbero più al sicuro.
– Mica è detto. Non sappiamo ancora con chi abbiamo a che fare. Chi ha la mano lunga può arrivare anche in carcere, lo sai. E comunque non li puoi trattenere più di tanto.
– No. Però se li tiro fuori fra un paio di giorni, magari saranno più disponibili a collaborare. Dai cellulari non è venuto fuori niente prima e non viene fuori niente adesso, ci scommetto. Da bravi delinquenti, per gli affari sporchi utilizzeranno gli usa e getta. Ma magari in Sala Fermi si fanno scappare qualche chiacchiera.
– Io non ci conterei. Li conoscono, 'sti trucchetti. Piuttosto, forse ho qualcosa.
Le parla di Felicité Dubois. L'ispettore ascolta in silenzio. A Nick sembra di sentire la penna che prende appunti sul solito foglietto volante.
– Okay. Uffici comunali e compagnie aeree. Sarà una cosa noiosa.
– Che forse non serve a niente. Ce la fai?
– Ci metto su uno dei pivelli.
– La Camponeschi?
– Umh, no, meglio Fortuzzi. Sarà contento. Così può pomiciare col pc. E vediamo se avrà il coraggio di aprire Facebook.

Bob Carrezza guida verso il dentista in automatico.
Tutto sommato non se l'è cavata male.
È riuscito a tenere coperta la sua storia, e ha fatto qualcosa che sentiva di dover fare.
È preoccupato per Felicité Dubois. Chick non è stato abbastanza bravo a proteggerla, evidentemente. Il fatto che la donna non sappia niente dei suoi affari è irrilevante. Se l'ha sequestrata qualcuno a cui piace il lavoro di aguzzino, si divertirà lo stesso, che creda o meno alle sue affermazioni, e poi scaricherà il corpo da qualche parte. È contento di aver raccontato la cosa alla polizia,

magari riusciranno a evitare il peggio. Non ci spera granché, ma di più non può fare.
Comunque, deve sbrigarsi. L'agente Nicola Castillo non è ottuso come sperava. Così, a fiuto, Bob pensa che non ci metterà molto a collegare l'omicidio di Zampa ai problemi del centro commerciale.
Quello che manca a tutti – a lui, e pure alla polizia – è la prova del coinvolgimento di Chick. Una mezza cartuccia che si mette a giocare duro. Bob è convinto che sia così, ma le prove, adesso che Chick è morto, non sa proprio dove andarle a cercare.
Mi manca il collegamento, maledizione. Chissà se due chiacchiere col Bulldog... pensa, mentre parcheggia sotto lo studio dell'odontoiatra che gli salverà l'incisivo superiore destro.

Tè alla menta

Nella percezione sfocata dei miopi il mondo è meno brutto. Così ha sempre pensato Doc Marino. Gli alberi secchi, per esempio, sembrano piumini, e i grattacieli di Laurentino 38 paiono giganti benevoli dai contorni smussati che proteggono le palazzine basse della Cecchignola.
Li fissa pensieroso dalla finestra, mentre pulisce le lenti degli occhiali. Lo fa sempre, se qualcosa lo turba. Anche se sa che non serve a migliorare un accidente. Quando li sistema di nuovo sulla sua faccia da Walter Matthau, il mondo riacquista spigoli e bruttezza.
Non riesce a togliersi quella faccenda dalla testa.
Ha passato ore a guardare il coltello incrostato di sangue e la pallottola che Zek e Sam gli hanno rifilato con l'inganno.
Considerato il suo mestiere, il sangue non dovrebbe fargli impressione. Ma quando è secco su una lama di coltello sembra diverso. Le macchie rugginose sono un tradimento del colore che gli ha assegnato la natura.
Bella mossa, quell'idiota di Sam. Farina del suo sacco, ci scommetto i cabbasisi.
Quei due scellerati – *brutti figghi 'e bottana* – l'hanno pensata giusta. Lui non è il tipo da distruggere le prove di un caso di omicidio e di un'aggressione a un poliziotto, nossignore. Ma nemmeno può correre dietro ai gemelli con quella roba in tasca, soprattutto mentre, presumibilmente, i due si trovano alle calcagna mezzo commissariato di zona.
Sorseggia il suo Glenmorangie La Santa. L'ha fatto di rado prima

di sera. L'ipotesi di buttare alle ortiche una decisione che rispetta da trent'anni gli toglie la pace. Quella decisione che gli ha consentito di continuare a esercitare il mestiere. Un conforto alcolico gli pare il minimo.

Perché è sicuro: la cosa più saggia da fare sarebbe quella di filare dritto alla polizia, consegnare coltello e proiettile, spiegare come li ha avuti, affrontare le conseguenze e lasciare quei teppisti scriteriati al loro destino.

Ecco, appunto. Teppisti sì, assassini no. Minny qualcosa avrà insegnato, a quei due, pensa guardando fuori, in direzione delle torri di appartamenti al di là della Laurentina.

Però lui alla polizia non ci vuole andare. Lui non denuncia nessuno. La prima e ultima volta che l'ha fatto, quando era ancora un giovane medico con la testa piena di idee romantiche, gli ha segnato la vita.

La ragazzina si era presentata da sola, con disturbi che lei non capiva, ma che a lui erano stati subito chiari. Era incinta. Nemmeno quattordici anni. All'idea di parlare con i genitori aveva opposto un rifiuto isterico. Alla domanda su chi fosse il ragazzo, era scoppiata a piangere. Alle parole "va bene, allora chiamo i servizi sociali" aveva urlato che non c'era nessun ragazzo, che il padre del bebè era anche suo padre.

Era rimasto di sale. Certo che succedevano cose del genere, lo sapeva. Erano sempre successe e sarebbero successe sempre. Ma quando capitano a te è un'altra storia.

L'aveva calmata, le aveva detto che ci avrebbe pensato lui. Che sarebbe andato tutto bene. Che doveva fidarsi.

Era andato alla polizia a denunciare il fatto. La polizia si era mossa. Fra urli e strepiti, la ragazzina aveva ritrattato, la madre aveva difeso quel sant'uomo di suo marito e la polizia era stata costretta a rilasciarlo.

Quello era tornato a casa, aveva fatto fuori moglie, figlia e futuro nipote – o quello che era – e si era buttato dall'ottavo piano.

Più di trent'anni prima. Mai un giorno che non ci abbia pensato.

No, niente polizia. Però non voglio portare questa responsabilità da solo. Ho bisogno di aiuto.

Fa un paio di telefonate.

Doc Marino ha faticato a convincere Abdullah. Mettere al corrente anche Minny Morelli di quello che è successo la notte che Zek e Sam hanno portato nel suo locale un poliziotto ferito, ecco, questo proprio non gli va giù.
– Se lasci libera una parola sola, tutte le altre la seguiranno – ha sentenziato.
Un modo di dire della sua terra, forse.
– Mi fido di Minny – ha aggiunto. – Ma un segreto è un segreto se lo sa una persona sola.
Doc l'ha convinto soltanto calcando sull'affidabilità indiscussa dell'allenatore, e soprattutto sull'ascendente che ha sui gemelli.
Adesso sono tutti e tre nel bar, seduti nella quiete del tardo pomeriggio, nel momento di stasi in cui la gente ha smesso di ingurgitare caffè e non ha ancora cominciato con l'aperitivo. Abbe prepara il suo tè alla menta, che non ce n'è uno migliore nemmeno a Roma centro.
– Allora, Doc? Che succede? Juanito si è fatto male sul serio e deve appendere i guantoni? – chiede Minny, che non rinuncia a fare di quello schizzo di ragazzo un pugile passabile.
– Il tuo Juanito sta benissimo. Ancora una settimana e scippa di nuovo le vecchiette.
– Per essere veloce è veloce – ridacchia l'allenatore. – Almeno come la tua lingua, dottore. Juan Cortez ha messo la testa a posto. Tutto palestra e negozio di sua madre.
– Minchia, Minny, certe volte non so se ci fai o ci sei.
Minny Morelli aspetta che Abbe abbia finito di versare il tè dall'alto, scuro e profumato, e intanto si passa una mano sulla faccia.
– Piantala, Doc. Faccio quello che posso, non sempre mi va bene. Hai detto che volevi parlare. Che era urgente.
Abbe si siede in silenzio. Scambia un'occhiata con Doc Marino, poi si concentra sull'odore di menta che fuma via dal bicchierino del tè.
– Ecco, si tratta di Zek e Sam.

Doc Marino racconta a Minny della notte in cui ha ricucito Nick. A mano a mano che parla si sente più leggero, come se quella storia avesse un peso concreto ed evaporasse con le parole e l'odore del tè. Alla fine piazza la busta con il coltello e il proiettile sul tavolo.
– Perciò, secondo voi, cosa devo fare con questi?
I tre tacciono e guardano i reperti imbustati da Sam, senza trovare alcuna risposta.
Un fruscio, e si accorgono di essere in quattro a fissare pallottola e coltello.
Silenziosa e bianca come sempre, Luz è scesa e si è seduta su un gradino della scala.
– Hai sentito il profumo? – chiede Abbe.
Luz sorride e risponde a gesti.
– Dice che il mio è l'unico tè alla menta in grado di salire le scale – traduce Abbe.
Luz è una di quelle persone che fanno sembrare facili le cose, ricorda Doc Marino. Glielo ha detto una volta Minny, che conosce la ragazza meglio di lui. Tuttavia rivolge all'allenatore e ad Abbe uno sguardo interrogativo.
Luz osserva divertita la conversazione muta fra i tre e muove le mani.
Abbe tace e dice no. I gesti di Luz diventano più concitati. Discutono in silenzio, mentre le guance della ragazza si colorano di rosa.
– E va bene. Luz chiede se può entrare anche lei nella cospirazione. Chiede se deve giurare qualcosa, fare un patto di sangue, uccidere qualcuno, o… Luz!
La donna ride.
– No, Luz, di morti ce n'è già abbastanza. È che… insomma, sembra una faccenda delicata – dice l'allenatore.
– Tranquillo, Minny. C'era anche lei quella notte – fa Doc Marino.
Le mani di Luz disegnano le parole nell'aria.
– Dice che quella busta non l'ha vista. E che… – s'interrompe Abbe.

Luz batte il piede, impaziente.
– … e che io non le ho detto niente.
– Allora che ne pensi? – le chiede Minny. La guarda gesticolare anche se non capisce e dovrà aspettare la traduzione di Abbe. La guarda perché farlo gli ha sempre dato una strana serenità.
– Sembriamo tre vecchi ragazzi che vogliono salvare il mondo, dice… ehi, ho trentacinque anni, non sono vecchio.
Luz poggia il bicchiere e chiede altro tè. Abbe lo versa, senza perdere d'occhio le mani che continuano a parlare.
– Secondo lei, stiamo annegando in una pozzanghera. Dice che è semplice. Non ci devi andare tu alla polizia, Doc. Non sarebbe giusto. Se Minny ci parla, poi ci vanno Zek e Sam.
– Mi chiamo Luz, risolvo problemi – cita sporco Doc a mezza bocca e testa bassa.
– Come? – chiede Abbe.
– Niente, lascia stare. Minny?
L'allenatore ha lo sguardo perso nel vuoto.
– Ehi, Minny, tutto a posto? – lo scuote Doc Marino.
– Fino a mezz'ora fa sì, era tutto a posto.
Minny Morelli ha la faccia di fango. Guarda il coltello insanguinato con occhi più cupi di quelli del dottore. – Sapete, mi sono affezionato a quei due – dice. – Don Pietro li ha portati da me perché era arrivato alla disperazione. Ho fatto per loro quello che ho potuto. Ho sempre saputo da che parte prenderli. Ma stavolta il problema è più grosso dei soliti. Che stanno combinando? E che cavolo pensate che ci possa fare io?
– Loro ti ascoltano – fa il dottore. – Puoi convincerli a comportarsi come ha detto Luz, per esempio.
– Per la miseria, Doc. Se Zek e Sam vanno alla polizia in questo momento, li chiudono in una cella e buttano la chiave. Quella merda di Chick è morto, loro lavoravano per lui, e… sì, Doc, Chick Lanzetta se n'è andato al Creatore, non li leggi i giornali?
– Minchia.
Doc si accascia sullo schienale della sedia. Toglie gli occhiali e si mette a strofinare le lenti con un lembo della camicia. Un minuto, due, tre.

– Così li consumi e basta – dice Minny. – Lo sai benissimo che non serve a vederci più chiaro.
– Ma mannaggia a quella *bottanazza* della miseria! – esclama lui inforcando di nuovo gli occhiali.
– Eh sì. Anche Luz dice che questo è un bel casino – fa Abbe.
Doc Marino si alza bruscamente. – E ci voleva Luz. Certo che è un bel casino. Peggio non poteva andare.
– Siediti, dottore. Hai fatto bene a dirmi tutto – sospira Minny. – Anche se adesso siamo in tre sul ring e tutti e tre non sappiamo come parare i colpi.
"Quattro", sventaglia la mano di Luz. Poi riprende a bere a piccoli sorsi.
– È che non ci credo – sbotta Doc. – Zek e Sam non sono tipi da sbudellare la gente. Li ho rappezzati un sacco di volte, lo sapete. Li conosco. Ma pensateci bene: vanno in giro a menare coltellate e dopo salvano Nicola Castillo dalla morte in servizio per dissanguamento? No, non sta in piedi. Il fatto è che Zek e Sam non sono stinchi di santo. Che ci vuole a incastrarli? Al commissariato li torchieranno per bene e finiranno per incasinarsi da soli. Senza contare che, se quelli si fanno scappare che mi hanno consegnato un paio di elementi di prova in un caso di omicidio, passo i miei guai e non aiuto nessuno.
Luz si alza ed esulta.
– Che c'è? Che ho detto? – chiede Doc Marino.
– Finalmente hai tirato fuori il problema, dice Luz. Dice che è normale. Che chiunque si sentirebbe come te.
– Oh, grazie tante.
Il Doc la fissa in quegli occhi così chiari che l'iride si distingue a malapena dalla cornea.
Occhi d'argento, a cui bisogna abituarsi, pensa. *È comprensibile che...*
Lo sa quello che dicono di Luz, lì ai Ponti. Voci messe in giro dalla madre di Juanito, soprattutto, e che avevano finito per prendere piede in versioni diverse. Che Abbe sia uno stregone e Luz il suo aiutante magico, per esempio. O il contrario. Che la ragazza sia così bianca perché è una *Bruja de Plata*, una strega d'argento.

Che la notte si trasformi in un uccello magico che tutto vede e tutto sa, e di giorno non esca mai di casa perché, sotto quegli abiti lunghi, non ha le gambe.
"Gliele ha mai viste lei, dottore?" aveva chiesto Maria Cortez, quando lui era passato a controllare i punti sulla faccia di suo figlio. "No che non le ha viste, perché non ci sono. Per questo non esce mai".
Doc Marino si era fatto una risata. "Quella donna è muta e albina" aveva risposto. "Agli albini non fa bene il sole. E forse è agorafobica".
Ma la madre di Juan aveva scosso la testa, continuando a blaterare della *Bruja Blanca* e del bene che, per sua natura, è tenuta a fare.
Quei pensieri strappano un sorriso a Doc Marino. È vero che l'aspetto di Luz può spingere le menti semplici a inventare leggende, ma, per esultare come ha appena fatto la ragazza, le gambe servono eccome.
– … perché vi diate tanto da fare per due tipi sporchi e cattivi – sta traducendo Abbe dalle mani di Luz.
– Non mi dire che finalmente c'è qualcuno che ti sembra sporco e cattivo – mugugna Minny.
Lei ride di nuovo.
– Non stanno mentendo – spiega Abbe. – Non secondo Luz. Quello che dicono corrisponde a quello che ha visto lei da… co… come? Che hai visto? Non mi hai detto niente.
La ragazza si stringe nelle spalle, poi spiega.
– Luz sta traducendo Gibran. Quando non trova le parole, si mette alla finestra a curare i gelsomini e le parole giuste arrivano. E intanto vede molte cose. Conosce i ragazzi della Vigor meglio di te, Minny. Così dice Luz.
– Va bene, ma… – la interrompe impaziente il Doc.
– Vede facce. Facce che non sono del quartiere, almeno tre o quattro, se non di più. Sempre qui in giro. Gente che non saluta, non parla con nessuno. Si danno il cambio sull'angolo di fronte alla palestra, o poco più in là. Dopo quello che ha sentito adesso da voi, le cose vanno al loro posto. Deve essere vero che qual-

cuno tiene d'occhio Zek e Sam, dice. Solo che è difficile che la gente creda a quello che affermano.
Abbe s'interrompe, Luz lo incita a continuare.
– Nemmeno voi ci credete del tutto – conclude.
– Ha ragione. Non sono tipi affidabili, no? E dire che, in un certo senso, a quei due poteva andare peggio – mugugna Minny più per sé che per gli altri.
– Che vuoi dire?
– Che non è facile restare orfani a tredici anni in questo quartiere. Padre mai visto, e la madre… be', lasciamo perdere.
– Andiamo, Minny. Tu li conosci meglio di tutti. E mi pare che qui più ne sappiamo e meglio è – dice Doc Marino.
Minny si stringe nelle spalle.
– Va bene. Dopotutto, che male può fare? La madre aveva il cancro, ma poteva vivere di più. Forse guarire.
– E?
– Non ha voluto.
– Cosa? – chiedono tutti.
– Ma perché?
– Religione. Rita Ciullà era membro di non so che chiesa. Diceva che Dio aveva i suoi disegni e l'uomo non ci doveva mettere mano.
Doc Marino non parla. Lo spirito di categoria offeso monta fino a chiudergli la gola.
– Tu come lo sai? Te l'ha detto lei? La conoscevi?
– No. Me l'ha detto don Pietro, che Dio l'abbia in gloria. Quando la madre è morta, Zek e Sam avevano tredici anni e il vuoto intorno. Fino alla maggiore età sono rimasti nel suo orfanatrofio. Sempre stati difficili. Quando don Pietro non ce l'ha fatta più, li ha portati alla Vigor. "Magari scaricano l'aggressività da te e la piantano di prendere a botte tutto l'istituto", mi ha detto. E in fondo ha fatto la cosa giusta.
– Sarà stato contento, don Pietro, di tanta fede in Dio – picchia duro Doc Marino sulla memoria di Rita Ciullà.
– No, era perplesso anche lui. Ma non ci poteva fare niente, non era nemmeno una sua parrocchiana.

– Luz chiede se Zek e Sam lo sanno – fa Abbe.
– Non ne ho idea, non abbiamo mai affrontato il discorso. Zek è molto suscettibile quando si parla di sua madre – le risponde Minny.
Luz si avvicina al tavolo per poggiare il bicchierino del tè e mette una mano sulle spalle di Minny e Doc. I due chiudono gli occhi.
Abbe prende un respiro profondo. Il suo modo di annunciare che metterà in fila più di dieci parole per esprimere un pensiero proprio e non della sua compagna.
– Si deve fare come dice Luz. Sono Zek e Sam che devono portare quelle cose alla polizia. Anche se rischiano perché Chick è morto. Altrimenti il coltello, giusto o sbagliato che sia, sta meglio nel fiume, dico io. O nel laghetto dell'Eur, o sotterrato a Fonte Ostiense. Assieme alla pallottola che hai tolto al poliziotto.
– Ma credete davvero che la dobbiamo prendere noi, questa decisione? – sbotta Doc. – Ma perché minchia non se ne sono liberati subito, dico io?
– Forse ci hanno provato e non ci sono riusciti.
– Hanno cercato di incastrarli e poi hanno sparato loro addosso, quelle due cose lo dimostrano. Le vogliono tenere al sicuro perché sono abituati a non essere creduti. Soprattutto dalla polizia. Hai ragione, Doc – sospira Minny. – Sono loro che devono decidere. Proverò a parlarci.

Sono due giorni che Bob Carrezza cerca di incontrare il Bulldog. Il procuratore è parecchio impegnato. È stato inutile presentarsi come stampa, inutile presentarsi come informatore. Deve aspettare. Deve anche inventare qualcosa per non pensare a Felicité Dubois.
È tornato alla torrefazione. Ha incontrato un paio di persone che leggevano il cartello con la faccia perplessa. Due allievi del corso di *cake design,* aveva appreso attaccando bottone. Strano, avevano detto. Felicité non ha avvertito, e di solito chiude ad agosto, come quasi tutti gli esercizi commerciali.
Così, chi la cerca, Felicité? L'unico che potrebbe sentire la sua mancanza è Chick, e Chick è morto stecchito. I suoi architetti del

diabete si rassegneranno a quello che dice il cartello, tireranno giù qualche accidente per la torta di compleanno mancata e non ci penseranno più.

No, nessuno cercherà Felicité Dubois.

Bob può solo sperare che Nicola Castillo abbia preso sul serio la sua informazione e possa fare qualcosa.

Per finire la giornata va davanti al commissariato. Forse la sua poliziotta preferita finisce il turno e ha voglia di cenare con un giornalista malmenato. Continua a sperare che lo trovi romantico. Ma Diana Camponeschi non c'è e nemmeno risponde al telefono. Vede uscire Zek e Sam, invece. A occhio e croce sembrano spaesati. Hanno l'aria sgualcita e il passo incerto. Sam si guarda intorno e tira lunghi respiri profondi, Zek pesta sui tasti del cellulare. Prova, prova e riprova. Poi finge di sbattere l'apparecchio contro il palazzo e prova ancora, mentre Sam gli dice qualcosa, spazientito.

Bob Carrezza accosta.

– Ehi, ragazzi. Che vi dice una birra da Abbe?

– Ci dice benissimo, Bob – risponde Sam trascinando il fratello in macchina.

– Che ci facevate al commissariato? Non bazzicate troppo gli sbirri?

– Ci hanno rilasciato in questo momento. Una birra ci casca proprio bene.

– Per la faccenda di Chick?

– Sì.

Bob li guarda dallo specchietto retrovisore. Zek è incazzato come sempre, Sam sembra sfinito.

– Che c'è? – gli chiede.

– Niente – risponde lui. – Mi tocca lavorare per due e manco grazie. Sempre attento che Zek non se ne esce con qualcosa che non deve dire. Di Luz, di Abbe, di Doc Marino, per esempio. Capace che inguaia tutto il quartiere.

Zek alza gli occhi dal display. – Perché io sono scemo, giusto? Magari gli dicevo pure del giu… ahio, Sam!

– Giusto, sei scemo – interrompe a precipizio Sam. – Come lo

chiami uno che al Pantheon dice alla prof che i romani erano idioti, perché solo gli idioti fanno i palazzi col buco in mezzo al tetto?
La risata di Bob riempie l'abitacolo. – Visita ai monumenti? Non vi ci vedevo.
– Gita con la classe di merda – risponde Sam.
– Zek, davvero hai detto così?
– Perché, non è vero? – Zek riprende a digitare sul cellulare, infilando un "cazzo" qua e là.
– Come no. Non fa una piega. Quanto vi hanno trattenuto?
– Tre giorni. Che in mezzo agli sbirri sembrano tre anni – fa Sam. – E gratis. Che c'entriamo noi con la morte di Chick, me lo sai dire? E dacci un taglio, Zek! Mi fai venire l'ansia. Irina si sarà presa una vacanza.
– Chi è Irina?
– Fatti i cazzi tuoi.
– Mi sei mancato, Zek.
Quando arrivano da Abbe, il locale è deserto.
Si accomodano a un tavolo. Il nordafricano li squadra senza alzare la testa dal bricco del tè che sta lustrando. Non si avvicina a prendere le ordinazioni e non deve essere in vena per il solito numero di ricordarle a memoria.
Zek continua a tormentare il cellulare, Sam vaga con gli occhi sul soffitto, Bob fissa pensoso i gemelli e annusa nell'aria un odore dolce. Gelsomino, pensa. Ma i fiori sulla porta non sono ancora sbocciati.
– Be', che ti guardi? – lo scuote Zek quando finalmente alza la testa dalla tastiera.
– Mi dispiace per te – risponde Bob. – Sam ha ragione: il bruscolino nel vicolo era di Chick. È lui che vi ha incastrato.

Panchina di periferia

Una piazza, in un quartiere popolare del quadrante est, alla periferia della città. Di quelle con la chiesa enorme che guarda uno spazio vuoto enorme, perimetrato sugli altri tre lati dagli enormi palazzi del boom edilizio. Una delle tante amministrazioni della città ha raccattato un po' di voti con "un'operazione di recupero della piazza come spazio sociale". Recupero che si è concretizzato in un selciato nuovo, quattro alberi comuni e qualche panchina smarrita nell'immensità.
Bob, ancora intabarrato, esce dal bar su largo Agosta e si avvicina con due bicchierini di caffè a una di quelle panchine, dove il procuratore Antimo Salis, gli occhi protetti da lenti da sole, fissa il cielo azzurro, forse per riposare lo sguardo dall'edilizia intensiva.
– Signor procuratore – saluta.
– Carrezza. Che è successo alla sua faccia?
– Bella giornata, vero? Di nuovo primavera.
Il giornalista si siede accanto al magistrato, gli porge il caffè e beve il suo, lo sguardo perso negli orizzonti di cemento. Non si conoscono bene. Si sono solo incrociati qualche volta per via dei rispettivi mestieri. Bob ha messo in conto di non ricavare molto da quell'incontro, ma al punto in cui si trova va bene tutto.
– Lei è stato molto insistente, dottor Carrezza. Perché qui?
– Ponte festivo, posto pieno di gente…
– … lontano dalla zona del vecchio mulino, dal suo giornale, da casa sua e probabilmente da dove ha avuto… diciamo quell'incidente. E da dove hanno trovato un certo Lanzetta.

Antimo Salis nasconde un mezzo sorriso chinando la testa grigia, folta di capelli più lunghi di quanto il suo ruolo imporrebbe.
– Vedo che legge i miei articoli.
– Non ho molto tempo. Sto per conferire con il giornalista o con il cittadino che sa qualcosa di utile? – domanda Salis.
– Con tutti e due. Forse.
– Metta a riposo il giornalista, non parlo con la stampa delle indagini in corso. L'ascolto, se ha qualcosa da dirmi.
– Lei sta indagando su un politico mazzettaro, collegato all'abbattimento del mulino e al nuovo centro commerciale. E dietro quella storia ci sto anch'io. Nel quadrante sud stanno succedendo alcune cose che forse, e dico forse…
Il PM Antimo Salis si mette di tre quarti e guarda Bob Carrezza da sopra gli occhiali da sole. – Sta per raccontarmi una congettura? Le Procure hanno bisogno di fatti per muoversi.
– No, prove non ne ho, ma…
Bob Carrezza si gratta la pera. Si è guadagnato le informazioni in suo possesso, qualcuna l'ha pagata col sangue. Ma il magistrato ha fama di essere un prodigio di discrezione. Tutto sommato, mettere le carte in tavola con il Bulldog è un rischio calcolato.
– Lei sta dietro a quella storia, io sto dietro a quella storia. Lei non molla, io non mollo. Sa come la chiamano, no?
– Bulldog. Me l'ha affibbiato lei, quel nomignolo stupido?
– Io raccolgo solo le voci di corridoio. Facciamo così: lei vuole incastrare un politico corrotto, io voglio il mio scoop. Sarebbe utile a tutti e due se ci scambiassimo le informazioni.
– Cominci lei. Poi vediamo.
Bob Carrezza resta interdetto. Non ci crede nemmeno un momento. Con quella frase e con quella faccia, il magistrato si è appena accreditato come la vecchia volpe che lo fregherà, alla fine dell'incontro. Sospira. Forse avrebbe dovuto sperarci ancora meno, in quel colloquio.
– Su, dottor Carrezza. Diamo un senso a questa gita fuori porta.
– D'accordo – si rassegna Bob.
Dopo un minuto per raccogliere le idee, riassume quello che sa di tutta la faccenda, a partire dall'omicidio di Amilcare Zampa.

Gli parla delle sue idee sulla proprietà del defunto, sulla posizione scomoda in cui si trova la sua vedova, sul coinvolgimento nell'omicidio di due piccoli delinquenti, notoriamente al soldo di Riccardo Lanzetta, detto Chick. Della morte di Chick e della scomparsa di Felicité Dubois.
– Insomma – conclude – c'è un filo rosso che lega tutte queste storie. E ho un'idea fissa: troppi morti per un affare lucroso che, lei lo sa, richiede discrezione. Troppo accanimento contro quelle due mezze cartucce di Zek e Sam. Che, se non sono impazzito, c'entrano poco o niente. Ho la sensazione che ci sia sotto qualcosa di più della solita faccenda di corruzione.
Il PM si è tolto gli occhiali da sole e lo fissa, le labbra appuntite in una smorfia che gli ricorda Sam quando pensa.
– Non ho ricevuto alcuna informativa – dice a mezza bocca.
– Sarà arrivata a qualche suo collega. Lei si occupa di altro, no? Inoltre, questa è la mia teoria e finché non la verifico me la tengo stretta. In commissariato non hanno ancora messo insieme le cose. A pensarci bene, è successo tutto in una decina di giorni o poco più. Su Zek e Sam non hanno niente. Interrogati due volte, appena usciti da un fermo di PG, non devono aver trovato elementi per trattenerli. Il cadavere di Chick è venuto a galla meno di una settimana fa, le indagini sono appena cominciate. E di Felicité Dubois lo sanno da tre giorni perché gliel'ho detto io. Serve tempo. Ma forse tutto questo tempo Felicité non ce l'ha. E nemmeno Zek e Sam.
– Che nomi strani. Perché ci tiene tanto, a quei due?
– Ezechiele e Samuele Ciullà. Gemelli congiunti. Dovrebbe conoscerli.
– Magari sul banco degli imputati.
– Probabile, per come sono messi. E comunque, la mia ipotesi fa ancora acqua da tutte le parti. Mi mancano un paio di collegamenti perché stia in piedi da sé, senza…
– … il sostegno della sua fantasia sfrenata. Carrezza…
– Perché non mi chiama Bob?
– Perché non le permetterò di chiamarmi Tim. Concludendo, cosa si aspetta da me?

– Lei non è tipo da soffiate alla stampa, lo so. Avevo bisogno di parlare con una persona testarda come me e capace di discrezione. Magari di scroccarle qualche elemento in più, ma vedo che non è aria.
– No, non lo è.
– Cerco solo di capire – sospira Bob.
– Facciamo due passi – dice il PM.
Sul sagrato della chiesa del Santissimo Sacramento, un gruppo di persone vestite a festa lancia urla e manciate di riso a un pinguino e a una nuvola bianca fuori rotta. Al di là del sagrato, tutti continuano ad andare per i fatti propri. Alzandosi, Salis fa un cenno impercettibile a due tizi che stanno bevendo qualcosa da una lattina, appoggiati a una berlina blu parcheggiata in doppia fila su via Anagni.
– Ha una scorta? – chiede Bob.
– Non le sfugge niente.
Adeguando il passo delle sue gambe lunghe a quello molto più corto del magistrato, Bob pensa che, se Salis ha una scorta, si sta occupando di qualcosa che scotta più del solito politico corrotto, che quella ormai è normale amministrazione.
– Problemi?
– Una sciocchezza. Qualcosa che mi è capitato una sera, qualche settimana fa. Una gran seccatura per niente. Non ci ricami su.
– Se è una sciocchezza, me la può raccontare.
– Ma certo. La Procura soffre di attacchi periodici di paranoia. Questo lo può anche scrivere. Tanto firma lei, e io non le ho detto niente.
Camminano per un po' fra donne che attraversano la piazza con le buste della spesa e ragazzi ai quali la scuola non è sembrata la scelta migliore, con una giornata così.
– Cosa le manca, Carrezza? – chiede Salis dopo qualche minuto di silenzio.
– Chick. Avrei voluto parlare con lui, ma non ho fatto in tempo. Ho idea che abbia avuto per le mani l'affare giusto per salire di grado e che non l'abbia saputo sfruttare. Anzi, che gli si sia ritorto contro, visto come è andata a finire. Se l'affare è grosso, perché chi ci sta dietro si è rivolto proprio a quel fallito di Lanzetta per

risolvere la faccenda di Zampa? Per quanto ne so, Chick aveva lo spessore criminale della carta velina, non disponeva dei contatti giusti per una cosa del genere. E, sempre per quanto ne so, certe organizzazioni, a certi livelli, agiscono in discrezione, sicure e servite da professionisti. È passato il tempo del mafioso nostrano con la coppola. Bah.
– Già. Perché mai le mafie dovrebbero sfuggire alla globalizzazione? – fa sornione Salis. Ma il tono sarcastico non riesce a coprire quello di colpo cauto. Sfumature. Che Bob è abituato a registrare per default.
– Difatti. La criminalità organizzata parla tutte le lingue ed è di tutti i colori – rincara la dose.
Silenzio.
– E va avanti a colpi di informatica e finanza – insiste.
Silenzio.
– E si accorda per spartirsi le sfere d'influenza e riciclare i soldi. Tanti soldi.
Bob si ferma.
Cazzo. Come ho fatto a non pensarci prima?
Anche Antimo Salis si è fermato.
– Che c'è, Carrezza? Ormai queste sono cose di pubblico dominio. Ci scrivono su pure i gialli – dice con tono troppo leggero.
– Ma certo – glissa il giornalista, distratto dall'idea che si incastra a meraviglia nella sua ipotesi sbilenca. L'aggancio di Chick è sempre un mistero, ma adesso crede di sapere a cosa stia lavorando il Bulldog. E vede la faccenda del centro commerciale sotto una luce diversa.
– Allora? Si è incantato?
– Niente, niente. Pensavo al gran casino della zona sud e a quei due sfigati che ci sono capitati in mezzo. Cacasotto e Coglione sono proprio sfortunati.
Stavolta è Salis a bloccarsi. – Come? Come ha detto?
– Cosa?
– Come li ha chiamati?
– Cacasotto e Coglione. È così che si apostrofano Zek e Sam quando sono in vena di effusioni fraterne.

Il magistrato sta a bocca aperta, fermo a tre quarti della piazza. Guarda in alto e tace per parecchi minuti. Ha l'espressione che doveva avere San Paolo fulminato sulla via di Damasco. Lentamente, riporta uno sguardo più penetrante degli altri dentro gli occhi di Bob.

– Quei due forse non sono innocenti come crede.

– Innocenti certo no, ma riguardo all'omicidio Zampa e a…

– Stia attento, Carrezza. Si guardi le spalle. Mi dispiacerebbe che le succedesse qualcos'altro di brutto. Mi lasci i suoi recapiti, potrei avere bisogno di un'altra chiacchierata. Con lei, e forse con i suoi due protetti.

Bob tira fuori il suo biglietto da visita, mentre si chiede che diavolo d'informazione possa aver dato al PM, per fargli cambiare atteggiamento.

– Mi devo preoccupare?

– A questo si risponde meglio da solo – ribatte laconico Salis. – Arrivederci, dottor Carrezza. È stato un piacere.

Il magistrato inforca di nuovo le lenti da sole e si avvia verso l'auto che lo aspetta. I due uomini di scorta si muovono per farlo entrare in macchina.

– Ehi, un momento – lo richiama Bob.

Salis si volta.

– Io le ho detto qualcosa d'importante, ma mi radiassero dall'albo se so cos'è. Lei invece non mi ha detto niente. Dovrei almeno conoscere il valore della *mia* informazione, non crede?

– Perché me lo fa ripetere? Non parlo delle indagini in corso.

Bob non sa se ha più voglia di prendere a schiaffi Antimo Salis o la propria faccia malmessa. – Davvero non può dirmi qualcosa?

– Certo. Ritratto quello che ho appena affermato sulla Procura. Quella della scorta, in fondo, non è una cattiva idea.

Il traffico cittadino ha l'indolenza delle giornate assolate e semifestive. Bob Carrezza si dirige verso l'A90/E80 che, dice il navigatore, lo riporterà a casa.

Mastica agrodolce.

Il PM Antimo Salis è un osso duro, lo sa dalle chiacchiere dei col-

leghi che hanno avuto a che fare con lui. Il tentativo di parlarci da uomo a uomo, di fare appello al fatto di essere sulla stessa barca e di remare nella stessa direzione non ha funzionato. Però, alla fine, ci ha guadagnato un altro puntello per tenere su la sua ipotesi.
A ogni giro di ruota si convince sempre più che dietro al nuovo centro commerciale non ci sia solo una questione di mazzette. C'è il riciclaggio di denaro sporco. Di una o più organizzazioni criminali. E Salis non si accontenta delle mezze cartucce: non gli basta neanche il politico che preme per le concessioni edilizie. Forse vuole collegarlo a tutto il resto, riciclaggio e omicidi connessi. Insomma, punta al pacchetto completo.
Se poi è vero che è collegato.
In sostanza, solo un'ipotesi e nessun elemento concreto. Quando stenderà l'articolo – a meno di non incappare in un colpo di fortuna – dovrà fare i salti mortali. Perché a suffragio della sua teoria c'è solo una scorta che non si aspettava e un cambio di tono. Ma, come dicono in tanti, il diavolo è nei dettagli.
E a proposito di scorta: cosa è scattato nella testa del PM quando gli ha parlato dei soprannomi con cui si gratificano Zek e Sam? Perché ha fatto quella faccia da miracolato? Cosa in quei due insulti gli ha fatto cambiare idea sulla paranoia della Procura?
Rispondo a una domanda e me ne vengono altre dieci. Mestiere del cavolo, pensa rallentando sulla rampa che immette sul raccordo.

Il traffico cittadino ha l'indolenza delle giornate assolate e semifestive.
Il PM Antimo Salis osserva la periferia, mentre l'autista guida verso il centro storico.
Come essere a Tokyo, pensa. *Questa non è una città. È un'accozzaglia di venti città tutte diverse che non si parlano.*
Ripensa a Bob Carrezza e al suo tentativo di sfilargli qualche informazione. E invece è stato il giornalista a fornirgli elementi interessanti. Quasi gli dispiace. Gli sta simpatico, quel Carrezza. E, dal rapporto dettagliato che ha ricevuto prima di incontrarlo, pare uno che sa fare il suo mestiere. Ma Salis si è negato da un pez-

zo le simpatie o le antipatie. Se c'è una cosa che ha imparato, è quella di restare ben saldo dentro i confini del ruolo istituzionale. È sicuro che qualcosa nel proprio atteggiamento abbia fatto intuire a Carrezza la natura dell'indagine che lo tiene impegnato.
Contro l'intelligenza c'è poca difesa, sospira.
Un piccolo prezzo da pagare in cambio dei nomi, e soprattutto degli insulti reciproci, di Ezechiele e Samuele Ciullà. Questo getta una luce diversa sulle *paranoie* della Procura. Era stato per puro caso, durante una cena di rappresentanza, che aveva parlato di quel puntino rosso comparso sul suo giaccone, quella notte a viale Marconi, per un tempo così breve che nemmeno era sicuro di averlo visto. Il procuratore capo in persona si era preoccupato. Hai voglia a dire che i ragazzi si divertono a disturbare i passanti con le torce laser, che il segnale luminoso non era ricomparso e che non era successo niente. Il procuratore aveva fatto in modo che gli assegnassero un'auto blindata e una scorta. E adesso se le deve tenere.
Con piena ragione, forse.
Prende l'appunto mentale di controllare quale dei suoi colleghi abbia ricevuto le informative sugli omicidi dell'orologiaio e di Riccardo Lanzetta. Bob Carrezza è convinto che tutto "il casino del quadrante sud", come lo chiama lui, sia cominciato con l'omicidio di Amilcare Zampa.
Il PM Antimo Salis ora pensa che sia cominciato prima, in una notte piovosa di fine marzo.

Quattro chiacchiere con Minny Morelli

Nicola Castillo si è proprio stufato e conta le ore che mancano al rientro in servizio.
Ventiquattro ore all'alba.
Fortuna vuole che quell'alba arrivi di giorno festivo. Castillo si aspetta un ritorno di basso profilo, l'aria di festa ha il vizio di insinuarsi anche nei commissariati. In queste occasioni, tutti quelli di turno si sentono in diritto di ciondolare, ricorrendo a macumbe private perché almeno quel giorno la zona rimanga tranquilla e tocchi un po' di festa anche a loro. Soprattutto con quella primavera smaccata, esplosa di punto in bianco dopo le temperature delle ultime settimane, che sembravano intrappolate in un *tagadà* fuori controllo. Nick già sente i rumori e gli odori di un giorno così, sono quasi quindici anni che li conosce. Di solito gli piace. Ma è carico come una fionda tirata e non ha nessuna voglia di un rientro in tono minore.
La Fantini ha avuto il buon cuore di tenerlo aggiornato. L'identità dell'Uomo del fiume, come i giornalisti hanno chiamato Lanzetta col solito sfoggio di fantasia, è ormai di dominio pubblico, e il commissariato è impegnato nelle solite trafile di controllo: amici e conoscenti, ultimi movimenti, chi l'ha visto per ultimo da vivo e via smadonnando, ché i conoscenti di Chick non sono certo persone che chiacchierano volentieri con gli sbirri. I suoi vicini, come tutti i vicini del mondo, sono pronti a giurare che gli avrebbero affidato la figlia minorenne senza la minima preoccupazione.
Tutti col prosciutto sugli occhi, pensa Nick. *I norcini ci si faranno i rubinetti d'oro.*

L'unica persona che avrebbe potuto fornire qualche informazione decente è scomparsa. La Fantini ha incollato Fortuzzi alle banche dati. Risultato: Felicité Dubois non ha registrato la chiusura per ferie presso gli uffici comunali, e il suo nome non risulta in alcuna lista passeggeri di alcuna linea aerea. Il vice questore aggiunto si è degnato di sporcarsi le mani e ha messo in campo i suoi contatti con la Polizia Postale, per verificare se la donna abbia prenotato online un viaggio di qualsiasi tipo, treno, nave o corriera, e ci stanno lavorando.

Il giorno prima Nicola Castillo si è concesso un'altra delle sue fughe dell'ora di pranzo ed è andato a trovare la vedova Zampa.

Quello che ha visto non gli è piaciuto affatto.

La donna gli ha aperto con minore sollecitudine del solito. È arrivata alla porta strascicando i piedi, e strascicando i piedi lo ha fatto entrare a malincuore.

L'ha trovata sciatta, con la voce spenta e nel salotto buono mancava quell'atmosfera di rinascita che lo aveva colpito meno di dieci giorni prima.

Una catasta di scatoloni in un angolo e un velo di polvere sui mobili.

– Sta facendo le pulizie di Pasqua? – le ha chiesto.

La vedova si è stretta nelle spalle, senza rispondere.

C'è voluto del bello e del buono per tirarle fuori la verità: ha deciso di vendere.

– Mi hanno fatto una buona offerta. Con quei soldi posso comprare una casa dignitosa in una zona più centrale. Al Serafico, o a Fonte Meravigliosa.

– E le volontà di Amilcare?

– Mi dispiace. Questa casa è troppo isolata. Troppo grande per una persona sola.

Lui ha rimuginato in silenzio su un caffè servito di malavoglia.

– Quegli agenti immobiliari? Gli stessi che…?

– Sì.

A Castillo non è sfuggita la contrazione esofagea che ha dato al monosillabo un tono strozzato. C'è voluto tutto il tempo a disposizione prima del rientro coatto a farla crollare.

L'avevano pressata. Poi minacciata. Poi aveva trovato un gatto sgozzato sul tappetino d'ingresso. Agnese ha cercato di nascondergli un livido sul polso, dove era stata afferrata da uno di quegli *agenti immobiliari* con una forza che c'entrava poco o niente con le compravendite liberamente scelte.
Quei bravi ragazzi le avevano messo a disposizione il notaio; c'era già un appuntamento, dopo le festività di primavera, per firmare il rogito.
È andato via furibondo e ha chiamato subito la Fantini.

Zek e Sam vanno a scaricare il nervoso alla Vigor.
Soprattutto Zek. La certezza che fosse Chick a masticare bruscolini davanti al cadavere di Amilcare Zampa l'ha messo di malumore, e da quando è di nuovo a piede libero non ha fatto altro che chiamare Irina senza risultato. Sta perdendo la brocca.
Per questo Sam gli ha detto: – Forza, sudiamoci via tutta 'sta schifezza.
Anche lui è preoccupato. Sanno che Irina abita in una zona diversa dalla loro, verso il centro, ma non hanno mai parlato di un indirizzo preciso, altrimenti, Nick o non Nick, sarebbero andati a cercarla a casa.
Sul marciapiede dove l'hanno conosciuta, e dove sanno che batte, ci sono andati. Hanno incontrato solo una nigeriana alta col sedere arrampicato sulle scapole.
– Io qui da un po' – ha detto quella. – Questo mio posto. Mai sentito di "russa", qui.
La cosa sembrava strana a tutti e due.
– Forse ha cambiato zona – ha buttato lì Sam.
– Col cazzo. Ce lo diceva, no? 'Sta cosa mi fa sclerare.
Adesso, dopo un'ora di sacco, strapazzano Ahioilnaso e Li, che si difendono a stento e ogni tanto si scambiano un'occhiata perplessa. Più di una volta Minny ha dovuto dare una calmata a Zek, che tendeva a perdere il controllo.
A Zek sembra dare fastidio pure la faccia estatica di Juanito, che sta sempre lì a bordo ring, quando boxano i gemelli. Non è un ragazzino, Juanito. Lo chiamano così perché, se avesse venti centi-

metri e qualche chilo in più, sarebbe un pugile niente male e uno sciupafemmine garantito. Tuttavia guarda Zek come un moccioso di cinque anni guarderebbe Babbo Natale che scende dal camino di casa.
– Ehi, Juan – lo redarguisce Minny. – Non dovresti essere al negozio da tua madre, a quest'ora?
– Fra un po', Minny, fra un po' – risponde lui.
– Subito. Fila via, forza.
Minny lo segue fino all'uscita per controllare che imbocchi la direzione giusta e non se ne vada a ciondolare in giro. Quando torna, si trova davanti allo spettacolo di due picchiatori da strada che pestano alla cieca gli *sparring partner* stretti all'angolo.
– E che cazzo! Basta così! Venite giù, voi due. Da me.
Zek e Sam scendono, sudati e nervosi come quando hanno cominciato. Minny Morelli pare più nervoso di loro.
È ora di togliersi 'sta spina dal fianco, pensa Minny mentre apre il suo ufficio. Indica a Zek e Sam il divano consunto e prende tre bottigliette d'acqua dal distributore. Poi si siede di fronte a loro e li fissa a lungo mentre bevono e guardano tutto meno che la sua faccia.
– Si può sapere che diavolo avete, oggi? – sbotta alla fine.
– Niente. Che dobbiamo avere?
– Non lo so. Un altro po' e ammazzavate quei due poveracci che vi facevano da *sparring*.
– Con Ahioilnaso ci vuole poco – s'invelenisce Zek.
– Tu carichi a testa bassa e non pensi a dove colpisci. E tu, Sam? Di solito sei svogliato come me quando vado dal dentista e oggi sembri più fetente di tuo fratello. Che vi succede?
Nessuna risposta. Zek accartoccia la bottiglietta, avvita il tappo e centra il cestino con un lancio distratto. Sam tormenta con le unghie l'etichetta di carta.
Minny apre la bocca tre volte per tirare in ballo la faccenda di Doc Marino e tre volte la richiude. Alla fine la prende alla larga.
– Okay. Lo so che avete dei problemi. Chick è finito sui giornali, e in un modo che non piacerebbe a nessuno. Mi stava sulle scatole, ma nessuno dovrebbe andarsene così.

– Cazzate. Te non vedevi l'ora.
– Zek, non le dire tu, le cazzate. Non a me, chiaro?
– Scusa. È vero. È che ci gira da schifo, ultimamente – annacqua Sam.
Minny sospira. – Sentite, perché non ne parlate con me?
– E di che? C'è un cazzo da dire, c'è.
– Ma brutti disgraziati. Quante persone pensate che vi starebbero a sentire, eh? Di quante vi potete fidare? Le vogliamo contare? Abbe, che per voi si è dimenticato pure di tenersi fuori da tutto come fa sempre. Luz. Il sottoscritto imbecille, che però non è degno delle vostre confidenze. E magari Doc.
– Che c'entra Doc Marino? – saltano su insieme Zek e Sam.
Minny si morde la lingua. Gli è uscito così, quel nome, sull'onda dell'incazzatura. Ma ormai è fatta.
– Lo sapete meglio di me, che c'entra.
I gemelli si agitano sul divano. Vorrebbero alzarsi e piantarla lì, Minny lo sa, sono anni che legge quei due come un libro aperto. Ma con lui non hanno il coraggio. Ha ragione Doc: in anni di sudate e rabbuffi, un minimo di ascendente se l'è conquistato. Perciò restano lì, con l'aria di due aspiranti fachiri che siedono per la prima volta sul letto di chiodi.
– Okay, mettiamola così: Doc ha una crisi di coscienza per quella roba che gli avete lasciato e si è consigliato con me.
– Ecchecazzo! L'avevo detto, io, che non ci dovevamo fidare – esplode Zek verso il soffitto. Sam lo segue per forza di cose, ma riesce a rimetterlo seduto.
Minny fissa negli occhi Sam. È stato sempre compito suo arginare le furie improvvise del fratello.
– Calma – dice infatti. – Ormai è andata. Lo sai che di Minny ci…
– … ci possiamo fidare – scimmiotta Zek. – A forza di fidarti te finisci sottoterra.
Incrocia le braccia, mette il broncio e tace.
Sam sospira, rassegnato. – Cosa ti ha detto Doc?
– Tutto.
– Allora lo sai che ci vogliono incastrare.

– Questo è quello che avete detto a lui, e che lui ha detto a me. Quanto a crederci… non lo so, ragazzi. Proprio non lo so.
– Ganzo. Nick Badile ci crede e te no – fa Zek stizzito.
– Nick? Nicola Castillo? Il poliziotto che…
– Sì. Pensiamo che lui ci crede – spiega Sam. – Le cose che abbiamo dato a Doc servono a dimostrare che non stiamo a sparare la prima balla che ci è venuta in mente.
– Questo lo pensi solo tu. Un coltello col sangue di uno che secondo gli sbirri abbiamo ammazzato noi, e le nostre impronte chiare chiare. La galera per direttissima, fratello. Certe volte ti scorreggia il cervello.
– Qual è il problema con Doc? – domanda Sam, relegando i mugugni di Zek a sottofondo fastidioso.
– Che quella roba scotta. Se viene fuori che ce l'ha lui passa i suoi guai, lo sapete. E non mi sembra giusto.
Il sottofondo continua a martellare. – Finché lo sapevamo solo noi, sicuro che fuori non ci veniva.
– E neanche adesso – li rassicura Minny. – Non volete sapere cosa abbiamo pensato di fare l'altra sera da Abbe?
– Ah. Perché avete messo in mezzo anche Abbe? – s'inalbera Zek.
Sam guarda stranito il fratello. – Ma se Abbe e Luz… – balbetta.
– E così lo sa anche Luz. E che cazzo!
– Zek, ma sei fuori? 'Sta cosa la sapevano già tutti, tranne Minny – urla Sam, che è difficile che alzi la voce.
– 'Fanculo.
L'allenatore si prende la testa fra le mani. Zek è sempre stato il più difficile da gestire, ma finora lui ci è sempre riuscito. Adesso sragiona, pare proprio che non ci stia con la testa.
Come si discute con uno che ce l'ha col mondo intero, amici e parenti compresi, e forse ha pure ragione?
– Noi pensiamo che quella roba, il coltello e la pallottola, dobbiate portarla voi alla polizia. Che dobbiate spiegare voi come sono andate le cose, appena…
– Appena ci sbattono dentro.
– … appena le acque si saranno calmate e potrete parlare con

Nicola Castillo. Vi ascolterà. Dopotutto gli avete salvato la pelle.
– Seh. Ci dà una medaglia.
– È rischioso, Minny – interviene Sam cercando di nuovo di ignorare il fratello. – Non abbiamo voglia di andare sotto processo per una cosa che non abbiamo fatto. Mica è così strano, no?
– Altrimenti c'è un'altra strada. Una soluzione che non piace a nessuno, ma tant'è, non ne vediamo altre.
– E sarebbe?
– Le vostre prove finiscono nel fiume. Del resto, era quello che avete provato a fare, no?
– È stato prima che ci sparassero. E prima che a questo scemo venisse la bella idea di fare la crocerossina con uno sbirro.
– E come dimostriamo a Nick quello che è successo quella notte, coltelli, Terminator, pistolettate e tutto?
– Terminator? – chiede Minny perplesso.
– Sì. Il tipo che abbiamo beccato a casa nostra mentre sistemava il regalino.
Minny aggrotta la fronte. – Uno alto, muscoli da invidia, taglio di capelli tattico, accento dell'Est e faccia da…
– … da stronzo? Sì, è lui. Perché? Te che ne sai?
– Si è affacciato qualche volta. Nei giorni in cui, girava voce, eravate ospiti del commissariato. Credevo che volesse iscriversi, invece ha chiesto di voi.
– E cazzo! – dicono in coro i gemelli.
– È un piacere vedere che andate di nuovo d'accordo.
Non raccolgono. La stessa rabbia monta su due facce uguali. Non era quello l'effetto che Minny si proponeva.
– Adesso mi sono proprio rotto i coglioni – ruggisce sottovoce Zek.
– Giusto, fratello. Anche i miei stanno a pezzi – ruggisce sottovoce Sam.
Minny si rassegna. In quelle condizioni di spirito, non prenderanno certo una decisione sensata. Dovrà raccontare a Doc, Abbe e Luz che ha fallito.
– Pensateci su. Quello che volevo dire l'ho detto. Quando avrete voglia di parlare, io sarò qui. Andate a farvi una doccia, forza.
Zek e Sam si alzano rabbiosi e si avviano alla porta.

– Fatevela fredda – gli grida dietro Minny Morelli.

Zek e Sam, seduti sul divano di casa, guardano due punti vicini sul pavimento.
Sam non legge, Zek si è dimenticato le cuffiette. Ha anche smesso di martellare sui tasti del cellulare il numero di Irina. La finestra è aperta. Un passero incosciente ci svolazza davanti facendo cip, e Zek lo guarda male. Se avesse qualcosa per sparare, gli sparerebbe. Fa caldo, in casa c'è un'aria pesante.
– Certo che te, Sam, sei proprio un pezzo di bollito – rompe il silenzio Zek.
– Che dovrei fare, secondo te?
– Mica ti vedo così preoccupato.
– *Sono* preoccupato. Che si risolve se scasso l'anima al mondo come te?
– Niente, cazzo – urla Zek. – Ma almeno sembri umano. Aveva ragione mamma quando diceva…
– Lascia perdere, Zek. Mamma ne ha fatte, di… ah, lascia stare.
– No, adesso lo dici.
– Ma vuoi proprio la rissa, stasera? Guarda che mi girano pure a me.
– No, che hai da dire, eh? Sai che c'è? Che mi hai proprio rotto. Mo' pure nostra madre non ti sta bene.
– Zek, sei fuori come un cassonetto. Piantala, sennò…
– Sennò?
Zek e Sam sono in piedi adesso. A urlarsi contro. Se ne andrebbero volentieri in direzioni opposte.
– Che ti prende, Zek, eh? Che cazzo ti prende? Non ci si ragiona con te. Guarda che pure io sto una schifezza. Per questa storia, per Chick, per Irina. Che ti credi, che stai una chiavica solo tu?
– Pare di sì, cazzo. Pare di sì. Nostra madre ha fatto quello che ha potuto. Se ti sentisse adesso…
– Ma che strapalle! Mamma mamma, sempre mamma. Mamma non c'è più, è morta. Ci ha mollati che eravamo due mocciosi. Perché non si è voluta curare. Dio non vuole, dice. Cazzo, Zek!
– Embe'? Se la pensava così? Chi sei tu per dire che era una stronza?

– E quando l'avrei detto che… oh, dacci un taglio, che non sai un cavolo di niente.
– Cosa? Cosa dovrei sapere, eh?
Sam guarda il fratello, la faccia sfigurata dalla rabbia così uguale alla sua. Come vedere se stesso in un brutto momento. La tentazione è forte. Quella di liberarsi del segreto che si porta dietro da anni. Di dirgli che mentre il gran fico di Zek dormiva, quel pezzo di bollito di Sam aveva sentito certe frasi. Non aveva capito subito, era ancora un ragazzino. Ci aveva ripensato anni dopo, quando la mamma se n'era andata.
"I miei figli vanno bene così" aveva detto a quelli dei servizi sociali che erano venuti a casa. "Grazie dell'offerta, ma resteranno come Dio li ha creati. Non è una questione di soldi".
Magari mi ricordo male. Magari mamma voleva dire un'altra cosa.
Sa che non è vero. Serra la mascella e continua a tenerlo per sé.
– Be'? Che, ti sei ingoiato la lingua?
– No, Zek. Scusa. Hai ragione. Sto nervoso pure io, te l'ho detto. Diamoci una calmata. Siamo nei casini, e mi sono rotto di stare qui ad aspettare che ci succedono le cose. È ora di muovere il culo, che dici? Ci serve un'idea.
Zek lo guarda spiazzato. La rabbia sbolle piano, sostituita da un sorriso soddisfatto. – Adesso sì, fratello. Adesso sì che ti riconosco. E vai! – ride dandogli un pugno sulla spalla.
– Che facciamo?
– Non lo so. Bisogna pensarci su.
– Allora pensiamo?
– Andata. Pensiamo.
Si siedono sul divano. Fissano due punti vicini sul pavimento.
Per un sacco di tempo.
L'uccelletto passa e spassa. Zek potrebbe farlo fuori pure a mani nude, dopotutto. Il cielo diventa giallo, poi rosa, poi rosso. Il giorno muore.
Finalmente Zek si decide ad aprire bocca.
– Irina è nella merda – dice.
– Sì.
– Per colpa nostra.

– Un po', sì.
– E per colpa di quelli che ci stanno addosso.
– Di più.
– Quello stronzo che è passato pure alla Vigor?
– È facile.
Di nuovo silenzio.
– Dobbiamo fare qualcosa.
– Questo l'abbiamo già detto.
– Io ho un'idea.
– Tu?
– Sì, io, perché? Zek lo scemo non può avere un'idea?
– Be', quella del giudice Salis non è stata proprio…
– Colpa tua. Che, vogliamo ricominciare?
– No, Zek. Forza, tira fuori 'sta pensata.
Confabulano a lungo, le teste vicine, le facce intente.
– Che dici? – chiede alla fine Zek. – Funziona?
Sam ha le labbra a punta da tanto tempo che gli fanno male. – È complicato. Un sacco di cose possono andare storte – dice poi.
Zek carica una delle sue imprecazioni.
– Ma forse funziona – lo interrompe Sam. – Dobbiamo mettere in mezzo un sacco di gente, però. Ci possiamo fidare?
– Porca puttana, te ti fidi sempre di tutti, e proprio adesso la cosa non ti cala? E dài!
Sam ride, Zek gli va dietro.
– Okay. Ce la dobbiamo giocare bene. Ci vuole organizzazione. Io parlo con Bob. Tu pensa a Juan, che quello ti farebbe da tappetino. Con Abbe e Luz ci parliamo insieme, d'accordo?
– D'accordo.
Si alzano per andare a prendere i cellulari.
– Senti, e se… Insomma, se Terminator non c'entra niente con Irina? – chiede Sam.
– Almeno ci abbiamo provato. E magari ci scappa che gli diamo un'altra scaldata, a quello. Così impara a farsi i cazzi suoi.
– Ma…
– Du' palle! Cacasotto.
– Coglione.

LA PENSATA DI ZEK

È più di un'ora che Bob Carrezza se ne sta seduto nell'auto davanti alla Vigor. È arrivato all'ora di pranzo, quando è più facile trovare il parcheggio giusto, e gli è andata bene. Ha visto i gemelli entrare con i borsoni sportivi poco prima delle tre.

Luz è al suo posto, in finestra a spulciare i gelsomini, i capelli d'argento che brillano sulla facciata del palazzo come una scheggia di specchio. Tutto come hanno deciso il giorno prima.

Gli appostamenti possono capitare, nel mestiere di Bob, ma lui li ha sempre considerati una lagna.

Sempre se Zek Testa di Rapa ha ragione. Sam mi ha detto che l'idea è sua. Quelli stanno dietro sia a loro, sia a me. Per dirla con Zek, "sanno pure se scoreggiamo. Se ci vedono di nuovo insieme tutti e tre, staniamo la bestia." E se va bene, io ho un'altra bella storia per il giornale.

Ammazza il tempo trafficando con l'iPhone e fantasticando sulla singolare simbiosi fra Abbe e quella Luz che ha appena conosciuto. Prova a immaginarli uno senza l'altra e non ci riesce. Magari ci tirerà fuori un articolo di colore. Ma poi decide che è troppo poetico. Crisafulli non glielo passerebbe mai.

Dopo altre due ore, Zek e Sam escono dalla palestra col solito passo dinoccolato e si dirigono da Abbe, come fanno sempre.

Bob esce dalla macchina, chiude lo sportello e ci si appoggia contro. Accende una sigaretta. Fa in tempo a finirla prima che arrivi l'sms di Luz: "Il tipo a ore sette rispetto a te ha appena fatto una chiamata col cellulare".

A ore sette, ghigna Bob. *Si diverte, la ragazza. Bene. Mi hanno visto.*

Butta la cicca, chiude la macchina e si avvia da Abbe.
Trova Zek e Sam tesi ed eccitati.
Nell'atmosfera elettrica, Abbe lucida il bancone con aria feroce.
Una coppia prende un caffè seduta a un séparé, immersa in una discussione accesa sotto il paralume verde. Il giornalista e i gemelli la guardano diffidenti, ma Abbe fa cenno di non preoccuparsi. Sono a posto, clienti abituali.
Zek e Sam non bevono i loro integratori, Bob non beve la sua birra, intento a guardare i due sul fondo che gli ricordano un quadro di Hopper.
Finalmente ecco il messaggio di Luz.
"È arrivato. È lui, quello grosso".
La tensione diventa eccitazione.
– Bene, ragazzi, si parte. Vediamo se avete ragione. Juan? – domanda Bob.
– Tutto a posto. Ha già portato il furgoncino dove serve. Ecco le chiavi.
Il cronista se le rigira in mano pensieroso. – Questo Juan, siamo sicuri che…
– Juanito è a posto. Sua madre è un po' matta, ma ci possiamo fidare. Il furgone è un catorcio, però mi ha assicurato che va.
– E se invece di seguire voi se la prendono con me?
– Cazzo, Bob! Ti pare il momento di cacare dubbi? O ci stai a fare il ripasso? Ne abbiamo già parlato. Piano A e piano B. E poi, è più facile che se la prendono con due sfigati come noi che con un fichetto famoso come te. Andiamo.
Fichetto famoso, ride fra sé Bob, mentre li guarda uscire dal locale e avviarsi verso casa. *Piano A e piano B. La strategia più sbilenca che si potessero inventare. Scemo io che ci sto dietro.*
Esce anche lui, entra in macchina e manovra fuori dal parcheggio.
Non ha bisogno dell'sms di Luz per accorgersi dell'utilitaria che si è mossa insieme a lui.
Digita furioso sul cellulare: "Piano A saltato subito. Ho compagnia anch'io. Piano B".
Cominciamo bene, pensa.

Zek e Sam camminano lenti lungo il marciapiede. Non si voltano a controllare se Terminator li segua o meno. Sanno che c'è, sentono il suo sguardo sulla nuca come una zecca fastidiosa.
Svoltano a destra e arrivano all'altezza di un negozio di alimentari, di quelli che vendono gli intrugli per i latinos. Discutono un minuto davanti all'ingresso ed entrano.
La madre di Juan sorride con gli occhi scuri che luccicano giovani in un viso segnato. Li prende per mano e li accompagna in un angolo nel retrobottega, davanti a un altarino con un sacco di candele accese intorno a immagini dai colori vivaci, piene di uccelli, alberi secchi e madonne d'argento circondate da raggi nel cielo blu.
Fa loro un segno sulla fronte: – *Que la Bruja de Plata os aiude* – mormora.
Poi li spinge fuori, nel cortile ingombro di cassette e cartoni accatastati.
– Che ha detto? – chiede Zek sfregandosi la fronte.
– E che ne so? Bob non ce la fa a venire a prenderci qui dietro, seguono anche lui. Ha detto piano B.
– L'avevo capito. Ti pareva che non ce la dovevamo sudare.
Prendono fiato, escono e si buttano in corsa sfrenata per passaggi pubblici e privati, muretti da scavalcare, cabine elettriche da aggirare. Via per percorsi tortuosi verso la tappa successiva.

La corsa di Bob è breve. Ringrazia il dio dei pestati, perché a correre gli fa ancora male tutto.
Ha guidato tranquillo fin sotto la casa di Zek e Sam. Poi ha accelerato, ha piegato a sinistra, in un budello largo appena da far passare la macchina, come gli ha detto Sam. Ha mollato l'auto nel retro del Rond Point e ha controllato da lì che il tizio che lo seguiva passasse oltre.
Adesso inserisce il turbo alle gambe intorpidite dagli analgesici, un controllo rapidissimo e via, a insaccarsi dentro il vecchio furgone della ditta Cortez.
Appena in tempo per veder arrivare di gran carriera i gemelli, dalla parte opposta da cui sarebbero arrivati, se non avessero dovuto seminare il loro stalker preferito.

Bob apre il portellone posteriore. Zek e Sam si tuffano nel vano ingombro di cassette, scatoloni e sacchi di iuta profumati di spezie.
– Sbrigati, chiudi subito! – boccheggia Sam.
– Ce l'avete fatta? L'avete seminato?
– E vorrei vedere. La madre di Juanito gli starà a fare una macumba. Magari funziona e quello casca stecchito. Te?
– Credo di sì. Il mio corteggiatore ha tirato lungo. Però mi porteranno via la macchina col carro attrezzi, chi paga?
– 'Fanculo, paga – ansima Zek.
Bob si gode lo spettacolo dei due che cercano una sistemazione per i borsoni in mezzo a tutta quella roba di scarto, senza perdere di vista gli specchietti retrovisori. È dentro a quello di destra che compare Terminator.
– La macumba non ha funzionato. Il nostro amico sta arrivando.
– Rischia che non vediamo un cazzo – borbotta Zek.
– Ci sono gli specchietti. E ci vuole un po' di fortuna.
– Allora stiamo freschi.
Sporgendosi appena, Bob vede il tizio che rallenta davanti all'entrata del palazzo di Zek e Sam, e guarda in alto, verso le loro finestre. Sembra perplesso. Poi approfitta di una ragazza che esce dal portone e sguscia dentro.
– Va su da voi.
– Quello entra ed esce da casa nostra manco fosse la sua.
Aspettano cinque minuti. Dieci. Quindici.
Terminator ricompare. Si allontana dal portone, va fuori di vista. Bob si azzarda di nuovo ad allungare il collo, confidando che il tizio non presti attenzione a un furgoncino scassato che non ha niente a che fare con nessuno di loro.
L'uomo sta attraversando la strada. Si avvicina a un Suv parcheggiato e ci sale su.
– Sta' giù, Bob. Rischia che ti vede.
– Buoni, mi dà le spalle. Guarda guarda che bella targa.
Bob si riabbassa, tira fuori un blocchetto e segna ZAZ323Y.
– Che fa? Parte?
– No. Finora avete avuto ragione. Se vi avesse perso, sarebbe venuto qui. Adesso aspetterà che rientriate.

– Ma noi non rientriamo finché lui non se ne va – mugugna Zek.
– Già.
– Ma allora come…?
L'idea manda Zek in confusione. È il suo piano, questo, e adesso non gli sembra più tanto brillante.
– E che, restiamo qui finché crepiamo? – chiede allarmato.
– Può darsi.
– Cazzo, era meglio se pisciavo quando potevo pisciare.

Dopo due ore stanno ancora lì. Il traffico si è intensificato. Bob, Zek e Sam lo detestano come tutti, ma al momento rappresenta un vantaggio. Per di più, pare che ci sia movimento, qualche manifestazione in giro. Hanno visto passare gente con i cartelli, e Bob scommetterebbe su un raduno al quinto ponte, dove vive la gente più incazzata nell'area più degradata del quartiere.
Il tizio è rimasto in macchina, Sam ha mandato un messaggio di okay a Luz, Zek si rimira gli anfibi, come fa sempre da quando li ha fregati al tatuato, Bob ha inviato qualche sms. A Diana Camponeschi ha telefonato, ignorando gli sberleffi dei gemelli per il tono da cascamorto che usa con lei. Le ha dato il numero di targa, chiedendole di scoprire a chi fosse intestato il fuoristrada, in cambio di qualche smanceria e di una cena a lume di candela.
– Mannaggia quella troia impestata, che palle! – tira giù Zek.
– E piantala! Questa è un'idea tua. Lo sapevi che c'era da aspettare – dice Sam.
– L'unico gusto è che se le sta a rompere pure lui.
– Magari si contempla i tatuaggi.
– Che tatuaggi? – chiede Bob.
– Roba che spacca. Mai visti così – si entusiasma Zek. – Ce ne ha due sulle ginocchia a forma di stella che quasi quasi glieli frego. Stanno stampati qui – conclude dandosi una manata in fronte.
– Zitti un po'. Tocca a voi guardare fuori.
Bob ha un migliaio di campanelli d'allarme che gli frastornano i pensieri.
Tatuaggi.
Ha qualche idea, Bob, sulle organizzazioni che usano i tatuaggi.

Proprio vero che le notizie ti capitano fra i piedi quando meno te le aspetti. Solo che questa è capitata nel momento sbagliato. Se il piano sballato di Zek va storto, i quarti d'ora che li aspettano saranno uno più brutto dell'altro.
Ma finora ha funzionato. E forse ho qualcosa per il PM Salis.
– Che c'hai, Bob? Pare che hai visto uno che ti frega lo scoop – fa Sam.
– Niente. Pensavo.
– Sai che bello se quello è sceso a quattro zampe e noi stiamo qui a guardare una macchina vuota fino a domani – si lamenta Zek.
– No – dice Sam. – Guardate. Succede qualcosa.
Una city car grigia si accosta al fuoristrada in doppia fila e dà il *la* a un concerto di clacson infuriati.
Terminator scende e scambia qualche parola col conducente. Accenna con gli occhi alle finestre di Zek e Sam, poi risale in macchina.
– Se non ho capito male, si danno il cambio – dice Bob.
Osserva la manovra delle due vetture, ostacolate dal traffico più caotico del solito, forse per via della manifestazione. Mentre l'utilitaria cerca di prendere il posto del Suv, gli stressati al volante che restano bloccati continuano con le strombazzate di protesta. Si è creato una specie di ingorgo nell'ingorgo. Se Bob non fosse così teso, troverebbe la scena divertente.
Finalmente il fuoristrada esce. Bob scivola al posto di guida e gira la chiave di accensione.
Niente.
Riprova. Ancora niente.
Dietro, i gemelli incartano un pacchetto completo di maledizioni all'indirizzo di Juanito Cortez. Bob guarda preoccupato il Suv che si allontana. Per fortuna è alto e non lo perde di vista.
Al quarto tentativo il motore parte e finalmente il furgone si inserisce nel flusso del traffico, a qualche macchina di distanza dal fuoristrada.
– È andata, ragazzi. Vediamo se è come dite voi. Che quel tipo ci porta dalla vostra Irina.
C'è ancora luce. È la prima volta che Bob maledice l'ora lega-

le. Il Suv ha imboccato la Laurentina e procede lento verso sud, incolonnato fra i dannati del rientro. Oltrepassa gli svincoli del raccordo e tira dritto.

La faccenda si fa più complicata. Dopo le rampe del GRA, il flusso di auto si è diradato. Bob dosa freno e acceleratore per non perdere di vista Terminator senza farsi individuare. Qualche chilometro e quello imbocca una traversa sulla destra. È una striscia d'asfalto accidentata, stretta e poco frequentata.

– Maledizione – impreca il giornalista.

– Che c'è?

– C'è che se lo seguo lì mi vede, ecco che c'è.

Accosta accanto a un capannone industriale.

– Be'? E adesso? Mica vorrai mollare.

Bob non risponde. La strada di campagna, davanti a lui, è a saliscendi. Vede le luci di posizione del Suv, nel crepuscolo, procedere in discesa finché la pendenza non rimonta. Quando spariscono oltre il culmine della salita, riavvia il motore e va.

– Dobbiamo andare per tappe – spiega.

Raggiungono il punto dove è scomparso il Suv e lo vedono in basso, che viaggia tranquillo. Si fermano finché non gira dietro una curva e ripartono. Bob è concentrato. E anche preoccupato, dopo la faccenda dei tatuaggi. Sam non poteva scegliere momento peggiore per tirarla fuori. I gemelli non parlano. Guardano la strada anche loro, il respiro sospeso.

A ogni sosta per controllare la situazione tirano giù un santo a caso perché credono di aver perso l'obiettivo. Ogni volta che riappare tirano un sospiro di sollievo.

– Che stress – dice una di quelle volte Zek. – Peggio di un film di paura.

Finalmente, dalla cima di una salita, vedono il Suv prendere un sentiero sterrato a destra e fermarsi su uno spiazzo davanti a un capannone. Una sagoma buia contro il cielo diventato scuro, l'ingresso illuminato da una lampadina fioca.

Terminator armeggia con la serratura e sparisce all'interno.

– Ci fermiamo qui – dice Bob, ficcando il furgone dietro una massa di vegetazione a bordo strada.

– Ehi, così graffi tutta la carrozzeria. Juanito… – protesta Zek.
– Graffio più, graffio meno. Scendete e rimanete nascosti. Forza, su.
– E te che fai? Mica hai intenzione di filartela e accannarci qui?
Bob sospira. – Figurati se me ne vado sul più bello. Scendete, adesso arrivo. Chiamo il mio contatto in polizia, voglio sentire chi è quello che state per menare.
Zek e Sam scendono. Approfittano della vegetazione per svuotare la vescica. Guardano perplessi Bob che gesticola al telefono, finché non chiude la comunicazione e li raggiunge.
– Allora?
– Allora niente. Il Suv è intestato a una società di import-export. Il che non ci aiuta.
– Andiamo?
– No – dice Bob.
– Come no? – salta su Zek.
Bob sospira di nuovo. – Ragiona. Intorno non ci sono macchine, quindi è probabile che quello sia solo. Ma mi ci gioco il Pulitzer che è armato.
– Chi se ne frega. Voglio vedere se Irina sta lì – insiste Zek.
– Se ci facciamo ammazzare, poi chi l'aiuta? Io dico di aspettare.
– Ancora?
– Ancora. Se siamo fortunati, quello se ne va e noi abbiamo campo libero.
– E se siamo sfortunati?
– È una bella notte di primavera.
– Cazzo. Era meglio se mangiavo quando potevo mangiare.

Odore di ruggine

La luna è un'unghia.
L'inquinamento luminoso della metropoli ha cancellato le stelle.
Perciò non c'è niente di interessante da vedere, nel cielo rossastro.
Ma l'aria è tiepida, la terra su cui sono sdraiati è asciutta.
Bob, Zek e Sam tacciono, gli occhi fissi sull'entrata del capannone. Dalle fessure filtra una luce fredda.
– Certo che Abbe e Luz sono una coppia singolare – dice Bob per ingannare l'attesa.
– Sono due. Plurale.
– Ah ah ah, Zek.
– La madre di Juanito dice che al tramonto Luz si trasforma in uccello e…
– E piantala – sbuffa Sam.
– Ma non hai visto quella specie di accrocco coi lumini, nel negozio di Juanito? Sarò scemo, ma quella mica era la Madonna. Era Luz fatta e sputata.
– Balle.
– Se la piantaste tutti e due? – li zittisce Bob. – Parliamo di cose serie: perché ci tenete tanto a questa Irina?
– Fatti i cazzi tuoi – giunge puntuale.
– È un'amica – concilia Sam. – Tu non ti sbatteresti per gli amici?
– Lo sto giusto facendo.
– Amici un cazzo. *Tu* cerchi le storie per i *tuoi* fottuti articoli.
Invece di rispondere, Bob pensa che quella ragazza sia più fortunata di Felicité Dubois. Lei non ce l'ha qualcuno che rischia di farsi ammazzare per tirarla fuori dai guai. Costruisce nella testa

le domande che farà a Irina, se la troveranno. Magari metterà le mani su una storia torbida di schiavitù sessuale e vessazioni. Di quelle che piacciono tanto a Crisafulli.
Ma non costruisce granché, perché non deve aspettare molto.
Sam gli stringe un braccio e indica con la testa il capannone.
Terminator è fuori e sta richiudendo la porta.
Sale sul fuoristrada, mette in moto e torna per la strada da cui è venuto.
Quando passa davanti al punto in cui sono imboscati, Bob, Zek e Sam si appiattiscono a terra trattenendo il respiro. Bob ripassa a mente come ha nascosto la macchina. Gli viene l'idea assurda di aver lasciato i fari accesi, immagina che il tizio inchiodi e venga a tirarli su per la collottola.
Ma il Suv gira a sinistra sulla strada di campagna, poi sparisce oltre il dosso.
Bob ringrazia la notte per quella luna ridicola.
– Che culo! – urla sottovoce Zek.
– Be', adesso vediamo se là dentro troviamo quello che dite. Magari è solo un magazzino di roba rubata.
– Che, porti sfiga? Quello ce l'ha con noi. Non è riuscito a incastrarci né a farci fuori, e si è preso Irina, così noi…
Zek lascia la frase in sospeso e resta a bocca aperta, gli occhi in cerca di chissà che. Sam aggrotta la fronte.
Il dubbio che Bob si gingilla da un pezzo deve essere venuto pure ai gemelli.
Che quella sia una partita dove non si sa ancora chi sia a caccia di chi.
– Già. Vedo che ci siamo arrivati tutti. Però è un po' tardi per i ripensamenti – ammette il giornalista.
– L'hai detto.
Mentre i gemelli staccano la corsa verso il capannone, Bob si congratula con se stesso.
Forse ha fatto la cosa giusta.

La lampadina fiacca illumina una catena con un lucchetto nuovo. Zek e Sam lo stanno esaminando da vicino con aria professio-

nale. Zek fa un sorrisetto di sufficienza e tira fuori dai calzoni un coltellino multiuso. Armeggia per qualche minuto, infilando un'imprecazione fra una torsione del polso e l'altra. Il lucchetto cede, Zek lo ringrazia a modo suo, con un vaffanculo soddisfatto.
Prima di entrare, Bob si guarda intorno. Non c'è anima viva.
L'interno è buio.
– Qualcuno ha pensato a una torcia? – chiede.
– Merda, no – risponde Sam.
Bob tira fuori la chiave della sua macchina, con un pensiero fugace alla sorte dell'utilitaria. Ha una lampadina di servizio, può andare bene per trovare una luce vera.
Illumina la parete destra, dove si trovano gli interruttori di ogni edificio per bene. Lo trova.
Il neon singhiozza e si stabilizza su un ambiente desolato, pieno di polvere e ruggine, ce ne deve essere tanta che si sente l'odore.
C'è un'altra cosa che odora di ruggine. Il sangue odora di ruggine, pensa lugubre Bob.
Scaffali. Banconi perimetrali con sopra attrezzi buttati alla rinfusa: morsetti, cacciaviti di ogni misura, dadi e bulloni, seghe e seghetti. Tutto coperto di polvere impastata di grasso.
Il capannone sembra deserto, ma Bob fa segno ai due di andare cauti. Procedono lungo le pareti, le spalle coperte dal muro o dai banconi, una volta buoni per chissà quale lavoro.
Al centro c'è uno spazio vuoto. In mezzo, una sedia, una fune, uno straccio macchiato di scuro e qualche attrezzo buttato intorno. Bob si avvicina di qualche passo. Distingue un punteruolo, una tenaglia, una sparachiodi, una pistola da saldatore. Un cattivo pensiero gli mozza il fiato e gli gela il sangue. Che ci fa quella roba lì? Che ci fa, lontano da un piano di lavoro, accanto a una sedia, con quello straccio sporco di…
Chiude gli occhi, scuote la testa. Scaccia l'immagine di una ragazza senza volto che urla in mezzo al nulla.
Raggiunge i gemelli.
Sul lato opposto, nell'angolo a destra, c'è un golfo di buio.
Si fermano un momento, il fiato trattenuto.
Il silenzio è pesante.

In quel silenzio c'è un respiro.
Intermittente, discontinuo.
Aspettano, tendono le orecchie.
Bob, Zek e Sam si guardano.
Zek impreca senza voce per qualcosa che sa solo lui e guarda storto il fratello. Quello dice a gesti di darci un taglio. Si fanno un cenno d'intesa, prendono fiato.
– Vieni fuori, stronzo. Lo sappiamo che stai lì! – urla Zek.
Poi caricano come arieti. Bob non riesce a fermarli.
Si bloccano da soli. Immobili.
Non succede niente per un minuto infinito. Nessuna risposta, nessuna pistola, nessun pugno che sbuca dal buio. Solo quel respiro.
Bob li raggiunge.
C'è una branda, in quell'angolo.
Sopra c'è un corpo.
Una donna. Svenuta, drogata o addormentata.
Non è Irina.
È Felicité Dubois.

Piano C

Bob scansa i gemelli e si precipita sulla donna di Chick. O su qualcosa che la ricorda alla lontana.
È ammanettata a un grosso gancio di ferro fissato nella parete. Ha le mani insanguinate, gli abiti strappati, il corpo grande pieno di lividi, tagli, bruciature. Il viso dai lineamenti delicati è deformato, tumefatto, gli occhi sepolti negli ematomi.
– Maledetti pezzi di merda, stronzi figli di puttana – sibila Bob mentre si avvicina a lei. – Felicité… Felicité, svegliati. Ti porto via – dice cercando di scuoterla.
Non si sveglia.
– La conosci? – chiede Sam.
– Sì, maledizione, sì. È… era la donna di Chick.
Si rialza e guarda i gemelli. Lo stupore per la scoperta e la delusione per non aver trovato Irina si mischiano sulle loro facce da teppisti, facendoli sembrare giovani come sono, e smarriti.
– Zek, ce la fai con quelle manette?
Lui annuisce, tira di nuovo fuori il coltellino multiuso e si mette a lavorare con l'aiuto di Sam, che fa luce con la piccola torcia di Bob.
Il cronista passeggia su e giù nervoso e ogni tanto controlla l'entrata. Si chiede se non sia stata colpa sua. Quelli che lo tengono d'occhio, chissà da quanto lo fanno. Forse dal suo primo articolo sul mulino industriale. Forse l'hanno visto parlare con Felicité. Forse è stato lui a portarli dalla donna. Forse forse forse.
Il rumore delle manette che Zek ha gettato sul pavimento lo riporta con i piedi per terra.

Bob cerca di nuovo di svegliare Felicité, la scuote con più decisione. La donna si muove. Apre lentamente gli occhi, per quello che può.
Poi comincia a urlare.
Urla tirandosi a sedere, ritraendosi nell'angolo più lontano, piegando le ginocchia e abbracciandole, chiusa in una difesa estrema. Guarda Bob, ma sembra non vederlo.
Bob ha seguito troppi casi di cronaca per non sapere cosa significhi. Tace, si allontana per rassicurarla, le parla come si fa con i vecchi e con i bambini.
Zek e Sam, seduti su una cassa, si fissano la punta delle scarpe, i gomiti sulle ginocchia.
Bob guarda la porta, poi l'orologio. Fa un altro tentativo.
– Felicité. Felicité, sono io, Bob. È finita. Ti portiamo via da qui. Ti prego.
La donna lo guarda. Ansima. Non si muove, ma smette di urlare.
Il giornalista si siede accanto ai gemelli.
– Bob, ce ne dobbiamo andare – sussurra Sam.
– Lo so. Aspettiamo un momento. Ha bisogno di tempo.
– Mica ce l'abbiamo, il tempo. E se quello torna?
Bob guarda Felicité. Il respiro è più regolare, ma lo sguardo è sempre perso, non fa presa sulle cose.
– Non torna.
– Tu sbagli, giornalista. Non hai fatto cosa intelligente.
Terminator. Sulla porta del capannone. Non è solo.
Sono in quattro, con lui. Massicci come il loro capo, però una spanna più bassi. Uno solo punta la pistola, ma gli altri la tengono bene in vista.
Entrano da padroni, replicando i cachinni soddisfatti del capo.
– Cosa le avete fatto, figli di troia? – si avventa contro di loro Bob.
Zek e Sam cercano di trattenerlo per la giacca, ma l'indumento rimane loro in mano, e Bob sta lì davanti alla montagna di muscoli, a urlargli sulla faccia.
– Lei non c'entrava niente, pezzo di merda. Perché cazzo…
Terminator lo manda a terra con uno spintone sul petto.

– Non ti è bastata, giornalista? Ragazzi, a Bob è piaciuto. Ne vuole ancora un po'.
I quattro si muovono, ma il capo li ferma con la mano.
– C'è tempo. Prima devo fare una cosa – dice, avvicinandosi lento a Zek.
– Ecco dove sono miei anfibi. Euro non importa, ma anfibi mi piacevano.
Zek si osserva le scarpe.
– Togliteli.
– Che?
– Togliteli. Sono miei.
– Col cazzo.
L'uomo ride. – Sapete, siete forti per essere mostro di natura. O mostri? Che dite, ragazzi? È uno o due?
Gli altri ridono sguaiati, sputando battutacce sulla mamma del fenomeno da baraccone e sull'atto contro natura che l'ha generato.
Sam trattiene Zek a fatica. Non ce la farebbe se Terminator non troncasse gli sghignazzi con un gesto.
– Forti, ma stupidi – riprende, avvicinandosi di più. – Credevate che non vi vedevo? Divertente.
– Dov'è Irina? Che avete fatto a Irina? – gli sputa in faccia Sam.
– Eh, Irina… – Terminator scuote la testa con aria compassionevole. – Avete gusto. Proprio bel tipo, Irina.
Zek sta di nuovo per partire, Sam lo blocca.
– Okay. Zek ti ridà gli scarponi, tu ci dici dov'è.
Stavolta parte la risata grassa di tutta la banda.
Bob vorrebbe prendere il cellulare, ma è nella giacca rimasta in mano ai gemelli. E, appena si muove, uno degli sgherri gli punta contro la pistola. Non riesce nemmeno a sbirciare l'orologio. Cerca di incrociare lo sguardo di Felicité, ma la visuale non è libera. Riesce a scorgerne solo i piedi. La tensione le fa muovere gli alluci in maniera compulsiva.
– Guarda guarda. Mostro di natura innamorato. Uno? Due? Come chiamava voi vostra mamma?
– Gemelli congiunti, stronzo! – urla Zek.
Caricano insieme con la stessa rabbia.

Terminator non se l'aspettava.
La furia di Zek moltiplica la forza nei pugni, per una volta anche Sam pesta con cattiveria.
Gli scagnozzi alzano le pistole, ma non sanno che fare, rischiano di colpire il loro capo, intrecciato con quei corpi che, uno o due che siano, menano botte da orbi.
Passata la sorpresa, l'uomo reagisce e riesce a restituire qualche colpo.
– Giornalista! – grida ai suoi. – Prendete giornalista, imbecilli.
Finalmente quelli capiscono. Circondano Bob, lo tirano in piedi e uno di loro gli piazza la pistola alla tempia.
– Fermi. Fermi subito, o vostro amico è morto – ordina Terminator fra una schivata e un colpo.
Sam rallenta, Zek continua a stantuffare.
– Zek!
– Quello non è amico mio – grida con voce strozzata.
Ma senza la collaborazione del fratello, Zek non va lontano. Si deve fermare.
Ansimano tutti e tre, guardandosi in cagnesco. Terminator si aggiusta la maglia nera con un gesto stizzito. – Peccato. Vero peccato. A noi serve gente forte come voi. Ma troppo stupidi.
Fa un cenno ai suoi uomini.
– Liberatevi di cicciona, vi siete divertiti abbastanza. Anche di giornalista. Buttateli in campagna, in fiume, dove vi pare, basta che non trovano. Io resto qua con mostro. Adesso mio turno per divertimento. Mi riprendo mie scarpe. Anche mutande, sì? E anche qualcos'altro – sogghigna.
– Faresti un favore al mondo intero.
Terminator si blocca. Tutti si bloccano.
La voce non appartiene a nessuno di loro. Zek e Sam la conoscono. Viene dalla porta.
– Giù le armi. E alzate le mani, forza. Niente scherzi, siamo in parecchi, qui.
Un sacco di divise blu, armi puntate, stanno sciamando nel capannone.
– Nick! – fanno insieme Zek e Sam.

Gli scagnozzi si consultano con lo sguardo. Inferiorità numerica, posizione scoperta, mani nel sacco. Brache calate, insomma. Lentamente gettano le armi a terra e alzano le braccia. Anche Terminator lo fa. I suoi occhi bruciano di furore e non mollano un attimo i gemelli.

Bob si precipita da Felicité Dubois.

Miriam Fantini entra di corsa e con uno sguardo registra la situazione. Fa un cenno a Castillo, altri alla squadra e raggiunge Bob. Si china sulla donna mentre chiama un'ambulanza.

Due uomini in divisa ammanettano Terminator con le mani dietro la schiena, altri stanno già portando fuori il resto della banda.

– Dove sta Irina? – urla Zek. – Fatevi dire dove sta Irina!

Terminator si volta, scuote la testa e segue gli agenti.

Nicola Castillo è fermo davanti a Zek e Sam.

– Chi l'avrebbe mai detto che un giorno avreste ringraziato il cielo di vedere Nick Badile? – chiede con la faccia da salvatore più antipatica che c'è.

– Cazzo ci fai qui? – mugugna Zek.

– Bella gratitudine.

Bob ha lasciato Felicité Dubois alle cure di Miriam Fantini. È meglio che con lei stia una donna, ha detto l'ispettore.

– Altri due minuti e mi facevano secco. Perché ci hai messo tanto? – chiede a Nick.

– Mica sei stato tanto chiaro su dove eravate. Abbiamo dovuto localizzarvi col tuo cellulare. Bel lavoro, Bob. A quanto pare abbiamo capito chi ci ha conciato per le feste.

Zek trasecola.

– Tu? Li hai chiamati tu? Quella storia della targa…

– Scusate tanto, amici miei. L'idea che questa fosse una trappola continuava a trapanarmi il cervello. E avevo ragione. Mi sono fatto un piano C.

– Te l'avevo detto, che non ci dovevamo fidare – ringhia Zek.

– Ce lo potevi dire – s'inalbera anche Sam.

– Avreste accettato?

– No – ammettono.

– E bravi i fratellini. Stavolta ci avete fatto un favore. Senza di voi

quella donna non la racconterebbe. Come vi sentite a stare dalla parte della legge? – li provoca Nick Castillo.
– 'Fanculo – fa Zek a denti stretti.
– Non vi lamentate, poteva andarci peggio – dice Bob.
– Un cazzo. Irina non l'abbiamo trovata. Se le hanno fatto quello che…
– Chi è Irina? – chiede Nick.
– Fatti i c…
– Un'amica nostra – lo interrompe Sam. – Sono un po' di giorni che non la troviamo. Ce l'hanno loro – dice, indicando con la testa la direzione in cui è sparita la banda.
– Alla faccia del rientro tranquillo – esclama Nick mentre si avvia verso la Fantini.
Lei si volta. – Tutti in commissariato – ordina. – Mi servono le vostre deposizioni.
– Ehi, io devo scrivere un articolo. Brillante operazione di polizia eccetera eccetera.
– Lo scriverà dopo. Adesso mi dovete raccontare parecchie cose.
Bob, Zek e Sam si avviano verso l'uscita, a recuperare il furgone di Juanito Cortez. Bob spera di non aver aggiunto troppi graffi a quelli che già c'erano, o dovrà pagare il carrozziere per quel catorcio.
– Che sono quelle facce? Ve l'ho detto, poteva andarci molto peggio. Tre incoscienti disarmati contro una banda armata fino ai denti. Mi chiederò per giorni chi me l'ha fatto fare.
– Noi veramente un'arma ce l'avevamo – dice Zek.
– Davvero?
Sam alza gli occhi alle stelle invisibili. – Sta' zitto.
– Zitto un cazzo. C'era quel coltello con cui ci volevano bucare al campo sportivo. Sta nel borsone di Sam. Ma quello non si tocca, dice quel cervellone di mio fratello.
– Zek, ma sei scemo? Lì ci stanno le uniche impronte pulite di quello che ci voleva ammazzare.
Bob ride fra sé, al terzo colpo riesce a mettere in moto. Dopotutto, meglio così. A che sarebbe servito un coltello contro quattro pistole spianate?
S'immette sulla strada e nel corteo di volanti.
In cielo non c'è più nemmeno quell'unghia di luna.

Dov'è Irina?

Bob Carrezza si ferma fuori dal commissariato per una sigaretta. Nick Castillo spinge dentro i gemelli in malo modo, indicando loro la solita panca d'attesa, che di sala manco a parlarne. Poi resta fuori anche lui, ad annusare la notte e a squadrare il giornalista.
– Prima o poi darete un distintivo ad honorem, a quei due – fa Bob. – Stanno sempre qui.
– I Ciullà dalla parte giusta – borbotta Castillo. – Si saranno distratti.
– Però li strapazzi come se fossero ancora dalla parte sbagliata. Come mai?
– Io non lo so, ma loro sicuramente sì. Magari lo sai anche tu.
Dal commissariato cominciano a risuonare voci, passi e sbattere di porte. Nick si piazza davanti al cronista, che resta schiacciato fra la sua mole e il muro.
Bob sogghigna. – Di' la verità: è da quando ci siamo incontrati che sogni di portarmi sul tuo territorio.
– Era così evidente?
– Cristallino.
– Immaginavo circostanze diverse, ma non si può avere tutto. Vediamo se ti decidi a vuotare il sacco.
Bob alza le mani in un gesto di resa. *Sempre pronto*, dice. Getta il mozzicone, sguscia di lato e va a sedersi accanto ai gemelli.
I due non sono di conversazione. Zek fissa il pavimento e sembra contare qualcosa sulle dita, mentre Sam ha gli occhi puntati sul muro di un marroncino giallastro con le labbra a punta.

Bob spalanca occhi e orecchie. Niente è meglio di un corridoio di commissariato per raccattare notizie.

Segue con gli occhi la Fantini che si moltiplica per dieci: schizza da una parte all'altra fra porte che si aprono, si chiudono, sbattono. Strappa due agenti alla sonnolenza del turno di notte e li manda a stendere il verbale di arresto della banda. Ordina a un altro di provvedere al trasferimento in carcere, che in Sala Fermi non c'è posto e lei non ce li vuole quelli, lì dentro, che impestano l'aria. Tira giù dal letto una collega cui rinfaccia un favore e la spedisce a piantonare Felicité Dubois in ospedale, perché è vero che i suoi aguzzini sono sotto custodia, ma non si sa mai, dice sbattendo giù il telefono del centralino.

Bob vede sfrecciare anche Nick Castillo, a dispetto della mole.

– Hai già chiamato il vice? – urla da una stanza.

– Lo faccio adesso – risponde l'ispettore dal suo ufficio.

Bob registra, tutto fa colore. Poi cominciano a girare i nomi. Sussurrati, di straforo. Ci vuole pratica a coglierli, ma Bob la pratica ce l'ha. Sorride. Quello che sente corrisponde a ciò che già pensava. Si mette a digitare un articolo sull'iPhone, bestemmiando per le dita grosse sui tasti piccoli e fregandosene degli errori. Finisce e invia al giornale giusto in tempo per il ritorno di una Fantini con la faccia da tempesta. L'ispettore fissa a vuoto lui e i gemelli, si vede che ha altri pensieri.

– Mi faccia indovinare – azzarda Bob. – Ai capi i pezzi grossi e ai sottoposti le rogne e le scartine. Cioè noi.

– A chi l'hai detto scartina? – s'impenna Zek.

– Ah, lascia perdere – sbuffa Bob.

Miriam Fantini li ignora e va a intercettare un'agente bruna e graziosa che esce da una porta sul fondo. – Camponeschi, tu nel mio ufficio per le dichiarazioni di quei tre.

La ragazza dà un'occhiata all'orologio.

– Lascia stare l'ora. Non c'è nessun altro libero. Forza, tutti da me.

L'agente scelto Diana Camponeschi sospira. Poi dà un'occhiata in giro e vede Roberto Carrezza. Si scambiano un saluto nascosto.

– La conosci? – chiede Sam.

– Conosco un sacco di gente, qua dentro – glissa Bob mentre la Fantini entra in ufficio e Diana schizza alla toilette.
Bob raccoglie le idee. L'importante è tenere fuori il suo dossier, ma anche la gente che li ha aiutati. Almeno quelli che può. Inutile incasinare tutto il quadrante sud. Si prepara a mentire come Giuda per omissione.

Miriam Fantini si lascia andare sulla poltrona e lancia un'occhiata circolare al campionario umano che le occupa l'ufficio: due teppisti, un giornalista, un poliziotto manesco e una pivella di bell'aspetto, arrivata di corsa per ultima con il portatile.
Ma guarda, si è rifatta il trucco, nota.
– Va bene in forma riassuntiva, ispettore? – chiede la ragazza.
– Nella forma che ti pare, Camponeschi. Li sai fare i verbali, no?
È ancora distratta, non riesce a togliersi dalla testa Felicité Dubois. I suoi occhi come pozzi vuoti, le mani con troppo sangue e niente unghie. Come il suo Chick. Serra gli occhi e prende un respiro profondo.
– Castillo – dà la parola al suo vice.
– Dottor Carrezza, comincia lei? – chiede il vice ispettore con aria sorniona.
Dopo le generalità e le frasi di rito, Bob attacca il discorso che si è preparato. I suoi rapporti con Zek e Sam – il pezzo di colore sulla palestra di quartiere va sempre bene – le loro preoccupazioni per un'amica scomparsa, le circostanze che li hanno portati al capannone di campagna, i gemelli in cerca di Irina e lui a caccia di storie. Punto per punto, non dimentica una virgola. Esposizione chiara, semplice ed esauriente.
Mentre il giornalista parla, la Fantini osserva. I gemelli guardano Carrezza come se fosse il Salvatore e sembrano più rilassati. Annuiscono ogni tanto, insieme. Invece Castillo si incupisce e diventa sempre più rosso. E la Camponeschi sempre più sorridente, nonostante lo straordinario non previsto.
– È tutto? – chiede l'ispettore al cronista.
– Sì. Renderete il furgone ai Cortez? Loro non sanno niente, sono fuori da tutta la faccenda.

– Vedremo. Ezechiele, Samuele, mi pare che siate d'accordo. Avete niente da aggiungere a quello che ha detto il dottor Carrezza?
– No, è andata proprio così, come ha detto Bob – risponde Sam per due.
Certo. Come ha detto Bob, pensa la Fantini fissando il giornalista e la sua faccia pestata. *Quei lividi sono roba vecchia, non se li è certo procurati stasera. Ma non è questo il momento di metterlo sotto torchio.*
Uno sguardo alla schiena di Nick, che si è piazzato di spalle alla stanza e guarda fuori dalla finestra, senza rendersi conto che il vetro rimbalza fino a lei la sua faccia incazzata.
– Ottimo. Sistema il verbale, Camponeschi. Lo firmate e ce ne andiamo a dormire. Ne riparliamo…
– Eh no – salta su Zek.
La Fantini lo guarda interdetta. – Come, no?
– Dovete trovare Irina. Bob l'ha detto e ridetto, ma mi pare che non ve ne frega una ceppa. Ce l'hanno quelli. Dovete farvi dire dove sta.
– Magari la squinzietta è sparita perché si è stufata delle vostre brutte facce – dice Castillo.
– Che viene a dire? Ma non vedete che hanno fatto a quella cicciona?
– Si chiama Felicité Dubois – precisa gelida la Fantini.
Nicola Castillo si passa una mano sulla faccia e indirizza uno sguardo scoraggiato al suo capo. Che lo manda mentalmente a quel paese.
– D'accordo. Adesso ci dite qualcosa di più su questa Irina e vediamo cosa possiamo fare, va bene? Castillo, ci penserai tu.
Il vice sospira e si avvicina ai gemelli. – Forza, descrizione – intima controvoglia.
– Irina è piccola e magra, ma ha tutto al posto giusto – attacca Zek. – Ha i capelli rossi lunghi, coi ricci a cavatappo, e gli occhi azzurri. La madre è…
– Un momento, frena. Irina e poi? – chiede Nick.
– E poi che?
– Ce l'avrà un cognome, no?
– Certo che ce l'ha.

– E?
– Non lo sappiamo. Mica gli abbiamo chiesto i documenti, a Irina.
– L'indirizzo?
– Abita verso il centro, ha detto.
– Verso il centro – ripete Castillo. – Andiamo bene. Ha un'occupazione? Sapete dove trovarla?
– Certo. Siamo andati a cercarla sul marciapiede dove lavora, ma non c'era. Una collega sua dice che non la vede da un po'.
– Veramente ci ha detto che non…
Nicola Castillo scoppia a ridere. – E lo dicevo, io! Una puttana. Fatemi capire bene: dobbiamo cercare una prostituta? Una puttana rossa di capelli, che non si sa come fa di cognome, abita da qualche parte verso il centro e batte su un marciapiede dove non la vedono da un pezzo?
– Che vuol dire, che se è una puttana può anche crepare?
Castillo muove le dita delle mani in un modo che l'ispettore conosce bene.
– Vice Castillo, una parola – gli dice, avviandosi alla porta. – Voi non vi muovete.
Nick la segue fuori, uno sguardo irridente ai gemelli e uno furibondo al giornalista.

– Non me lo dire. Non dirmi che hai intenzione di dare spettacolo con una delle tue sparate sessiste – ringhia piano la Fantini davanti al distributore di caffè.
Quando c'è qualcosa da chiarire, tutti si fermano lì, allo spacciaschifezze. Non si capisce perché, ma è così che va.
– Be', se una prostituta sta inguaiata è perché se la cerca. Deve aspettarselo, no?
– No. Qui nessuno può crepare, qualsiasi mestiere eserciti. Farai come se ci fosse in gioco la vita del Papa. Che sia chiaro. Chiuso l'argomento.
Nick sbuffa. – E l'argomento di Carrezza quando lo apriamo? Quello ci canta la mezza messa.
– Lo so. È un giornalista. L'altra mezza la tiene per un articolo, mi ci gioco quello che vuoi.

– Embe'? Non facciamo niente?
– Che vuoi fare? Pestare la stampa come pesti i Ciullà?
– È tanto una cattiva idea?
Due agenti si avvicinano al distributore, vedono l'aria che tira e girano i tacchi. Miriam Fantini inghiotte la rispostaccia.
– Manca solo che ci mettiamo contro la stampa, poi chi lo sente, il vice questore aggiunto. Ci sono altri modi.
– Per esempio?
– Per esempio seguiamo la pista di questa Irina. È legata ai Ciullà, e quei due sono al centro di tutto, non sei d'accordo? Vedrai che arriviamo prima e meglio di Carrezza. Sempre che…
Miriam Fantini lascia la frase in sospeso, la faccia buia. Inserisce la chiavetta prepagata nel distributore, fa scendere due caffè, ne porge uno a Nick e soffia nel bicchierino per raffreddare il suo.
– Tu non hai notato niente? – chiede.
– A che proposito?
– La Camponeschi. Si è rinfrescata il trucco.
– Be'?
– Quel poveretto di Carrezza pare uno sminatore davanti all'ordigno ogni volta che lei lo guarda. Quei due si conoscono.
– Ah. La storia del merlo canterino. Non sospettavi di Fortuzzi?
L'ispettore guarda Nick Castillo in faccia. In fondo, lui conosce quel commissariato meglio di lei, che c'è arrivata da pochi mesi. Ma i due pivelli sono lì da ancora meno tempo e non li conosce bene nessuno, nemmeno Nick.
– Non lo so – dice scuotendo la testa. – Forse è solo che lei è una bella ragazza e lui un tipo affascinante. Forse è solo inesperienza. O forse sono paranoica. Però devo farci due chiacchiere con Camponeschi, prima o poi – conclude bevendo finalmente il caffè.
Anche Nick dà fondo al suo. In un sorso solo per non sentire il sapore. Tornano dentro.

Trovano Bob Carrezza che traffica a testa bassa col cellulare, la Camponeschi che interrompe un gesto a metà, Zek e Sam sprofondati e muti nelle sedie e nell'ostinazione.

Qualcuno ha aperto la finestra e l'aria è meno pesante.
– Bene – dice l'ispettore. – Riprendiamo. Ezechiele, Samuele, faremo tutto il possibile per Irina. *Vero, Castillo*? Camponeschi, domani mattina fa' un controllo. Vedi se, in qualche retata, noi o i colleghi abbiamo schedato una che risponde alla descrizione.
– Retata un c… cavolo. Irina è una furba. Non si è fatta beccare mai. – Zek trascina Sam alla scrivania e ci appoggia sopra le mani. – Voi dovete spremere gli stronzi di stasera. L'hanno presa quelli là, Irina, l'hanno praticamente detto. Li dovete ammazzare di botte finché non cagano fuori dove cazzo…
– Silenzio! – urla la Fantini con un pugno sul tavolo. Zek fa un salto indietro.
L'ispettore prende prima un respiro profondo e poi il telefono.
– Zaffòn, rintraccia il vice questore. Sta andando alla casa circondariale col sostituto procuratore di turno. Digli di chiedere al capo, quel…
S'interrompe e scartabella fra le carte.
– Ilya Mirasvili – le va in soccorso Bob.
– … Ilya Mirasvili – ripete la Fantini mentre incenerisce il giornalista. – Insomma, digli di chiedere dove tengono prigioniera una ragazza. Forse, sì. Si chiama Irina. Forse. No, non ho altro. Non fa niente, digli di provare.
Riaggancia e fissa Bob. – Dottor Carrezza, che ne sa lei di…
– Ho sentito il nome circolare in corridoio. E avevo già qualche elemento per pensare che ci fossero di mezzo i russi. Risparmiatevi la fatica, non diranno niente.
– E da dove le viene questa certezza?
– Mestiere. Ho una certa praticaccia a inquadrare i brutti ceffi. Posso scriverlo?
– Scriva quello che le pare, Carrezza. Magari si smuove qualcosa. Scriva anche che qui riusciamo a conciliare la riservatezza delle indagini con il diritto di cronaca, *coi dovuti tempi e modi* – conclude con uno sguardo al calor bianco rivolto all'agente verbalizzante.
Torna a Ezechiele e Samuele Ciullà. Sam ha le labbra a punta e lo sguardo concentrato.

– Mi dispiace. Con quello che ci avete detto non troviamo nessuno. È poco, lo capite anche voi.
Zek e Sam sprofondano di più nelle sedie e nella disperazione.
La Fantini li osserva. Hanno ragione a preoccuparsi. Le scoccia stare dalla loro parte, ma almeno per quello che riguarda Irina è così. Non sopporta che un'altra donna subisca quello che ha subito la Dubois.
– Ezechiele, Samuele, pensateci bene. È sicuro che non ci possiate dire altro per trovare Irina?
– Noi no, però stavo pensando… – dice Sam.
Fa cenno a Zek di alzarsi e va a prendere il borsone sportivo. Lo apre, ci smanaccia dentro e mette sulla scrivania dell'ispettore una busta di plastica col logo della Vigor.
– Non lo so se questo aiuta.
– Che roba è? Dall'odore sembrano i tuoi calzini sporchi – fa Castillo schifato.
– Questo è il coltello che abbiamo preso al pezzo di… insomma a quello che ha cercato di ammazzarci al campo comunale.
– Hanno cercato di ammazzarvi al campo comunale? – strabilia la Fantini. – E quando?
– Il giorno prima che ci ha fermato per Chick.
– E perché non avete detto niente, maledizione?
Sam tace.
– Allora?
– Ecco, lei pensava che l'avevamo ammazzato noi, Chick. Mica ci credeva se glielo dicevamo.
La Fantini si mette le mani nei capelli. Non può fare a meno di pensare che, se allora ci fosse stato Nick, forse quell'elemento sarebbe saltato fuori.
– L'ho tirato su senza toccarlo – sta dicendo Sam. – L'ho preso con l'asciugamano. Sopra ci sono le impronte di quello là. Magari i tizi che avete preso stasera non parlano, ma se quello è schedato, con le impronte lo trovate. Forse è uno che se la fa sotto. A occhio e croce ci pareva uno sfigato.
Castillo emette un suono poco rassicurante.
Si avvicina e va a torreggiare sui Ciullà come ai tempi belli, pri-

ma che si mettessero a fare i boy-scout e lui poteva trattarli come i delinquenti che sono.
– Senti senti, vi siete messi a fare i profiler? Ma per la miseria! Adesso vi decidete? Vi portate le prove a spasso, invece di…
Zek e Sam si alzano e fronteggiano il vice ispettore.
– Scusa, Nick. Scusa davvero. Ce ne siamo dimenticati – si sbriga a dire Sam con un candore che fa serrare i pugni a Castillo.
– Dimenticati? La prova che qualcuno vi vuole morti e ve ne siete dimenticati?
– È che sono successe tante cose. Prima hanno pestato Bob…
– A proposito di quel pestaggio, dottor Carrezza – interrompe la Fantini.
– … poi avete trovato Chick morto stecchito – spiana l'intervento Sam come un caterpillar. – Poi ci avete fermato perché dicevate che l'abbiamo ammazzato noi, poi siamo andati nel pallone per Irina. Era finito in fondo alla borsa, è venuto fuori quando siamo tornati in palestra.
– E poi tanto non ci credevate – ribadisce Zek.
– Va bene, va bene. Alla fine qualcosa di nuovo l'abbiamo. Camponeschi, quando hai finito col verbale, prepara tutto per mandare quel coltello alla Scientifica.
– Ma ispettore…
– Niente ma, Camponeschi. Se è vero che chi ha aggredito i ragazzi agisce per la stessa banda, può essere un'altra pista da battere.
– Quello deve avere ancora il naso spiaccicato e un ficozzo in testa, di dietro. Ha sbattuto il cranio sulla panca – dice Zek.
– Difficile che si sia fatto curare in un ospedale. Ma se ha ancora quelle ferite, sarà una conferma in più. Sempre se lo troviamo. Grazie, Ezechiele. Mettiamoci un punto. Appena l'agente Camponeschi ha finito di sistemare il verbale, leggete, firmate e ce ne andiamo a casa.
Tutti hanno la faccia tirata. I gemelli si sgranchiscono le gambe, Bob cerca di evitare gli sguardi d'intesa della Camponeschi. Spegne il cellulare, per quel giorno ha già dato.
L'ispettore Fantini gli si avvicina per affrontare il discorso su un

certo pestaggio, ma il suo smartphone sceglie quel momento per squillare.

Lei risponde, annuisce, fa una faccia strana, chiede conferma. Blocca tutti sulla soglia.

– Peccato che dormiremo poco – dice. – Era l'ospedale. Felicité Dubois si è ripresa. La prima cosa che ha detto è che vuole parlare con la polizia. Avrebbe voluto farlo subito, ma il medico non è stato d'accordo e l'ha sedata.

– Mi dispiace tanto per voi – dice Zek sbadigliando da slogarsi la mascella.

– Dormirai poco anche tu. Felicité ha detto che vuole vedervi. Voi e il dottor Carrezza. Tu no, Camponeschi. Potrai dormire quanto ti pare.

– Grazie, ispettore – balbetta la ragazza.

– Ci vediamo alle nove al CTO.

– Le nove! – frigna Zek.

– Puntuali, o vi faccio prelevare da una volante.

– E che cazzo! Era meglio se dormivo quando potevo dormire.

Felicité Dubois

Bob, Zek e Sam davanti a una stanza d'ospedale.
I medici del reparto hanno detto di aspettare lì le forze dell'ordine. Bob Carrezza osserva i gemelli. Appoggiati al muro con aria strafottente, hanno le facce sulla difensiva e rintuzzano gli sguardi di quelli che passano.
Zek e Sam hanno una ragione in più per restarsene confinati in una zona circoscritta, come fanno tutti, in città, per non morire di traffico e di parcheggio. Almeno nel quartiere la gente si è abituata a loro, pensa Bob.
Sono arrivati puntuali. A giungere in ritardo sono proprio ispettore e vice. Spazzano il corridoio a passo veloce, fanno cenno ai tre di aspettare e spariscono in medicheria.
Ne escono poco dopo con una donna in camice bianco, che si qualifica come il medico che ha in cura Felicité ed elenca le solite raccomandazioni di andarci piano, di non stancare la paziente, di non esagerare con le domande. Lei entrerà con loro e, appena qualcosa non le piacerà, li butterà fuori, polizia o non polizia.
Le facce di tutti sono quelle di chi ha dormito poco e male.
– L'unica ad avvicinarsi a lei sarò io. O la dottoressa, qui – dice perentoria la Fantini mentre entrano nella stanza.
Felicité Dubois è seduta sul letto, gli occhi spalancati sulla parete di fronte. Si abbraccia stretta, come a trattenere qualcosa che se ne vuole andare. L'aspetto non è migliorato rispetto alla sera precedente. Le uniche differenze sono il camice pulito, i cerotti, le mani fasciate e uno sguardo che brucia.

Tutti aspettano che parli lei. Di fronte a un corpo devastato nessuno sa che dire.

– Bob – inizia finalmente Felicité.

Carrezza risponde con un sorriso storto.

– Bob. La sua faccia. È stata colpa mia.

Spara le parole, come se le spremesse fuori una per una.

– Che dice? Quale colpa?

– Quello che le hanno fatto. Il suo biglietto da visita. Nella mia borsa. Li ha fatti infuriare.

Felicité chiude gli occhi e tace.

Bob scuote la testa, le unghie che grattano la barba lunga fanno un rumore di carta vetrata.

– No – dice. – A me sarebbero arrivati comunque. Firmo i miei articoli. Mi stavano dietro da un pezzo, credo. Forse sono io che li ho portati da lei.

Felicité fa un sospiro e scuote piano la testa anche lei.

– Per questo mi ha chiamato? Per chiedermi scusa? Felicité, lei non…

– No. Non solo per quello. Volevo dire grazie. A lei, e anche a…

Gira la testa verso Zek e Sam. Sotto lo sguardo pesto e azzurro i due diventano rossi come mattoni cotti.

– Ezechiele e Samuele Ciullà – li presenta la Fantini.

– Zek e Sam – precisa Sam.

– Zek e Sam. Grazie.

– Ma no, veramente noi, signora… – bofonchia Zek.

– … noi siamo contenti se sta meglio – lo interrompe Sam prima che suo fratello dica che non l'hanno fatto apposta.

Felicité guarda fuori dalla finestra. – Meglio… – sussurra a fior di labbra.

La Fantini si avvicina. – Signora Dubois. Felicité – dice col tono che deve usare con i suoi figli – non è necessario che parli adesso. Siamo venuti solo perché l'ha chiesto lei. La sua deposizione può aspettare. Tutto può aspettare. Deve pensare a ristabilirsi, ora.

Il medico approva.

– Li avete presi? – chiede la donna.

– Sì. Tutti.
– No. Non sono tutti.
Gli occhi di Felicité diventano più grandi. Respira a fatica. Due lacrime finiscono sui cerotti. Lei le asciuga con un gesto di stizza.
– Che vuol dire? C'erano altri che...?
– Basta – dice il medico.
– No – la ferma Felicité. – No, c'è qualcosa. C'è qualcosa che devo dire. È importante. Un momento. Un momento solo.
– Non si agiti. Questo incontro finisce appena lo dice lei. O io – dice il medico guardando male tutti. Si avvicina alla paziente, verifica alcuni parametri, le parla sottovoce.
La creola si calma, respira di nuovo in maniera regolare. – Dovete fare presto – dice quando il medico si allontana. – Parlavano al cellulare con qualcuno che dava ordini. Perciò no, i capi non li avete arrestati. E poi... hanno preso un'altra persona. Una ragazza.
Zek e Sam si scostano dal muro come se scottasse.
– Che ragazza? – chiede la Fantini.
– Cazzo. Una rossa...
– ... magra...
– ... con gli occhi azzurri?
– Irina? Si chiama Irina? – si accavallano concitate le voci di Zek e Sam.
Si sono avvicinati d'istinto al letto. Felicité si ritrae.
Castillo muove un passo minaccioso verso di loro. – Ehi, piano, voi due.
– Piano un cazzo – gli risponde Zek a brutto muso.
Felicité stringe gli occhi, come se tutte quelle parole potessero colpirla. Sono troppe. Troppe parole.
Chiede con un gesto di tacere, prende fiato, si prepara a un altro sforzo.
– Sì. Carina, piccola, con tanti capelli rossi. – Solleva lo sguardo allarmato sui due. – La conoscete?
– È Irina, cazzo. Signora, scusi, è che non ci stiamo troppo con la testa. Irina è amica nostra, e non si vede da un po'. Lo sappiamo

che ce l'hanno quelli. Cazzo, l'avevamo detto, no? – sbraita Zek in faccia a Castillo e Fantini.
– Fuori! – intima il medico.
– Aspetti. Aspetti. – Felicité inghiotte a vuoto, fa cenno di tacere con le mani fasciate, chiude gli occhi. Tutti la fissano nel silenzio sospeso.
– Non so se si chiama Irina – riprende le sue frasi spezzate. – È come dite voi. Parlavano in russo. Credo. Lei e quello grosso.
– Ecco. È lei. Irina c'aveva la mamma russa. Cazzo.
– Che le hanno fatto? – domanda Sam.
La Fantini ferma con un gesto Zek e Sam. Loro si trattengono a fatica.
– Felicité, che hanno fatto alla ragazza? Può dirci qualcosa che ci aiuti a trovarla?
La donna scuote la testa, li guarda impotente. – No. So solo che ha un bel coraggio. Urlava sulla faccia di quello grosso. Indicava me e urlava qualcosa. Quello rispondeva a muso duro, ma lei continuava lo stesso. Non capivo una parola. Mi è sembrato che volesse convincerli. A lasciarmi andare. Non sono sicura. Quelli… quelli che… – Felicité reprime un singulto. Chiude di nuovo gli occhi. Continua: – Quelli che poi sono rimasti con me si tenevano lontani, ma quella ragazza insultava anche loro. Era una furia, ho avuto paura per lei.
Zek e Sam non riescono a stare fermi. Guardano Felicité, guardano Nick e la Fantini, l'immagine sputata del senso di impotenza.
– Che è successo poi? Che le hanno fatto? – chiede Sam. – Per favore, è importante, lei… noi…
– Non lo so. Quello grosso l'ha presa per un braccio e l'ha trascinata via. Lei scalciava. Chissà dove l'hanno portata. Ve l'ho detto, non capivo una paro…
Felicité si blocca, gli occhi stretti per la concentrazione.
– Che c'è? – domanda la Fantini a voce bassa. – Ricorda qualcosa?
– Sì. In effetti c'erano alcune parole che capivo. Poche. Perché non erano in russo. Erano in francese. Le hanno ripetute diverse volte. "Presque tout". Sì, dicevano "presque tout".

La Fantini la guarda perplessa. – Presque tout?
– Pressoché tutto.
– Che diavolo significa?
– Non ne ho idea.
I pensieri di Felicité si perdono fuori dalla finestra assieme ai suoi occhi. Non dice più niente.
Il medico indica a tutti la porta.
Escono.
La creola non li guarda andare via.

Fuori dal CTO c'è rumore e animazione. I cinque restano fermi davanti all'entrata senza dirsi una parola, un'isola di immobilità e silenzio nel fiume di gente che va, parla, gesticola, urla.
È la Fantini a scuotersi per prima.
– Castillo, chissà dove ha parcheggiato Fortuzzi. Chiamalo, digli di venirci a prendere. Ezechiele e Samuele, venite con noi. Vediamo di riuscire a combinare qualcosa per Irina. Dottor Carrezza, lei…
Bob si avvicina. Miriam Fantini lo fissa duro.
– Se vedo una sola parola di quello che ha sentito qui stampata sul giornale, aspetto che la sua faccia guarisca e poi vengo di persona a rompergliela di nuovo.
Bob china la testa. – Vedrò che posso fare.
– Non ha capito. Gliel'ho appena detto, quello che *deve* fare.
– Okay. Ricevuto. Non scriverò niente, va bene? Ma non lo dica in giro, ho una reputazione da cinico che intendo mantenere intatta. – Si porta due dita alla fronte in uno sberleffo militare e se ne va, rivolgendo un saluto distratto a Zek e Sam.
– Avrebbe dovuto denunciare quell'aggressione – gli urla dietro l'ispettore.
Fortuzzi arriva in corsa e brucia con la frenata due dita di copertone.
– Non sta andando a fuoco niente, Fortuzzi, vedi di guidare da persona normale – dice laconica la Fantini mentre si sistema sul sedile del passeggero.
Zek, Sam e Nick Castillo si accomodano dietro e riempiono l'abitacolo come un uovo, stretti in un'intimità che sta sulle scatole

a tutti e tre. Sbuffano da far venire un attacco di cervicale a chi sta davanti.
Fortuzzi si districa fra le lamiere parcheggiate a casaccio su via San Nemesio e attraversa Garbatella verso la Cristoforo Colombo come se stesse passando l'esame di guida. Cerca l'approvazione del capo, ma lei guarda fuori dal finestrino: si vede che ha qualcosa di brutto per la testa.
– Come sta quella donna? – s'interessa.
– Come vuoi che stia, Fortu'? È viva, ma ha davanti un gran brutto periodo.
– Cazzo. Sta proprio di merda, veramente – sbotta Zek. – Manco Juanito si riduce così quando si fa menare sul ring.
Non sono le botte. Le botte sono il meno, pensa la Fantini.
– Chi è Juanito? – domanda distratta per scacciare l'idea.
– Un pugile amico nostro – taglia corto Sam.
– Ma quanti amici avete, stronzetti.
– Nick, per favore! – lo redarguisce l'ispettore.
Fortuzzi fa del suo meglio per destreggiarsi nel traffico della Colombo. Pare che quella visita all'ospedale non abbia fatto bene a nessuno. Sono tutti così neri che sembra di scarrozzare un uragano. – È servito a qualcosa, almeno? Vi ha detto qualcosa di utile? – chiede.
La Fantini lo guarda di sottecchi. Si sente in colpa. L'ha sospettato di spacciare informazioni, e invece forse non è lui a farlo. Forse è quel delizioso donnino della Camponeschi, che la sera prima era tutta moine col giornalista.
O forse Carrezza è solo bravo di suo, spera. Non le piace sbagliarsi e non le piacciono le guerre sul fronte interno.
– Sì. Sì, è stata utile.
– Un'altra grana. Un'altra donna in mano a quella gentaglia – fa Castillo, contorcendosi per passare le mani sulla faccia. – Una russa.
– Mezza russa – precisa Sam.
– Mezza, tutta, che te ne frega? Sta nei casini e la dobbiamo trovare – mugugna Zek.
– Calmatevi, voi due. Che nemmeno aiutate tanto con quello che sapete della vostra Irina. Arrivati in centrale, vedete di spremervi

quelle teste inutili che avete sul collo per tirare fuori qualche dettaglio che non ci avete raccontato – dice la Fantini.
– Vi abbiamo detto tutto quello che sappiamo di lei – assicura Sam. – Praticamente tutto.
– Sì, presque tout. Come no – bofonchia Nick Castillo.
– Presque tout – ripete l'ispettore a mezza bocca. – Che diavolo vorrà dire? Perché devono infilare due parole in francese in mezzo a una discussione in russo? Be', che hai da ridacchiare, Fortuzzi? Lo trovi divertente?
– No, niente – fa l'evasivo l'agente scelto Fortuzzi mentre frena a un semaforo.
– Perché non c'è proprio niente da ridere.
– Scusi, ispettore. È che… cioè, chissà se è una cosa che… niente.
– Niente un cavolo. Perché per trovare quella ragazza abbiamo solo una descrizione e due parole in francese che non sappiamo che significhino. Se significano qualcosa.
– Certo che significano.
– Grazie. A quello che vogliono dire ci arriviamo tutti.
Fortuzzi fa per partire ma lascia spegnere il motore.
– Fortuzzi, che combini? Manco guidare?
– No, è che… *Presque tout ce que vouz voulez* – dice tutto d'un fiato.
– Eh? – fa Castillo.
La Fantini lo guarda. – Cos'è? Che vuol dire?
– Praticamente tutto quello che desiderate. È questo il nome completo. Ma chi ci va lo chiama solo Presque tout – dice l'agente scelto Fortuzzi.
– O cavolo, Ada', perché le orecchie ti sono diventate più rosse del semaforo? – dice da dietro Castillo.
– Dove? Chi va dove?
Miriam Fantini lo guarda in tralice. Anche lei nota che è diventato rosso pomodoro. I gemelli si sono chinati in avanti.
– Ecco, è un locale. Un locale di striptease – bofonchia alla fine Fortuzzi. – Adesso lo chiamano burlesque, ma a me sembra la stessa cosa. Non so se…
Nicola Castillo fa lo scandalizzato. – Fortuzzi, ma che posti frequenti?

– No, è che era un addio al celibato, e…
La Fantini si mette comoda di tre quarti per guardarlo meglio, l'espressione da segugio in caccia alterata dall'irritazione. Chissà se il pivello si è accorto che quell'informazione è stata ascoltata da quattro orecchie di troppo. – Adamo, tu puoi fare quello che ti aggrada fuori dall'orario di servizio. Non una parola di più, ne parliamo in commissariato. Adesso brucia tutti i copertoni che ti pare, che abbiamo fretta.
Fortuzzi piazza la sirena, taglia in diagonale la Colombo per il Palazzo dei Congressi, imbocca via della Musica e la Laurentina a tempo di record e finalmente fa secchi i semafori. La parte divertente del lavoro.
– Se arriviamo vivi è meglio, Fortuzzi.
Il ragazzo rallenta, ma poco.
Pivelli, pensa la Fantini guardando in tralice l'autista. *Tutti uguali. Con la sirena si sentono i padroni della città.*
Tace e rimugina finché non arrivano in sede.
Scendono dalla macchina.
– Castillo, prendi questi due e vedi se riesci a raccattare qualche altra informazione su Irina. Prima la troviamo e meglio è. Poi mandali a casa e vieni da me. Tu pure, Fortuzzi. Sei in squadra.
Adamo Fortuzzi resta con i piedi inchiodati sul marciapiede. La Fantini osserva la sua faccia da miracolato. Probabile che si aspettasse pelo e contropelo, per aver tirato fuori l'informazione giusta alla presenza delle persone sbagliate. L'incarico inaspettato gli stampa un sorriso a cinquantadue pollici.
L'ispettore abbassa la testa per nascondere un sorriso. Ha quasi raggiunto il suo ufficio quando si ferma, torna indietro e si piazza davanti a Zek e Sam.
– Voi due. Non so se vi stia passando per la testa quello che credo io. Se è così, lasciate perdere, o un motivo per sbattervi dentro giuro che lo trovo. State alla larga da quel locale.

Panchina in centro città

Al PM Antimo Salis devono piacere le panchine.

Questa però è sotto una palma in buona salute, nel giardino al centro di una piazza diversa. Piazza Cavour è strangolata dal traffico, ma blasonata. Alberi ad alto fusto, aiuole pettinate e la statua di Camillo Benso, decorato prima dalla Storia e poi dai piccioni.

– I lividi schiariscono, ma la sua faccia non va tanto meglio – dice il magistrato mentre Bob Carrezza si siede accanto a lui.

– Dormo poco. Perché qui, davanti al Palazzo di Giustizia? Non è troppo… prevedibile, per un magistrato?

– Non ho tempo. Le sto dedicando la pausa pranzo.

I due restano in silenzio a guardare il Palazzaccio e gli edifici umbertini che sembrano ritrarsi dalle lamiere.

– Ha qualcosa per me, ha detto – esordisce Salis.

– Sì. Forse. Come procedono le indagini?

– Procedono. Non sono più solo.

– Ha messo su una task force?

– Se vuole chiamarla così. Io lo chiamo gioco di squadra. Forse solo buon senso.

Sempre a strappargli le parole con le pinze, sbuffa mentalmente Bob.

– Ha letto del ritrovamento di Felicité Dubois, fuori dal quadrante sud?

– Ho letto il suo articolo. Molto vivo. Sembrava quasi che lei fosse lì.

– C'ero – dice Bob guardando di straforo il magistrato. Non capisce mai se il PM sappia o tiri a indovinare.

– Non ho ancora visto niente di ufficiale.
– La burocrazia ha i suoi tempi, no? Le arriverà la mia deposizione. Anche quella di Zek e Sam. C'erano anche loro.
– Sembra che quei due siano dappertutto. Prima o poi me li farà conoscere, questi suoi figlioli adottivi. E dunque?
Bob si ferma un momento. Il PM potrebbe anche prendere male quello che sta per dire.
– Nella deposizione che ho reso in commissariato manca un elemento. L'ho tenuto da parte per lei.
Salis si gira di tre quarti, in modo che Bob possa vedere il suo sopracciglio alzato.
– Era ininfluente – si affretta a precisare il giornalista. – Non aggiungeva né toglieva niente alla dinamica dei fatti. Il fiuto mi ha suggerito che quell'informazione potrebbe usarla meglio lei. Ho fatto male?
– Sentiamo.
– Tatuaggi.
Il procuratore torna a guardare dritto davanti a sé. Il sole si sposta lento, cambiando la disposizione di luci e ombre. La panchina sta per perdere la protezione della palma ed essere smangiata dal sole.
Bob pure si guarda intorno. Gli uomini della scorta sono alla loro sinistra. Non hanno l'atteggiamento rilassato della volta precedente. Trafficano con una radio e saettano sguardi a trecentosessanta gradi.
La tensione si è alzata, pensa.
– C'è molta gente tatuata, oggi come oggi – risponde Salis. – Qualcuno anche fra le mie conoscenze.
– Solo che il soggetto in questione è stato colto in flagrante sequestro di persona. È quello che ha messo l'arma del delitto Zampa in casa di Zek e Sam. Che ha ordinato il mio pestaggio. E che, ci scommetto, non parlerà nemmeno a suon di botte. Ha due stelle tatuate sulle ginocchia.
Bob non riesce a capire se il PM sia colpito dalla sua rivelazione o no. Poveretto chi ci gioca a poker. Si rassegna: come la volta precedente, dovrà accontentarsi di dare molto e ricevere poco.

– D'accordo – continua. – Conosco, e sono sicuro che le conosce anche lei, diverse organizzazioni che usano i tatuaggi per determinare il grado gerarchico dei componenti. Ilya Mirasvili, quello che i gemelli chiamano Terminator, deve essere un pezzo grosso di…

– Una confraternita. Una *bratva,* come la chiamano i russi – conclude Salis.

Ovvio, lo sanno anche i bambini, pensa Bob con un gesto di stizza. La sua informazione vale poco, a quanto pare. Non ci può contrattare niente, con quella.

– Lei è un fenomeno, procuratore Salis. Perché perde tempo a parlare con me? Solo per controllare quello che so? Sta già un pezzo avanti, vedo.

– Non si abbatta. Due stelle, eh?

Salis rimugina a lungo. Bob ritiene che rimugini troppo a lungo su qualcosa che a lui dice e non dice. Fruga nella memoria finché ne emerge un nome sbiadito.

– La Stidda? La mafia di Agrigento?

– Non lo so. Forse sono in affari, forse hanno solo rubato l'idea, questa è gente di poca fantasia. Forse le stelle sono un caso. Vedremo, lasci lavorare *me*.

– Insomma, informare e alzare i tacchi?

Il PM ride. Toglie gli occhiali da sole e li pulisce con un lembo della cravatta. È vestito troppo pesante per il clima, ma non suda. Dev'essere una prerogativa del mestiere, ridacchia Bob fra sé.

– Ascolti, Carrezza. Lei sta costruendo un'ipotesi che riguarda ciò di cui mi sto occupando io. Conoscerla mi potrebbe essere utile. Potrebbe essere utile a molta gente, in effetti. Ma ha qualche difficoltà a raccontarmela, giusto?

– Infatti. Non dovrei.

– Sì che dovrebbe, invece. Pensa davvero che la passerei a un giornale concorrente? Le sembro il tipo?

– No. Ma potrebbe concludere prima di me e mandare all'aria settimane di duro lavoro. Il *mio* lavoro.

– Bucherebbe la notizia, insomma. Non è così che dite voi giornalisti?

– Già.
– Solo questo?
– Per me non è poco.
– Possiamo trovare un modo.
I due confabulano fitto per un quarto d'ora, dimentichi del traffico, dei passanti in doppiopetto con la ventiquattrore e dei giovani neri in caffettano con le buste di merce taroccata.
Quando rialzano la testa, si appoggiano allo schienale della panchina, le facce pensierose.
– Fila, giusto? – domanda Bob.
– Sì, fila.
– A pensarci bene, è tutto così logico. Scontato, direi.
– È sempre scontato. Le motivazioni della criminalità organizzata sono di una semplicità disarmante. E di una noia mortale.
Bob si rende conto che il PM Salis ha la faccia più stanca della sua. Una stanchezza vecchia, stratificata. Quella che doveva provare Don Chisciotte davanti all'ennesimo mulino a vento.
– Meglio un onesto serial killer, dice?
– Sicuro. Con pulsioni sorprendenti e la solita infanzia disgraziata che spiega tutto.
Bob ride.
– C'è poco da stare allegri, dottor Carrezza. Non è facile per niente. È frustrante. Ne prendi uno e ne spuntano dieci. L'individuo non conta, in questi contesti. Il singolo muore, ma il meccanismo non si ferma. Anzi, si espande. Si aggancia a meccanismi simili, tracima in ogni ambito. Diventa pervasivo. Incontrollabile.
Il PM Salis si infila di nuovo gli occhiali da sole, guarda l'orologio, dà un'occhiata all'auto blindata, ferma su via Triboniano.
Il giornalista segue il suo sguardo. – Oggi i suoi angeli custodi sembrano agitati – dice.
– Carmine e Antonio non erano d'accordo con questa uscita, sono stato io a insistere.
Dovrebbero smetterla di girare intorno alla macchina con quell'aria truce. Come mettere un cartello chiaro chiaro: "Proteggiamo un pezzo da novanta", pensa Bob.
– Dovrò chiedere loro di essere più discreti, prima o poi – mor-

mora il PM come se gli avesse letto nel pensiero. – Dove eravamo rimasti? Ah, quel collegamento che le manca.
– Quello fra le mafie peggiori in circolazione e un traffichino come Chick Lanzetta?
– Esatto.
– Avrei una mezza idea.
– E sarebbe?
– Ci devo ancora lavorare. Quando arriverà l'altra mezza glielo farò sapere. Nel modo che abbiamo detto.
– Vedremo. Sia chiaro che non abbiamo alcun accordo, noi due – fa sornione il PM Salis.
Bob trasecola, si alza bruscamente. – Veramente mi pareva che…
In quel momento si accorge che uno degli uomini di scorta corre verso di loro. Grida qualcosa che non si capisce, fa gesti concitati con un braccio, mentre con l'altro tira fuori un'arma.
Tutti quelli che attraversano la piazza si gettano a terra. A Bob sembra che lo facciano al rallentatore. Insieme ai movimenti, anche i suoni si dilatano, diventano ovattati e lontani.
È per puro spirito d'imitazione che afferra il PM Salis e lo tira giù dalla panchina, trascinandolo dietro il tronco della palma. Fanno appena in tempo a raggiungerla che una raffica di schegge parte dalla panchina, dalla palma, dagli alberi intorno.
L'uomo che correva ha trovato riparo dietro la statua di Cavour, e da lì fa gesti frenetici al collega, accucciato accanto alla macchina. Con l'altro braccio fa segno a loro di stare giù.
Comincia un minuto eterno, fatto di respiri trattenuti, sguardi spauriti, urla incomprensibili.
La panchina è distrutta, la palma ferita. Bob Carrezza e Antimo Salis, storditi, controllano a tastoni se sia vero che, al momento, si sono solo sgualciti i pantaloni.
L'uomo accanto alla macchina fa un cenno al collega dietro la statua dell'eroe nazionale.
Quello corre piegato in due e va a mettersi davanti al giornalista e al magistrato.
Nessuno spara. Eppure, nella sua posizione, è un bersaglio perfetto. Bob si trova ad ammirare controvoglia il suo sangue freddo.

– Maledizione, Carmine, togliti di lì, mettiti al riparo – sibila il PM.
– Tutto a posto, signor procuratore. Lei? È ferito?
– Sembra di no. Togliti di lì.
– Non è me che vogliono. Antonio ha chiamato i rinforzi. Non spareranno più.
– Sei sicuro?
– Sì, signor procuratore. Hanno perso la sorpresa.
– Allora possiamo…
– Restate giù. Per sicurezza.
Rannicchiati dietro la palma, i due si guardano attoniti.
– Ce l'avevano con me o con lei? – chiede Bob.
– Forse con entrambi. Volevano fare il colpo grosso.
– Glielo abbiamo offerto su un piatto d'argento.
Anche in quella posizione irrituale, il PM cerca di recuperare un atteggiamento consono al ruolo.
– Siamo stati imprudenti. Non deve succedere più – dice, rimproverando più che altro se stesso.
– Ha ragione, è frustrante. Ne hanno appena arrestati cinque, ma è come ha appena detto: la macchina non si ferma.
– Consideri il lato buono, Carrezza. Vuol dire che sono sulla strada giusta.
– *Siamo.*
– Se vuole.
L'aria è piena di sirene in avvicinamento. Le persone nella piazza si rialzano lentamente, come se quel suono fosse un segnale di cessato pericolo. Tutti si guardano intorno con aria spersa, si interrogano a vicenda sull'accaduto. Nessuno è ferito e tutto sommato sembrano contenti: avranno qualcosa da raccontare. Qualcuno se ne va, molti restano a seguire gli sviluppi della situazione.
Si sente di nuovo il traffico, irritato e strombazzante per via di una deviazione improvvisata dal compagno di Carmine.
– Fra un po' qui sarà pieno di suoi colleghi, dottor Carrezza.
– Devo sbrigarmi a mandare l'articolo, allora – dice il giornalista scattando col cellulare foto della piazza e delle volanti che stanno arrivando.

– È proprio una persona fortunata, lei. Sempre al posto giusto al momento giusto.
Bob fa una smorfia. In quel momento regalerebbe un po' di quella fortuna a qualcun altro.
– È chiaro che se prova a scattarmi una foto, o anche a fare il mio nome…
– Accidenti a lei, signor procuratore. Quando rimarrò disoccupato verrò a bussare a casa sua.
– Non vorrà compromettere l'inchiesta.
– Certo che no. Togliere di mezzo quella gentaccia è diventata una faccenda personale. Pestato, mi hanno già pestato, ma nessuno mi aveva ancora sparato addosso.
– Lo consideri un avanzamento di carriera.
Intorno a loro, quello che Carmine ha chiamato Antonio parla con gli agenti, gli agenti parlano con le persone e cercano di allontanarle. Bob scorge il furgone di una tv nazionale entrare nella piazza da via Crescenzio.
– Arriva il circo. Con me ha gioco facile, vediamo come se la cava con i miei colleghi.
– Io non me la devo cavare proprio con nessuno. Carmine, andiamo via di qui.
Il PM Antimo Salis si allontana con la sua guardia del corpo.
Bob resta lì a pensare che il magistrato non ha neanche accennato al fatto che forse, tirandolo giù dalla panchina, lui gli ha salvato la pelle. Ma è sicuro che lo sa.

Zek e Sam hanno la faccia dei giorni peggiori, davanti agli integratori di Abbe.
Alla Vigor, Minny li ha messi sotto. L'allenatore non ha chiesto niente e loro non hanno detto niente. Si sarebbero messi a frignare, magari a parlare di Irina, e non era proprio il caso.
– Io mica ce la faccio, Sam – sbotta Zek mollando un calcio al borsone sportivo.
– Manco io sto una favola.
Abbe li guarda da lontano, mentre finisce di sistemare lo *zighinì* nei vassoi termici. Giornate semifestive, a cena verrà la solita

gente con le papille allenate ai sapori forti. Nell'aria c'è già l'odore avvolgente del manzo stufato e quello penetrante del *berberè*, misto all'onnipresente caffè. Lavora e ascolta.

– Insomma, noi stiamo qui e qualche stronzo magari fa a Irina le stesse cose che hanno fatto a quella francese.

– Haitiana, dice Bob.

– Quello che è.

Sam beve, ma non ci prova gusto. L'integratore stavolta non gli va giù. – Chissà che ci mette, Abbe, dentro 'st'intrugli – medita a casaccio.

– Frega cazzi. 'Fanculo pure 'sta roba. Io vado lì.

Sam sbuffa. Solo Irina ha il potere di far dimenticare a Zek il fatto che per loro non esista una frase come "io vado lì".

– Zek… – sospira.

– Zek un cazzo. Ma come fai a…

– E che palle. Pare che te ne frega solo a te. Hai sentito che ha detto quella? Se ci avviciniamo a quel locale ci sbatte dentro. E allora come la aiutiamo, Irina?

– A stare qui l'aiutiamo assai. Sam, cazzo, mi sento una merda.

– Non sappiamo nemmeno dov'è, 'sto posto.

– Quello si trova.

– Certo. Poi ci presentiamo lì e nessuno fa caso a noi. Come no. Troviamo Irina e diciamo: "forza, bella, ti portiamo via". Come no. E magari lì non ci sta per niente e noi ci rimediamo solo una scarica di botte. Se poi sarà solo quella. Ma ragiona, no?

– A ragionare sei bravo tu. Bel risultato. Cacasotto.

– Coglione.

Sam continua a pensare.

– Quella donna, lì. L'ispettore Fantini. Mi pare che ci ha dato retta. Non piace nemmeno a lei l'idea che fanno quelle cose a Irina. Magari la tira fuori sana e salva. Dove sta, sta.

– Mo' ti fidi pure degli sbirri. Ma vaffanculo, Sam.

Zek si alza d'impulso, il fratello giocoforza. Girano intorno al tavolo come carcerati in cella.

Abbe decide e si avvicina. – Che succede? Avete preso un colpo di sole nel deserto?

– Lascia stare, Abbe. Lascia proprio stare. Okay, ce ne andiamo, così non ti scocciamo più. Tieniti i tuoi cazzo di integratori.
Abbe spalanca le braccia in un gesto d'impotenza. Alza gli occhi alla scala che porta al suo appartamento. Luz è lì e sorride in un modo che fa sembrare giusto anche il suo tentativo maldestro di prendere l'iniziativa.
Zek e Sam tirano su i borsoni.
– No che non ve ne andate. Non ci pensate nemmeno – dice Abbe. – C'è Luz.
La donna sta in piedi in fondo alla scala, la testa inclinata su una spalla. Le mani si muovono concitate, sembrano parlare a tutti, anche se solo Abbe capisce. L'uomo è attento a cogliere ogni sfumatura dei suoi gesti.
– Luz dice che siete degli ingrati. Io… be', io sono d'accordo. Avete… abbiamo fatto un piano insieme e nemmeno vi degnate di raccontarci com'è andata. Chiede che avete nella testa. Me lo chiedo anch'io.
Zek e Sam restano interdetti.
– Hai ragione, Luz. Scusate tutti e due. È che, ecco, non è andata proprio come credevamo. È successo un casino e… – cincischia Sam.
– Seduti – ordina Abbe col tono che userebbe Luz.
Zek e Sam obbediscono. Finalmente raccontano i fatti che hanno portato al ritrovamento di Felicité Dubois. E alla scoperta che Irina è nei guai neri.
La ragazza ascolta. Per la prima volta da quando la conoscono ha un'espressione tetra.
Luz guarda Abbe. Si parlano senza parole, senza che la donna abbia bisogno di muovere le mani. Zek e Sam hanno i gomiti appoggiati alle ginocchia, le teste che ciondolano, gli occhi al pavimento.
– Ha ragione Zek – traduce Abbe. – Dobbiamo fare… Dobbiamo? – si spazientisce. – Luz!
Di nuovo gesti concitati.
– Hai ragione, però…
Luz lo zittisce con un gesto deciso.

Zek e Sam si agitano sulle sedie.
– Ma che possiamo fare? La sbirra dice che... – fa Sam.
"Ci pensiamo poi, alla sbirra. Restate a cena. Aiutate Abbe a preparare i tavoli" gesticola Luz.
– Ma...
Luz cancella il monosillabo seppellendolo sotto una croce.
Abbe indica ai gemelli la credenza dove conserva tovaglie e stoviglie e comincia ad apparecchiare.
– Forza, voi due. Vediamo se lo reggete, il mio *zighinì*.
"Che ne dite di chiamare anche Bob?" fa Luz. "E Minny. E Doc Marino".
Abbe traduce controvoglia mentre sistema posate e tovaglioli.
– Certo, Luz – aggiunge cupo. – Facciamo una bella festa.

Abdullah prepara il pane *injera* di notte, dopo la chiusura del locale. La base per lo *zighinì* impiega due giorni a fermentare e non ce n'è mai abbastanza. Lo fa anche quella sera.
Ha bisogno di impegnarsi in qualcosa, quando Luz è altrove. La preoccupazione per lei resta sul fondo della coscienza, presente ma più tollerabile. Perché, lo sa, non c'è più posto per la magia, non c'è più posto per le creature come Luz. A volte l'idea gli sembra insostenibile.
Mescola le farine, scioglie il lievito di birra secco nell'acqua tiepida, versa a filo dall'alto, come fa con il tè.
Ama il pane *injera*. È piatto e cibo, posata e gusto che attenua il fuoco del *berberè*. Accoglie tutto: carne, verdure, ortaggi, legumi. Somiglia alla città che lo ha adottato, e che da più di duemila anni assorbe e amalgama le genti più diverse, come gli ha raccontato Quirino, il vecchio proprietario del suo locale. "Roma è eterna perché accetta tutto e tutti" diceva. "Sta lì, prende il bello e il brutto, guarda quello che succede e lascia fare. Per questo non morirà mai".
Con buona pace di quelli che scarabocchiano scritte idiote fuori dal suo locale. Quirino sarebbe andato sulle furie. Magari per quelli duemila anni erano pochi, avrebbe detto.
Abdullah pensa a quella specie di squadra di soccorso che si è

addensata intorno a due teppisti e una prostituta – che Allah li perdoni – come si addensano le salse se ci metti la maizena, e nella quale Luz pretende anche la sua presenza. La sua donna ha ragione, non si sentirebbe bene a lasciare quella Irina al suo destino, anche se non la conosce. Ma vent'anni lontano dalla guerra perenne del suo paese non hanno spento l'istinto a defilarsi, a rendersi invisibile, a diventare un sasso, un fennec, un pugno di sabbia. È qualcosa che ha succhiato col latte della madre, ed è dura a morire. Per questo, forse, si è trovato bene ai Ponti. Anche lì, per sopravvivere, bisogna farsi i fatti propri e non vedere quelli altrui. Ma Luz lo sta cambiando. Roma lo sta cambiando. Solo Allah sa se sia un bene o no.

Abbe sospira e mescola la pastella cremosa che emana profumo di lievito. La copre, la mette al riparo e la consegna al tempo.

Riuscirò a vedere come fa Luz? Fra vent'anni. Forse. Se rimarrà con me. Se continuerà a interpretare i miei pensieri come io interpreto le sue parole. Se tornerà sempre sana e salva dagli spazi liberi in cui non posso proteggerla.

A tutto serve il suo tempo: alla città, al quartiere, al mondo. Al pane *injera* e a lui.

– Solo il tempo – mormora pensieroso mentre spegne le luci.

– *Inshallah.*

Rapporto di missione

Adamo Fortuzzi aspetta davanti all'ufficio dell'ispettore Fantini. Ha passato mezza mattina a stendere il suo primo rapporto di missione dopo una notte in bianco. Adesso l'ispettore l'ha mandato a chiamare, lui ha dimenticato il sonno e non sta nella pelle. La faccia pallida ha preso colore e gli angoli della bocca puntano al cielo.
Diana Camponeschi osserva il collega dal distributore di caffè. *Pare una pianta che qualcuno si sia deciso finalmente ad annaffiare*, pensa. Sembra pure più alto.
Le sue considerazioni vengono disturbate dal vice Castillo, che scende dagli uffici di sopra con un fascio di fogli A3 in mano.
– Ci siamo divertiti, eh, Fortuzzi? – dice.
– Veramente era servizio – arrossisce lui.
– Seh seh. E chiamiamolo servizio, va' – maligna quello, entrando dalla Fantini.
Diana Camponeschi non ce la fa. Prende un caffè in più e si avvicina all'agente. Ci aveva messo un occhio, su Adamo Fortuzzi, appena era arrivata al commissariato. Erano stati distaccati insieme. Si crea sempre una certa complicità fra gli ultimi arrivati. Ma quel cretino si era appiccicato alle gonne di Miriam Fantini. *Deve avere qualcosa che non va*, aveva pensato la ragazza.
– Ti ho preso un caffè – dice, porgendogli il bicchierino di plastica bollente. – Così, per festeggiare.
– Festeggiare che?
– Se non lo sai tu, hai una faccia. Che voleva dire Castillo?
– Boh. E che ne so?
Diana guarda Fortuzzi che beve di malavoglia. Può essere perché

quella broda rovente fa schifo, ma è più propensa a credere che mandi giù la sbobba per nascondere il disagio. Colpa sua. Lei fa spesso quell'effetto sugli uomini, lo sa. Qualche idiota le ha detto che è troppo scafata. Che guarda le persone come se fossero caccole. Testuale.
Sollecita il collega con lo sguardo, non ottiene risultato e si stringe nelle spalle.
– Capito. Se fai lo stronzo con me, la faccenda è grossa. Che hai lì? Un rapporto? Su che?
Fortuzzi sospira e va a buttare il bicchierino nel secchione. Il caffè gli ha scottato la lingua. Ne approfitta per sventolarsi e simulare difficoltà di parola.
Diana Camponeschi sbuffa.
– Sei patetico, Ada'. Tutti 007 al servizio di Sua Maternità, qui dentro.
– E dài, Diana. È che…
– Che?
L'agente scelto Fortuzzi viene salvato appena in tempo da Nicola Castillo. Il vice ispettore apre la porta e lo chiama dentro con un gesto sbrigativo.
– Questa me la segno, Fortuzzi – dice Diana allontanandosi con la curiosità intatta.

– Che voleva dire la Camponeschi?
– Niente.
Le voci di Nicola Castillo e Adamo Fortuzzi scuotono l'ispettore Fantini dalla contemplazione della montagna di carte che ha fatto sparire la sua scrivania. *Chissà se sotto c'è ancora un piano di lavoro*, pensa.
Solleva lo sguardo sul pivello del commissariato, che non sembra sapere se sedersi o restare in piedi. Si chiede se sia il caso di metterlo in guardia. Di dirgli che l'altra pivella, Diana, si fa scappare qualche informazione riservata con Roberto Carrezza e con chissà chi altro. Continua a sperare di sbagliarsi.
Forse è solo civetteria. Appena le acque si calmeranno, dovrò comunque parlare con l'agente scelto Camponeschi.

– Allora, Fortuzzi. Com'è andata? – domanda indicandogli una sedia.
Il ragazzo ne sfrutta giusto cinque centimetri sul bordo e la Fantini sorride fra sé.
Ne ha conosciuti, di agenti al primo incarico. Il ragazzo avrà ripetuto il discorso una decina di volte, ci scommette. Si aspetta anche che l'emozione gli giochi brutti scherzi. Difatti l'agente scelto risponde:
– Bene, grazie – come se gli avesse chiesto della famiglia.
Nicola Castillo si mette le mani sulla faccia, lei si diverte in maniera più discreta.
Fortuzzi recupera la dignità necessaria a consegnare il rapporto.
La Fantini lo prende e lo mette in un angolo, in mezzo alle altre scartoffie.
– Puoi respirare, sai? Se respiri, le parole vengono giù con più facilità. Allora, questa Irina c'era o non c'era?
– Sì, c'era – esplode Fortuzzi.
– Splendido. Come sta? L'hanno maltrattata?
Lui riflette prima di rispondere. – Non lo so. Se l'hanno fatto non si vede.
– Insomma, era lì di sua volontà o no? Ti devo tirare fuori le parole con le tenaglie?
– No, ecco, è che... Insomma, me l'aspettavo diversa.
– In che senso?
– Nel senso che i Ciullà non hanno mai detto che è bellissima.
Nick Castillo non si tiene più. – Ma tu non ci stai con la testa, Fortu' – ride. – La prima missione e t'innamori subito.
La Fantini lo zittisce con la mano.
Fortuzzi ha un sussulto di orgoglio. – Voglio dire, non sembra una puttana, e nemmeno è tanto piccola. Forse perché portava i tacchi alti. Stavano benissimo col vestito. Era elegante. Non si esibiva ai pali, cioè, niente lap-dance, e nemmeno sul palco. Girava fra i tavoli, chiacchierava coi clienti. Sorrideva.
– L'avevo detto, io. Perché non me le gioco, certe cose? L'amichetta di quei due malnati ha solo trovato un pascolo più ricco. Si è levata dalla strada e batte in ambiente confortevole. Chissà le facce, quando glielo dirò.

Miriam Fantini sospira. Nick è un buon poliziotto, ma potrebbe essere migliore. A parte quel vizietto di fare il duro anche quando non serve, si accontenta troppo spesso delle soluzioni che vanno d'accordo con quello che pensa già.
– Confortevole è confortevole – sta dicendo Fortuzzi. – Al *Presque tout* ci va gente coi soldi. Ieri sera, e anche quando ero lì per quell'addio al celibato, ho visto qualche faccia conosciuta. C'era un giornalista della tv. Forse un politico, anche se non l'ho inquadrato bene.
Pure i politici, adesso, pensa l'ispettore. *Va bene, un problema alla volta.*
– Quello che dici ti piacerebbe troppo, Nick, ma è affrettato, non credi? Ci sono altre possibilità. Per esempio, non hai pensato a qualche bruciatura di sigaretta nei punti giusti? Non rovina la merce e fa venire fuori sorrisi che non ti dico. Può darsi che sia come dici tu, ma dobbiamo verificare. Il locale?
– Sembra in regola – dice Castillo. – Appartiene a una società, la Delice Concord Inc., comunicazione e intrattenimento. Quando hanno aperto, qualche collega dei Reati Sessuali che si occupa dei racket si è fatto un giro e non ha notato niente di strano. Ci ho parlato. Sembra che le ragazze della lap-dance e quelle del burlesque facciano il loro lavoro e vadano via da sole. Niente prostituzione, pare.
Controlla le reazioni della Fantini.
– Se c'è, è nascosta molto bene – aggiunge in via cautelativa.
– Se il locale è frequentato da gente in vista, ovvio che ci vadano cauti. Anche questo è da verificare.
Per un momento i tre tacciono, seguendo i pensieri.
La prima a scuotersi è Miriam Fantini. – Questa è la pianta catastale del Presque tout. Vieni qui, Fortuzzi, dimmi come funziona questo posto.
Con una planimetria sotto il naso, l'agente sembra più a suo agio.
– Ecco – dice – qui, tutto intorno, ci sono i tavoli con i pali della lap, e dietro i pali le panche a muro dove si accampano quelli che stanno lì a sbavare. Ragazzi, soprattutto, di solito in gruppo. Ingresso e consumazione hanno prezzi abbordabili, spennano

soprattutto quelli che cenano e si vedono comodi il burlesque. Le ragazze ballano dalle dieci circa fino all'inizio dello spettacolo vero e proprio, verso mezzanotte. È diverso ogni sera, dice il dépliant del locale. Ieri c'era una tizia su un divano rosso, che perdeva quello che aveva addosso a suon di musica, finché…

– Abbiamo capito. Vai avanti.

Fortuzzi diventa rosso fiamma e continua. – Davanti al palco basso, più che altro una pedana, ci sono i tavoli del ristorante. Gente più vecchia, anche coppie. Quelli che possono permettersi il conto, insomma. E qui, a sinistra, il bancone del bar. Sul fondo c'è una porta che dà sul retro, la zona di servizio. La cucina, i bagni, i camerini, credo. Forse anche gli uffici di amministrazione. Non lo so. Ieri sera sono arrivato solo alle toilette. Ho cercato di sbirciare. Un corridoio con diverse porte e in fondo l'uscita di sicurezza. Ma non saprei dire cosa ci sia davvero, lì. Lei mi ha ordinato di…

– Di osservare e basta, sì. Va bene così, Adamo. C'è altro?

Fortuzzi si spreme le meningi. – Ecco, ci sono delle ragazze che girano. Non molte, tre o quattro. Irina è una di loro. Non servono ai tavoli. Bevono, chiacchierano coi clienti. C'è anche una donna più vecchia. Forse prima era bella pure lei, ma adesso è un po'…

– Che c'è, Fortuzzi? Un po' che?

– Un po' passata, ecco. Alta, non proprio grassa ma quasi, troppo truccata. Vestita all'incirca come Irina e le ragazze, ma addosso a lei vestito nero e tacchi alti fanno tutto un altro effetto, non so se mi spiego. Sembrava che controllasse tutta la situazione.

– Uhm – riflette Nick.

– Che c'è?

– Be', potrebbe essere quello, il vero affare. Il locale è pulito, si mangia, si beve e si sbava con tanto di licenza. Poi c'è una tenutaria che controlla quattro belle figliole in tiro. E chissà se sono solo quattro, magari fanno i turni. Le ballerine si esibiscono e se ne vanno, le ragazze ai tavoli, volenti o nolenti, questo lo vedremo, la danno via a chi è in grado di sborsare una cifra adeguata. Prostituzione d'alto bordo, clientela scelta e discrezione. Tanti soldi, poco rischio. Potrebbe essere così.

– Già, potrebbe essere. Dobbiamo continuare la sorveglianza. Bisognerà andarci coi piedi di piombo. Intanto sappiamo che la ragazza è viva e apparentemente in buona salute. Giusto?
– G-giusto.
Adamo Fortuzzi non lo dice convinto. Tace e mette su un'aria colpevole.
– Fortuzzi? Sei connesso?
– C'è un fatto. Nel rapporto ho scritto tutto, ma questo no, accidenti. Chissà come ho fatto a…
– Poi lo aggiungi. Intanto ce lo racconti. Ora.
– La maîtresse. Irina ha avuto una discussione con lei.
– E adesso lo dici? E forza, no?
– Non sapevo se… È che sono venute fuori dal fondo, dalla zona di servizio. Parlavano sottovoce. A un certo punto quella donna ha preso Irina per un braccio e l'ha strapazzata un po'. Lei si è divincolata. Si massaggiava il gomito. Non so, era come se litigassero, ma cercassero di non farlo vedere.
– E questo ci può stare – commenta Nick.
– Dopo un po' quella tipa l'ha spinta nella sala e Irina è andata a prendere da bere al banco. Quando si è voltata col bicchiere in mano sorrideva di nuovo, ma non come prima.
Nick Castillo s'ingrugna e la Fantini è combattuta fra la soddisfazione per averci visto giusto e la preoccupazione per la ragazza.
In quel momento di silenzio qualcuno bussa alla porta ed entra senza attendere risposta. Diana Camponeschi, con l'aria di chi non intende essere fermato, attraversa la stanza con un fascio di fogli in mano, li piazza sulla planimetria davanti all'ispettore e si china a sistemarli per bene.
– Questi sono i rapporti sulle retate di prostitute che mi ha chiesto l'altra sera. Ci è voluto un po', me li sono letti tutti. Nessuna delle fermate corrisponde alla descrizione dell'amica di Ezechiele e Samuele Ciullà. Ho guardato bene. Di rosse ce n'è un sacco, ma o non corrisponde l'età, o non corrisponde la descrizione. Nessuna italo-russa, qualche Irene ma nessuna Irina. Se poi si chiama davvero così. Molte di queste donne hanno un nome d'arte – dice d'un fiato tenendo gli occhi fissi sulla scrivania.

Miriam Fantini prende i rapporti e li sbatte sulla mappa catastale.
– C'è altro? – fa secca.
– Sì. Giuseppe Cordino. Il tizio che ha cercato di accoltellare i Ciullà al campo sportivo. È schedato, un dossier alto così.
– Be', che aspetti? Chiama Balduzzi e andate a prenderlo.
Diana annuisce, recupera le carte e si volta per andarsene.
– Camponeschi – la richiama l'ispettore – la prossima volta mi fai la cortesia di aspettare la risposta, quando bussi. Grazie del tuo lavoro, puoi andare.
Lei china il capo, sorride e si avvia alla porta.
All'ispettore non sfugge l'occhiata di sostegno che Fortuzzi lancia alla ragazza. E nemmeno che lei l'abbia ignorata, tirando dritto con passo vivace e schiena dritta, come se avesse ricevuto un encomio invece di un rimbrotto.
Ispettore e vice si scambiano uno sguardo. Sanno entrambi che Fortuzzi non è un cretino. Che quando c'è qualcosa nell'aria anche i giovani agenti se ne accorgono. Ma la faccia di Adamo sembra illuminata dalla solidarietà verso una collega in disgrazia e non dalla comprensione.
– Ricapitoliamo – riprende la Fantini. – A quanto pare Irina è viva, vegeta e lavora al Presque tout. Non è del tutto certo né il tipo di lavoro né se lo stia facendo volontariamente. L'ipotesi più fondata è che venga utilizzata come prostituta d'alto bordo. Secondo me, non l'hanno ammazzata solo perché contano di tirarci fuori molti soldi. Però la ragazza ha carattere, l'ha detto anche Felicité Dubois. Ci dobbiamo sbrigare, e nello stesso tempo ci dobbiamo andare piano. Partiamo dall'idea che sia tenuta in schiavitù, va bene? Un intervento maldestro potrebbe mettere a rischio lei e le sue compagne. Tu, Fortuzzi, diventerai un cliente affezionato. Non puoi andarci tutti i giorni, la cosa darebbe nell'occhio, ma ci andrai spesso. Vedrò se mi viene in mente qualcuno da affiancarti.
– Hai tutte le fortune. Magari se ti stanchi posso darti il cambio.
– Non ci pensare nemmeno, Nick, hai il distintivo stampato in fronte. Fortuzzi, i rapporti li scriverai di notte. Li voglio sulla mia scrivania alle otto di mattina. E non dimenticare niente, so-

prattutto le litigate fra la tenutaria di un bordello e una delle sue schiave sessuali.
– Si presume – azzarda Castillo.
– Si presume. Tutto chiaro, Fortuzzi?
L'agente ha l'aria perplessa.
– Che c'è? Qualcosa non quadra?
Il ragazzo tace, imbarazzato. – Quello che non quadra sono i conti – si decide, tirando fuori le parole a forza. – Il Presque tout è un posto costoso. Ieri sera ho cenato lì, mi è partita una bella fetta di stipendio, e non so se...
La Fantini e Castillo scoppiano a ridere. La tentazione di lasciare il pivello sulla graticola è forte per entrambi. Tutti e due sono abbastanza giovani da ricordare il loro primo incarico da infiltrati. Ad averla vinta è il senso materno di Miriam Fantini.
– Quelli di ieri sera te li fai rimborsare. Per il resto ci penserò io a vedermela col vice questore aggiunto. Speriamo che la questione si risolva presto, o finiremo in bancarotta. Ah, Adamo. Neanche una parola. Con nessuno. Decido io chi sa e chi non sa. Ci siamo capiti?
Lui annuisce.
La Fantini si alza, mani sulle reni a stirare la schiena indolenzita.
– Bene – dice. – Serve un caffè. Per essere la prima volta, non te la sei cavata male, Fortuzzi.
Si avvia alla porta con il giovane agente, mettendogli una mano sulla spalla per evitare che il ragazzo decolli.
Il corridoio è deserto. La Fantini vede solo Diana che si dirige in fretta verso l'uscita.

Un colloquio informale

Bob Carrezza è bloccato nel traffico del Lungotevere e fissa l'adesivo della minicar davanti a lui, che dice "sto aspettando che mi consegnino i documenti della Ferrari."
Guarda dallo specchietto retrovisore Zek e Sam, seduti a braccia conserte sul sedile posteriore.
Ripensa alla cena di due sere prima, da Abbe. Un nulla di fatto, nonostante le insistenze di Luz. Una donna singolare. Bob è sicuro che s'inventerà qualcosa, non sembra tipo da rassegnarsi. Ma l'esito della serata è stato deludente. Deve essere per quello che c'è un nuvolone piazzato sulle facce dei gemelli.
Dopo la visita in ospedale a Felicité Dubois, Bob ha fatto le sue ricerche su quelle due parole in francese finite in un discorso in russo. È bastata una botta di Google, e il risultato non l'ha sorpreso.
Poi è successo quello che è successo con il procuratore Salis, e il giornalista ha dovuto scrivere un articolo che zittisse Crisafulli e lasciasse il PM nell'ombra. Uno di quei pezzi dove l'equilibrio fra dire e non dire fa sperperare una quantità indecente di neuroni.
Perciò non ci ha pensato molto, al Presque tout.
Certo che lui, in ogni caso, non ci potrebbe mettere piede, riflette, giocando di freno, acceleratore e frizione nel traffico lento. Quel nome è saltato fuori dai tizi che prima lo hanno pestato e poi gli hanno puntato una pistola alla tempia. È conosciuto, lì dentro. Non si azzarderebbero a freddarlo nel locale, ma si metterebbero in allarme, poco ma sicuro.
Un piede al Presque tout non ce lo possono mettere neanche Zek

e Sam, figuriamoci, e nemmeno Minny Morelli. Quella specie di montagna umana che adesso sta dentro, presumibilmente muto come un muro, ci ha anche parlato.

L'unico che potrebbe farlo è quel Doc Marino che è arrivato a cena finita. Ma l'uomo ha detto: "Minchia, non mi avete già incasinato abbastanza?" fissando i gemelli con occhio sulfureo, e non ne ha voluto sapere.

La lingua di Bob deve ancora riprendersi dallo *zighinì* di Abbe, e il cervello dalle considerazioni che l'hanno tenuto sveglio per buona parte della notte. Interrotte da una telefonata inattesa poco dopo l'alba.

– Insomma, Bob, si può sapere dove andiamo? – fa Sam.

– Da un pezzo grosso. Vuole parlarvi.

Sam assume un'aria allarmata, Zek ha la solita espressione infingarda. Le cuffiette gli penzolano sul collo, tristi e depresse.

– Cazzo c'entriamo noi coi pezzi grossi? – borbotta Zek.

– Chi è?

– Si presenterà da solo. È un tipo a posto. Gli ho parlato bene di voi due, non mi fate fare brutta figura – risponde Bob manovrando per accaparrarsi un parcheggio da cui sta uscendo una macchina. La circostanza è così rara che ha voglia di girare un video del colpo di fortuna, metterlo su Facebook e raccogliere i 'mi piace'.

Sul ponte Umberto I, il giornalista si sorprende di nuovo a osservare i gemelli. È la seconda volta che camminano insieme oltre il confine del Laurentino 38. Nel loro quartiere si muovono sciolti e sicuri come gatti di vicolo, fuori diventano rigidi, arroccati per rimbalzare gli sguardi curiosi, la faccia simpatica come un mattone sui denti. Raggiungono il Palazzaccio e si presentano allo sportello delle informazioni. L'espressione di Sam è perplessa; Zek osserva l'atrio sconfinato del vecchio edificio, tutto marmi e stucchi, con l'aria di un barbone imbucato a una festa di VIP.

– Che c'è, Sam? – chiede Bob. – Sembri teso.

– Niente – taglia corto il ragazzo.

– Stai calmo. La persona che incontrerete sta indagando su quelli che vi rendono la vita difficile. Magari vuole sapere se avete

qualche cosa che gli può essere utile a incastrarli. Se riesce a beccarli, potete tornare a spacciare e pestare in tutta tranquillità.
Zek lo guarda male, ma non dice niente. Sembra schiacciato da tutti quei ghirigori di gesso.
Un uomo in divisa da usciere fa loro cenno di seguirlo giù per una scala modesta che non ha niente a che vedere con i fasti dell'atrio, fino a un corridoio deserto. Luci smorte e pareti color vomito fino al soffitto macchiato. Lo percorrono tutto finché non piega a sinistra, su un disimpegno occupato da una porta sola. Carmine e Antonio li squadrano, poi si rilassano e continuano a giocare con gli smartphone, stravaccati su due sedie ai lati dell'unica entrata.
Salis è diventato più prudente, pensa Bob. *Succede, quando ti sparano addosso.*
L'usciere fa segno di aspettare, bussa ed entra.
– Allora, ragazzi. Il titolo con cui dovete rivolgervi a questa persona è "signor procuratore" – li istruisce Bob.
– Che cazzo viene a dire?
– Viene a dire che è un procuratore. E per piacere, sciacquatevi la bocca. Niente *cazzo* e *merda* per una mezz'ora, okay? Pensate di farcela? Questo è uno che vi può aiutare sul serio.
La porta si apre, l'usciere si ritira e i tre entrano.
La stanza è squallida, illuminata dal neon e senza finestre.
Dietro a una scrivania piena di carte è seduto un individuo magro, con i capelli grigi e la testa china.
– Signor procuratore... – dà l'esempio Bob.
L'uomo alza la testa e li guarda da sopra gli occhiali da lettura.
– Zek, Sam, questo è il procuratore Antimo Salis.
Merda! Ossantammerda!
Cazzo cazzo cazzo!

L'uomo alla scrivania si sfila gli occhiali, si appoggia allo schienale della poltrona e li osserva mentre si siedono.
Sam si sente scrutato al microscopio, come se il giudice cercasse qualcosa di molto piccolo sul suo viso e su quello di Zek. È a disagio, anche se le due sedie appaiate fanno pensare a una sorta

di riguardo. Sa che anche per suo fratello è così. Entrambi non riescono a guardare in faccia il procuratore. La conoscono, quella faccia. L'hanno studiata per bene, prima dell'agguato a Marconi che è andato come è andato.
– Ezechiele e Samuele Ciullà. Zek e Sam – dice Salis meditabondo. – Da stamattina presto non ho ancora finito di leggere tutto quello che vi riguarda.
I due si agitano sulla sedia e sbirciano Bob, che se ne sta tranquillo con le gambe accavallate.
– Ma non siete qui per questo. Mettetevi comodi, dobbiamo parlare.
Sam è sulle spine. Che gli è saltato in mente, a Bob? Vero che non ne sa niente, di quell'aborto di imboscata al giudice, ma poteva dirlo, no, che li portava dal Bulldog? Così non hanno avuto neanche il tempo di accordarsi, e se Zek si fa scappare qualcosa sono fottuti. Guarda il fratello, che, per una volta, ha lasciato perdere l'aria scocciata e sembra preoccupato come lui.
– Allora. Questo è un colloquio informale. Vi ho invitato per una chiacchierata. Quello che direte resterà qui. Perciò raccogliete le idee e raccontatemi tutto quello che sapete su…
Il PM fa una pausa, cerca qualcosa fra le carte e li osserva senza darlo a vedere.
Adesso lo dice. Adesso parla di quella notte schifosa, pensa Sam, che ha stretto tutto quello che si può stringere e sente che suo fratello sta facendo lo stesso.
– Sull'omicidio di Amilcare Zampa – conclude Salis dopo un minuto lunghissimo.
– Noi non sappiamo proprio niente di omicidi – sbotta Zek per il sollievo. – Quello non lo conoscevamo nemmeno.
– E allora perché l'avete aggredito? – dice calmo il magistrato.
I due tacciono.
– Ragazzi, vi ho già detto di stare tranquilli – interviene Bob. – Quello che avete fatto avete fatto, al momento non è questo il punto. Il procuratore, qui, sa già tutto, ha le vostre deposizioni. Vuole solo accertarsi se siate in possesso di qualche dettaglio che possa aiutare le indagini. Fidatevi, forza.

Zek lo guarda male apertamente e Sam lo guarda male di sghimbescio.
– Okay – dice Sam con un sospiro. – Va bene se parlo io, signor procuratore?
Zek gli lascia volentieri la patata bollente, condita con un ghigno di sfottò per il suo tono ossequioso.
Manco sa dove sta di casa la gratitudine, Zek, pensa Sam prima di cominciare.
Sta attento a ricalcare la deposizione che hanno reso alla Fantini quando lei li ha fermati. Questo tizio, quello che nella sua testa continua a chiamare "il giudice Salis", ha letto i loro incartamenti. Gli racconta dell'incarico di Chick, di quello che hanno fatto di fronte al Frankenstein e dei guai che ne sono derivati a pioggia.
Il PM solleva una mano per interromperlo.
– Che fine ha fatto il coltello che vi avrebbero messo in casa?
Merda, quello nella deposizione non c'era. Quella poliziotta era concentrata su Chick e non ce lo ha chiesto. Come lo sa, questo qui? È stato Bob?
Sam ci pensa su un momento di troppo.
– Sta nel fiume – dice Zek.
Sam smadonna fra sé e sé. Perfetto. Adesso non possono più tirare fuori coltello e bossolo per dimostrare che non dicono balle, o si beccano falsa testimonianza davanti a un giudice, che lui mica ci crede granché alla panzana delle chiacchiere informali. E, se non si ricorda male, buttare via le prove degli eventi che hanno messo a nanna un poliziotto non è la strada migliore per uscirne puliti.
– Ci siamo spaventati, signor procuratore – cerca di rimediare.
– Eravamo nel pallone, magari abbiamo fatto una c… una sciocchezza.
– L'occultamento di prove non è una sciocchezza.
Lo sguardo di Salis mette a tacere di nuovo entrambi.
– Stando a quanto ho letto, pare che abbiate curato un agente ferito – riprende il PM.
– Nick Badile. Sì – fa Zek.
– Nick Badile? – chiede perplesso il magistrato.

– È il vice ispettore Nicola Castillo – spiega Bob mentre Sam molla un calcio furtivo al fratello.
Il PM abbassa la testa e la rialza con un'espressione severa.
– Questo sarà pure un colloquio informale, ma siamo in una sede istituzionale, signori Ciullà. Qui dentro mi fate la cortesia di chiamarlo vice ispettore Castillo.
– È perché lei non ha visto che palanche si ritrova per…
– Zek!
Zek tace soffocando una ridarella isterica.
– Che c'è, signor Ciullà? Cosa ho detto di così divertente?
Zek ammutolisce, Sam si afferra le mani per non metterle intorno al collo del fratello.
– Niente, signor procuratore. È che non siamo abituati a sentirci chiamare "signori Ciullà".
– O sant'Iddio. Continui, Samuele. Qui dice che hanno cercato di nuovo di aggredirvi – sospira il magistrato.
– Sì. Al campo sportivo comunale.
– Con un coltello, giusto?
– Sì.
– E quel coltello…
– L'abbiamo consegnato alla polizia – fa Zek, con l'idea di rimediare una bella figura per bilanciare quelle di schifo che ha appena fatto. – Per le indagini, dice la tizia che…
– L'ispettore Fantini – lo interrompe Sam.
– Quello che è – lo rimbecca Zek, convinto di averla imbroccata giusta, stavolta.
– Da piccoli criminali a collaboratori della polizia. Come vi sentite, signori Ciullà?
– È la stessa cosa che ci ha chiesto Nic… uff, il vice ispettore Castillo. Non so Sam, ma io mi sento uguale. Nick continua a trattarci come due mer…
– Ho capito. Adesso vediamo se mi potete essere utili.
E giù a chiedere di Chick Lanzetta. Sanno chi fosse il committente per il pestaggio di Amilcare Zampa? Sono a conoscenza degli affari che trattava il Lanzetta? Ha mai fatto, il Lanzetta, qualche nome dei suoi contatti? Questo è importante. No? Sicuro? Conoscevano

Felicité Dubois? Hanno idea di chi avesse torturato e ucciso il loro datore di lavoro e sequestrato e seviziato la sua donna?
A tutte queste domande Zek e Sam rispondono di no.
– Ha mai accennato, Riccardo Lanzetta, a qualcosa che ha a che fare col mulino in disuso e un nuovo centro commerciale?
Zek e Sam si guardano e dicono ancora di no, l'immagine sputata della sincerità.
– Ne sapete qualcosa, voi? Magari qualche chiacchiera di quartiere?
Di nuovo no.
– Insomma, non ne sapete niente.
– Solo quello che ha scritto Bob sul giornale.
Altre domande sulla vedova di Amilcare Zampa, sul casale dove viveva col vecchio.
Zek e Sam cominciano a rilassarsi. No su tutta la linea, zero al quoto. Se è questo che vuole sapere il giudice Salis, è meno brutta di quello che sembrava.
– Dove eravate la notte del 30 marzo?
Le parole piombano su tutte quelle domande innocue e le spazzano via come se non fossero mai esistite. Restano ad aleggiare in mezzo a un silenzio durante il quale Bob drizza le orecchie e i gemelli congelano all'istante.
– C-che viene a dire? – balbetta Zek.
– Viene a dire che vorrei sapere cosa stavate facendo la notte del 30 marzo scorso. Tra le 22.00 e le 23.00, per la precisione. Cosa c'è di difficile?
Sam cerca qualcosa a cui attaccarsi. – È che non ce lo ricordiamo, signor procuratore. Facciamo sempre le stesse cose e i giorni si incasi… cioè, voglio dire, si confondono.
– Fate uno sforzo.
Sam mette le labbra a punta. Pensa e pensa, e intanto prega che Zek non ne tiri fuori una delle sue. È una mina vagante, Zek. Bob dice che ha quella cosa strana. Quella che fa dire le cose sbagliate nel momento sbagliato.
Guarda in faccia il PM Salis e scuote la testa, cercando l'espressione più innocente che ha.
– Mi dispiace. Le giornate le passiamo in giro e alla Vigor, poi da

Abbe. Se è bel tempo ci facciamo qualche vasca nel quartiere, se è brutto andiamo al cinema o ci vediamo una partita a casa. Ma al cinema è un pezzo che non ci andiamo. A Zek piace mica tanto.
– Tutto qui?
– Tutto qui, signor procuratore.
– La notte del 30 marzo pioveva.
– Allora eravamo a casa.
– Non vi piace la pioggia?
– Che viene a dire? A chi piace? La pioggia bagna – fa infastidito Zek.
– Già. La pioggia bagna – fa eco il magistrato. – Però uno si può riparare. In un androne, sotto un balcone. In un cassonetto, per esempio.
– Un cassonetto? – ripete Zek a pappagallo. – I cassonetti puzzano.
– Già. Puzzano. La pioggia bagna e i cassonetti puzzano. Sa, Ezechiele, è difficile darle torto.
Zek non coglie il sarcasmo, Sam ha incrociato anche le dita dei piedi, mentre Bob ha la faccia di uno che ha perso il filo.
Il PM Salis tace e fissa i gemelli. Zek e Sam abbassano la testa, caso mai quel tipo ci leggesse dentro tutte le domande che si fanno.
Ci ha riconosciuti? Dalla faccia no, era buio. Le voci? Hanno ripescato la Beretta dal fiume? Siamo fregati?
Rialzano gli occhi, e il magistrato li sta ancora guardando.
Finalmente sospira, dà un'occhiata all'orologio e si alza con l'aria da congedo. Bob guarda perplesso i fratelli che si sgonfiano per un sospiro di sollievo che tentano di non far vedere a nessuno.
Tutti si avviano alla porta. Sam sta per uscire quando il procuratore inchioda e li fronteggia.
– Chi di voi due è Cacasotto e chi Coglione?
Bob trasecola, Zek e Sam diventano gialli, il PM Salis ha l'aria serafica.
– Ma che…?
– Me l'ha detto il dottor Carrezza. Non è un segreto, no? È così che vi chiamate quando avete, diciamo, qualche diverbio.
– È un modo di dire che gira alla Vigor – inventa alla svelta Sam.
– Quelli che hanno sempre la guardia alzata sono i Cacasotto, quelli che portano i colpi alla cieca sono i Coglioni.

– Un modo di dire diffuso, dunque.
– Sicuro. Una volta tocca a uno, una volta tocca a un altro – aggiunge Sam, sperando che lo specchio insaponato su cui si sta arrampicando lo sostenga ancora un po'.
– A turno? – chiede il PM.
– Dipende da come boxiamo.
Il magistrato scrolla le spalle. – Lasciamo perdere. Potete andare, ma forse dovrò convocarvi di nuovo. Anche lei, Carrezza.
Sono sulla soglia quando Zek sbotta.
– E comunque Cacasotto è Sam.

Bob ha una gran voglia di ridere.
– Cacasotto è Sam, eh?
– Fatti i cazzi tuoi – rintuzza Zek con un tono che spedisce all'ergastolo lui e il mondo intero.
– Certo che sei forte. Non invidio tuo fratello. Nessuno ti ha mai diagnosticato la sindrome di Tourette?
– Diagnostiché?
– Sei tourettico.
– Tuo nonno.
– Tranquillo, è un disturbo ganzo, come diresti tu. Pare che ce l'avesse Mozart.
– E chi è?
– Sei una zappa, Zek – fa Sam con la faccia tetra.
– Sam, ma sei proprio scemo. Non capisci più quando dico per dire. Certo che lo so chi è, Mozart.
– Come no. E chi è?
– Quello dei cioccolatini. Le Palle di Mozart.
– Veramente non è proprio per quello che… – comincia a dire Bob. Poi si ferma. I gemelli lo stanno guardando con aria ingrugnata, piantati sul marciapiede a gambe larghe e braccia conserte.
– Tu credi di avere a che fare con due cretini, e così ti becchi due cretini – dice Zek. – Hai proprio rotto, Bob. Questa non ce la dovevi fare.
Touché, pensa il giornalista.

– Okay, okay. Ce l'avete con me.
– Ma santa merda, Bob! Non ti pare che ce lo dovevi dire?
– Che problema c'è? Il PM Salis segue un'indagine che potrebbe avere attinenza con quello che vi sta capitando. Ve la siete cavata benissimo.
– Ce lo dovevi dire. E quella faccenda di Cacasotto e Coglione te la potevi risparmiare. Si può sapere che glielo hai detto a fare?
Ecco, questa è una cosa che si chiede anche Bob. Perché Antimo Salis si è messo a fare domande proprio su quello? E che c'entra la notte del 30 marzo? Ha ripassato a memoria il suo dossier personale e non gli viene in mente niente che sia accaduto il 30 marzo. Verso la fine del colloquio, gli è venuto da chiedersi in che punto quei tre si fossero messi a recitare Ionesco. Forse il magistrato lavora troppo, o il tentativo di ammazzarlo gli ha scombinato il cervello, sospira fra sé. E perché il PM gli ha chiesto di non dire a Zek e Sam dove li avrebbe portati? Nel corso dell'incontro si è andato convincendo che il magistrato tenga qualcosa per sé. Altro che accordo fra gentiluomini sulla stessa barca, scambi di numeri di cellulare e belle promesse.
C'è qualcosa che non so, qualcosa che mi manca. La prossima volta, col Bulldog ci parlo a brutto muso.
– Be'? Manco ci rispondi?
Bob fa il sostenuto e apre la macchina. – Credevo di farvi un favore. Salite, su, vi accompagno a casa.

A casa, Zek e Sam sbottano insieme.
– Cazzo, quello lo sa. Lo sa che abbiamo cercato di ammazzarlo – impreca Zek.
– Merda. Che situazione di merda.
– E il tuo amico Bob che ci porta proprio da lui. E non ci dice niente, lo stronzo. La prossima volta che prova a farsi i cazzi nostri…
– Bob non sa niente, Zek. È stata solo sfiga. Nemmeno il giudice Salis sa niente, sennò ci avevano messo già i braccialetti. Lo sappiamo solo noi e Chick, che è morto.

– A me mi pare che ne sa troppo. Tutte le domande su quella notte, che, le ha fatte per dare aria ai denti?
– Quello sta al buio, ti dico. Non ci ha riconosciuto, e il tuo "gioiellino con la matricola limata" sta in fondo al Tevere. Non lo troveranno mai.
– Ma l'hai visto come ci guardava?
– Ho visto sì. Ma non è sicuro. Non ha le prove. Mettiamoci tranquilli e vediamo che succede.
– Come no. Tranquillo è morto.
Si avviano alla cucina per frugare nel frigo.
C'è rimasto un po' di *zighinì* che Abbe gli ha fatto portare a casa.
Zek si blocca in mezzo alla stanza e si guarda intorno perplesso.
– Che c'è? – chiede Sam.
– Niente.
Non hanno fame. La visita al Palazzo di Giustizia ha chiuso lo stomaco a entrambi. Mandano giù lo *zighinì* senza nemmeno sentire il piccante.
Al caffè di solito pensa Zek.
Prende il barattolo e lo guarda, poi guarda nel pensile da cui l'ha preso e ci pensa su.
Prende la moka e fa un pensiero pure su quella.
Ogni gesto è lento, come se controllasse un movimento alla volta.
– Vuoi sbrigarti, Zek? Fai le cose come se ti fossi pippato una piantagione d'oppio. Ti sei scordato che io sto appresso a te?
– No, è che… mah. Le cose mi sembrano… boh, spostate.
Cominciano a guardarsi intorno. Vanno in salotto, dove il libro di Sam ha perso il segno. In camera da letto, dove i pantaloni di Zek non stanno come li aveva lasciati e le mutande sporche di Sam sono finite sotto al comò. Lui è sicuro di averle lasciate davanti al bagno, abbracciate ai calzini. I cassetti sono sempre un casino, ma a tutti e due sembra un casino diverso. In bagno, la schiuma da barba al pino di Zek si è invertita di posto con quella al muschio bianco di Sam.
– Cazzo. Qualcuno è entrato qui dentro.
Spinti dallo stesso pensiero, vanno a controllare dietro al frigorifero. No, non c'è niente ficcato nel battiscopa.
– E ci sono stati attenti. Hanno rimesso tutto com'era. Quasi.

– Non volevano che ce ne accorgevamo.
– Ma chi cazzo è, adesso? – ulula Zek ai muri.
– Piantala, non fare l'isterico. Diamoci da fare.
Passano le ore seguenti a rivoltare la casa, in cerca di qualche "regalino" che, previa soffiata anonima a Nick Badile o chi per lui, li metterebbe ancora di più nei guai.
Ma non trovano niente.
– Non sono venuti per mettere qualcosa – ipotizza Sam. – Ma non hanno nemmeno preso niente.
– Cercavano. Cercavano e basta. Chissà che cazzo.
È ormai sera quando si siedono sfiniti sul divano.
– Mi sono rotto, Zek. Mo' le palle ce le ho proprio sbriciolate.
– Questo l'abbiamo già detto un sacco di volte, fratello. Però non cambia niente.
– Eravamo così fuori che nemmeno gli abbiamo chiesto niente di Irina, al giudice Salis. Magari poteva fare qualcosa.
– A quello di Irina non gliene frega un cazzo. Non gliene frega un cazzo a nessuno.
– E allora ci dobbiamo muovere noi.
– Un'altra volta? Anche questa l'ho già sentita. Mica è andata come doveva andare.
– Vuol dire che ci riproviamo.
Sam ha la faccia da temporale. La stessa che suo fratello si porta dietro ventiquattr'ore al giorno.
– Hai presente quello che dice Minny? – fa poi.
– Quale delle tante?
– Se stai sempre con la guardia chiusa ti viene la muffa alle ascelle.
– Ce l'ho presente, e allora?
– Allora adesso gli diamo aria, alle ascelle. E a Irina ci pensiamo noi. Senza mettere in mezzo nessuno.

Strix aluco

Cielo strepitoso, l'ultima sera di aprile.
Quel colore fra l'azzurro e il blu, terra di nessuno fra la sera e la notte, è traslucido, come se qualcuno ci avesse passato sopra una mano di coppale.
La luna si avvia a passare da unghia a fetta di cocomero. Con la stella accesa sulla punta sud, sembra un disegnino sul diario di un'adolescente romantica.
Ma a tenere in considerazione la luna sono rimasti il mare, i gatti e i licantropi.

Di sicuro non ci bada Diana Camponeschi, che invece guarda l'orologio. La sua ora al poligono di tiro sta per scadere. Si prenota sempre tardi, a scanso di sguardi meravigliati e approcci banali. Un "bocconcino bruno" – come se n'è uscito uno, una volta – che straccia con regolarità la testa della sagoma bersaglio. O il cuore, se ha deciso così.
Pensava di mettere la sua mira al servizio della Giustizia maiuscola, entrando in Polizia. Aveva sentito le cose giuste, sulla Fantini. Era stata contenta di essere assegnata a lei.
Invece si trova a nuotare nelle scartoffie, a fare ricerche d'archivio e a stendere verbali di ogni genere.
Per di più l'ispettore non la può sopportare, e lei non sa perché.
Pure quel sedano lesso di Fortuzzi viene prima di lei. Questa non la manda giù. Nell'ufficio dell'ispettore ha visto abbastanza.
La Fantini ci tiene, a quel caso. Col cavolo che lei rimarrà a guardare.

Scarica gli ultimi colpi nella testa del bersaglio, esce dal poligono e riaccende il cellulare.
Sopra di lei, un bagliore d'argento sparisce in un attimo. Diana pensa al riflesso sull'ala di un aereo.

Il PM Antimo Salis, nel bunker dove l'hanno costretto a trasferirsi, non vede il mondo fuori, figuriamoci luna e cielo. Guarda i rapporti che gli hanno appena consegnato.
I cinque sequestratori di Felicité Dubois non parlano. Se lo facessero, la loro pelle non varrebbe un centesimo, né dentro né fuori di galera. Questo se lo aspettava. Accantona un rapporto e prende l'altro.
In casa di Ezechiele e Samuele Ciullà non è stata trovata un'arma a puntamento laser. Lui e Roberto Carrezza li hanno trattenuti abbastanza, e i suoi uomini hanno potuto lavorare in tutta calma. Nemmeno altri tipi di arma, precisa la relazione.
Se si escludono la puzza e il casino di due ventitreenni maschi che vivono soli, presume Salis.
Il magistrato si pinza la base del naso.
Non ha niente per incastrare i gemelli. Al colloquio sono parsi agitati, ma forse è normale: nessun delinquente si sente a proprio agio davanti a un magistrato. Cosa ne ha ricavato? Niente. Restano solo due insulti piuttosto comuni e la sua sensazione che, quella sera, fossero proprio loro a urlare nel cassonetto a via di Vasca Navale. Il che li metterebbe a contatto con livelli gerarchici criminali più elevati di quelli che aveva a disposizione Riccardo Lanzetta. Potrebbero essere loro il collegamento con la mafia russa che vanno cercando lui e Carrezza? Con quelli che hanno provato anche due giorni prima a farlo fuori perché si sta avvicinando troppo?
Solo un'idea, neanche convincente. E le Procure non vanno da nessuna parte con le idee, nemmeno se sono buone. È quello che dice sempre a tutti.
Visto l'obbligo di perseguire il reato, i Ciullà passeranno qualche guaio. Ma se la caveranno con un'imputazione per l'aggressione ad Amilcare Zampa e, forse, occultamento di prove.

Comunque, dirà a chi di dovere di tenerli d'occhio.
Esce nella sera limpida, guarda il cielo laccato, solcato da rondini e gabbiani. Quello che sembra un piccolo rapace prende una corrente ascensionale e sale di quota. Antimo Salis lo segue con gli occhi finché non scompare.

L'ispettore Fantini congeda brusca Giuseppe Cordino.
L'uomo esce scortato da un agente, che lascia la porta semichiusa.
Fortuzzi approfitta dello spiraglio per entrare e ritirare il suo piano di monitoraggio del Presque tout, che alterna controllo esterno e serate ai tavoli della lap. Niente cene, non ci sono i fondi.
– Stasera mando Zaffòn. Domani vai tu, ma appostato fuori. Tornerai alla lap fra un paio di giorni – lo congeda l'ispettore.
Quando esce, lei si alza e guarda fuori dalla finestra, ma non fa caso né alla luna né al cielo, né all'uccello argentato che fa acrobazie intorno alla torre di fronte.
Pensa a Fortuzzi. Ci ha visto giusto, il ragazzo ha stoffa.
E pure Samuele Ciullà ci ha visto giusto: un mezz'uomo, Giuseppe Cordino. Nel suo dossier c'è di tutto: spaccio, furto, tentata violenza sessuale, estorsione, tentato omicidio. Però solo un paio di condanne per reati minori.
Sam ha avuto ragione anche a presumere che se la sarebbe fatta sotto. Di fronte al minimo accenno a un trattamento di favore, Cordino ha speso tutto il fiato a disposizione per rispondere a lei e a Castillo.
Il fatto è che non sa un accidente. Nessun nome, nessun aiuto per risalire una qualsiasi scala gerarchica. Lui è carne da macello, non gli dicono mica niente, a lui. Lui è un povero emarginato, un incompreso.
L'incarico di uccidere Zek e Sam è arrivato per telefono, ha confessato. Ha trovato l'anticipo in una busta gialla nella cassetta della posta. Gli dispiace, ha gettato la busta e speso i soldi, che mica erano tanti. È anche un povero sottopagato, lui.
La Fantini si è trattenuta a stento dal buttarlo fuori usando lo stesso linguaggio pesante che ha tentato di scoraggiare in commissariato.

L'unica novità: a commissionare il duplice omicidio è stata una voce di donna.

Roberto Carrezza esce dalla stanza di Felicité Dubois che il cielo speciale è sempre lì, ma lui guarda in terra.
La donna migliora, le ferite del corpo guariscono in fretta. Le altre no, forse non guariranno mai.
Bob si interroga spesso sul perché non riesca a fregarsene di lei, e non si risponde mai. Forse perché quello che le è successo stride come una motosega con quello che fa. Tanta brutalità contro una che confeziona dolci stravaganti e macina caffè. Solo perché ha visto del buono nell'uomo sbagliato.
Il mondo è brutale. Se non lo sa lui.
Ma la constatazione non gli va giù liscia come prima.
Davanti al corpo martoriato di Felicité non è riuscito a pensare alla storia pesante che la donna avrebbe potuto fornire a un cronista di nera che lavora per Crisafulli. Non ci è riuscito. Sta invecchiando? Sta perdendo il mordente? Forse ha ragione il suo direttore: deve passare ai necrologi.
Fra un po' si chiederà se ci sia una giustizia, si prende a schiaffi da sé.
Al terzo ceffone mentale squilla il cellulare. È Diana.
– Ehi, bell'uomo. Ti sei dimenticato che mi devi una cena?
– Cena? – risponde Bob distratto. – Che cena?
– O povera me, mi dice proprio male ultimamente. Be', la prossima volta che mi chiedi di chi sia una targa ti ci mando con tutte le scarpe, te e le tue inchieste.
Bob sospira e ricorda. – Scusa, bellezza. Con te a cena ci verrei ogni giorno stampato sul calendario. È che è un periodo complicato.
– Allora?
– Va bene fra un paio di giorni? Magari anche la mia faccia sarà quasi presentabile. Ti porto al…
– Fra un paio di giorni va benissimo. Paghi tu, ma il locale lo scelgo io.
– Davvero? E dove?

– Una sorpresa. Vedrai, ti piacerà.
Bob sorride e si prende il lusso di accorgersi del cielo intenso, di guardare le rondini che sfrecciano, i gabbiani che hanno lasciato il mare per le discariche, i passeri che riempiono l'aria di cinguettii e un volatile sconosciuto che resta fermo in aria, bianco incollato al blu.

Abdullah lo guarderebbe, il cielo. Guarderebbe la luna. Adesso somiglia a quella che c'è sulla bandiera del suo paese. Gli piace stare sulla soglia del locale prima che arrivino gli avventori della sera; passare qualche minuto a pensare alla sua terra, che nemmeno la ricorda tanto bene. Neanche a sua madre è più capace di dare i connotati giusti. Gli riesce meglio ricordare il suo falco. Starebbe volentieri a naso in su, stasera, c'è una luce che sembra di poterla bere. Se non fosse che deve cambiare la serratura elettrica. Qualcuno l'ha riempita di colla a presa rapida. Se ne è accorto per caso, mentre controllava i getti dei gelsomini. Per fortuna, o non avrebbe potuto chiudere, quella notte.
Minny Morelli lo aiuta.
– Dici che è per quello? Perché abbiamo aiutato Zek e Sam? – chiede Abbe.
– Non credo – bofonchia Minny con la bocca piena di viti. – Nessuno di noi ha fatto niente di diverso dal solito, no? Io la spola fra palestra e qui, Luz alla finestra fra i gelsomini e tu allo *zighinì*.
– Teppisti nuovi, allora?
– Eh. Diciamo teppisti nuovi.
Mentre stanno lì a trafficare vedono i gemelli alla fermata dell'autobus che porta in centro. S'interrogano con gli occhi. Lo trovano strano. A quei due non piace lasciare la zona, soprattutto la sera.
– Le cose cambiano – fa Abbe.
– Però dovrebbero cambiare in meglio.
– Non lo possiamo dire. Forse è così e noi non lo sappiamo. *Inshallah*.
Scruta il cielo. È liquido e deserto.
Non è ancora tempo. Forse stanno succedendo molte cose.

Il lavoro lo impegna ancora per mezz'ora. Poi sale nel suo appartamento.

Il suo sostegno è lì. Come sempre, da quando lo ha trovato.
Spunta fra i gelsomini, simile a un ramo secco d'inverno.
L'allocco si posa, leggero e grato.
Abdullah sorride ai grandi occhi d'argento, ritira il braccio e rientra nella stanza.

Mosche intorno al miele

– Te l'avevo detto che quella è una tosta. Che la tira fuori dai casini, Irina.
– Per caso stai imbarcato con la sbirra, Sam? È vecchia. Intanto l'autista suo stasera non c'è.
– Ma ieri sì. Conciato a quel modo che pareva Juanito, manco lo riconoscevo.
– Magari oggi ce n'è un altro, uno mai visto. Occhi aperti, fratello. Quello, ieri sera, per poco non ci tanava.
– Meglio. Così abbiamo fatto il giro largo e abbiamo visto la zona. Per quando la portiamo via. Perché una cosa è sicura: se la sbirra fa tenere d'occhio il locale, vuol dire che Irina là dentro ci sta eccome.
Zek e Sam sono accucciati dietro a un cassonetto, schiacciati fra quello e un oleandro, sul retro del Presque tout. Ogni tanto sventolano una mano davanti al naso per scacciare l'odore dolciastro dei fiori schiacciati, che insieme a quello pungente dell'immondizia diventa una puzza nauseabonda.
Per due sere sono andati lì, a via dei Fienaroli, a vedere che aria tirasse, a guardare come fosse e come non fosse, a strisciare lungo i muri perimetrali del palazzo vecchio nel centro vecchio della città. L'entrata è piccola, sepolta dai rampicanti illuminati da faretti nascosti, che fanno sembrare il muro scrostato una roba da ricchi. Ma a dar retta alle piantine rimediate su Internet con l'aiuto di Luz, il locale è grande, occupa tutto il piano terra dell'edificio.
– Comunque vadano le cose, guardatevi intorno, non siete soli –

ha detto Abbe interpretando i gesti della ragazza, mentre loro si stancavano gli occhi sulle planimetrie.
Di buono c'è che, a Trastevere, di notte gira gente come a mezzogiorno. Zek e Sam non ci sono abituati. I Ponti, quando chiudono i negozi, diventa un deserto dove vagano solo macchine e puttane. Tanto di guadagnato: è più facile confondersi fra la folla che beve fuori dai bar perché dentro non c'è più posto.
Visto che di entrare dalla porta principale non se ne parla, Zek e Sam hanno puntato sull'uscita posteriore, che dà su quel cortiletto pieno di oleandri, contenitori per i rifiuti e cassette di plastica accatastate. Hanno studiato l'andirivieni di quelli che escono a buttare l'immondizia; hanno notato che a un certo punto smettono e riprendono a notte alta, prima che chiuda il locale.
– Ancora cassonetti. Portano sfiga – bofonchia Sam.
Zek lo guarda male e non risponde.
In un momento di calma, il giorno prima, hanno esaminato la porta. Un'antincendio. Nessun problema, ne hanno già aperte parecchie.
Ogni tanto, un inserviente esce a buttare qualcosa. Folate di musica attutita inondano il cortile, finché quello non richiude.
– Si stanno già a divertire, là dentro – bisbiglia Sam acido.
– Sai che palle. Musica di merda.
La notte è tiepida. Zek e Sam aspettano. Che la serata avanzi, che il locale si riempia, che i lavoranti la smettano di fare avanti e indietro.
Che venga fuori qualche idea su cosa fare, una volta entrati.

Adamo Fortuzzi è scocciato. La prima missione vera e propria e non la può raccontare. La Fantini è stata categorica: non una parola con nessuno.
La sera prima, vestito da fighetto di periferia col motorino, si è limitato a tenere d'occhio il locale dall'esterno. Noioso, ma a fine serata gli è venuto in mente di seguire una ragazza, una di quelle che girano fra i tavoli. La tipa è salita su un taxi con un tipo anzianotto che lui non ha visto bene in faccia. Il taxi li ha scaricati davanti a una palazzina elegante di via Poerio, una via tranquilla

di Monteverde Vecchio. I due sembravano in intimità. Fortuzzi ha annotato l'indirizzo.
L'ispettore ci ha preso al primo colpo, pensa: un giro di escort. A leggere il rapporto, ha fatto quella faccia strana, quella che non si capisce se sia contenta o infuriata.
Stasera invece è di controllo interno. Con i vestiti firmati che si è fatto prestare, gioca al figlio di papà che scialacqua il patrimonio di famiglia intorno ai tavoli della lap-dance. Di cena non se ne parla più. Il vice questore aggiunto tiene stretti i cordoni della borsa e la Fantini se l'è dovuta combattere anche per spuntare l'ingresso, la consumazione e la mancia alle ragazze, così ha detto.
Fortuzzi entra con l'aria del cliente in fissa. Scambia pure due battute da maschio infoiato col buttafuori all'ingresso, che lo spinge all'interno con una pacca sulla spalla.
Le ragazze si stanno dimenando già da un po'. I tavoli del ristorante sono tutti occupati, salvo un paio che però hanno il cartellino "riservato". La gente mangia, beve e chiacchiera in attesa dello spettacolo.
Chissà come fanno a capirsi, con la musica latina sparata a mille.
Prende posto sotto il palo dove balla la stessa bionda di qualche sera prima. L'idea è quella di passare per uno che si è preso una pezza, e nemmeno è tanto difficile, la ragazza è una meraviglia. Lei lo riconosce e, fra un contorcimento e l'altro, gli manda un bacio col soffio. Lui fa la faccia ebete, e neanche questo è tanto difficile. Ordina un Mojito, che con la musica ci sta bene, e si guarda intorno. Qualcuno che ha già visto, di quelli che scrutano la sala in cerca di un VIP, magari per scattare un selfie alle loro spalle e raccontare che ci sono stati a cena insieme; un gruppo di ragazzi che trattengono a fatica la voglia di schiamazzare, sembrano militari in libera uscita.
Cerca Irina, e dopo un po' la vede.
La ragazza è appoggiata al bancone del bar con l'aria imbronciata. La donna con cui ha discusso sere addietro non c'è.
Fortuzzi flirta per un po' con la bionda, facendosi venire gli occhi storti per non perdere di vista la rossa.

Manca poco all'inizio dello spettacolo.
Irina fruga in una pochette e tira fuori una sigaretta. Un tipo alto e tozzo le passa accanto, la rimbecca e lei rintuzza.
L'energumeno indica un cartello e cerca di toglierle la sigaretta.
Lei allontana la mano e gli parla a brutto muso. Poi lascia il bancone e si dirige verso il fondo, trafiggendo il percorso coi tacchi a spillo. Sparisce in quel corridoio dove chissà che c'è. Il tizio la segue, imprecando a gesti.

– Zek, ma tu ci hai capito qualcosa da quelle piantine? Ci siamo sguerciati ore a guardarle con Luz, ma le righe sono righe e le cose sono cose – fa Sam.
– Su questo non ci piove.
– Voglio dire, quel posto è grande, ci stanno un sacco di stanze. Al bar non ci possiamo andare, nessuna idea di dove tengono Irina…
– Boh. Poi vediamo.
– "Boh poi vediamo". Sei d'aiuto, eh?
– Cazzo, Sam, non lo so. Adesso non lo so. Aspettiamo, vediamo che succede.
– Secondo te uno entra, ficca il naso dove gli pare, trova Irina e se la porta via? Secondo te ce la fanno fare, una cosa così? E se sta nella zona dove non possiamo mettere piede?
– Se è per questo, noi lì dentro il piede non lo possiamo mettere da nessuna parte. Ossantammerda, la pianti di cacare dubbi?
– "Ossantammerda" l'ho inventato io.
– Scusa. Scusa tanto, fratello. Non lo dico più. Basta che la pianti di gufare.
– Volevo dire che ci vorrebbe un piano, ecco.
– Il piano è che entriamo, troviamo Irina e ce la portiamo via. Punto. O ci va bene, o ci va male.
– Certo. Come no. Geniale.
– Te ne puoi sempre andare.
– Ma vaffanculo, Zek.
Il tempo passa. Zek litiga con l'oleandro che gli entra nelle orecchie. Il traffico degli inservienti rallenta, si ferma.
– Che dici, adesso?

– Adesso.
Non hanno finito di alzarsi che la porta si apre di nuovo. Incornicia una figura snella che pare disegnata. La luce soffusa alle sue spalle le mette intorno alla testa un'aureola ramata.
– È lei! È Irina – salta su Zek.
– Aspetta – sibila Sam, trattenendolo a fatica.
La ragazza si appoggia allo stipite, tiene aperta la porta con un piede e si accende una sigaretta, sbuffando il fumo nel cortile.
Non è sola. Gesticola. Caccia a gesti qualcuno, dentro, che non si vede.
Parla nella sua lingua e non si capisce niente, ma il tono è duro. Tira boccate nervose.
– Cazzo, forte. Mica la metti sotto, Irina. Lo deve sapere che stiamo qui, che siamo venuti a tirarla fuori.
– C'è qualcuno con lei. E se quello è armato? E se la mettiamo nei casini?
– Ci sta già, nei casini.
Zek non sente più ragioni. Si muove per alzarsi e uscire da dietro il cassonetto, tirandosi dietro Sam.
Sono quasi allo scoperto quando la ragazza butta il mozzicone, si volta e rientra chiudendo la porta.
Zek e Sam sacramentano in 3D.

Scendendo dal Gianicolo per via Garibaldi, Bob è tranquillo. Trastevere conta più locali che sampietrini. Chissà quale ha scelto, Diana. Una sorpresa, ha detto due giorni prima al cellulare. La ragazza ha l'aria di un gatto che ha appena acchiappato il topo. Lo guida per via del Mattonato, taglia per via della Scala. Percorso tortuoso dove a volte bisogna fare a gomitate per fendere la ressa di vitaioli in attesa che si liberi un tavolo nei bar o nelle pizzerie. Il campanello d'allarme comincia a suonare a mano a mano che si avvicinano a Santa Maria. Sull'angolo di via dei Fienaroli è una sirena lacerante.
Il cronista continua a sperare che sia una coincidenza, che sia un altro il posto dove lui e Diana si stanno dirigendo. Ma ci spera sempre meno.

Sbircia di sottecchi la ragazza, cerca un segnale qualsiasi per convincersi che quello sia un caso. Ma lei è concentrata a mettere d'accordo il tacco 12 con i sampietrini, e di segnali neanche l'ombra.
Bob dubita che sia un ordine della Fantini, quella non lo vuole fra i piedi.
Il suo contatto in prova ha preso un'iniziativa personale, ci scommetterebbe un mese di stipendio.
Diana stasera ce l'ha messa tutta per dimostrargli che razza di schianto possa essere senza divisa, e ci è riuscita benissimo. A spettinarsi i capelli così deve aver impiegato un pomeriggio intero, il tubino rosso e le labbra di fuoco legano che è un incanto e ha l'espressione di chi aspetta di vedere l'effetto di quello che ha architettato.
Davanti all'entrata sommersa dai rampicanti illuminati ad arte, Bob si ferma.
– Be'? – domanda lei con un sorriso canzonatorio. – Che c'è?
– La Fantini lo sa? – la inchioda Bob senza girarci intorno.
Diana scoppia a ridere. – È la mia sera libera, vado dove mi pare.
– E io?
– E ci vado con chi mi pare. Che c'è, non ti piace il burlesque?
Non mi piacciono le tane dell'orco, soprattutto se l'orco mi ha appena pestato, pensa Carrezza.
Diana non dovrebbe sapere niente del Presque tout. Non era con lui da Felicité, e da come l'ispettore osservava la ragazza la sera della deposizione, Bob ha ragione di credere che l'abbia tenuta fuori apposta.
– Allora? Passiamo la serata per strada come i pischelli? – fa impaziente lei dondolando sui tacchi.
Bob guarda il cielo nero che s'incunea fra i palazzi, pensa alla sua faccia che è di nuovo presentabile da poco e chissà per quanto ci resterà. Alle contingenze fuori controllo che lo portano sempre al posto giusto nel momento giusto, come direbbe Salis.
Oppure le cose vanno come vogliono andare, sospira. Ma sì. Non gli farà male dare un'occhiata.
– Diana, te l'ho già detto che stasera sei uno sballo?

La prende sottobraccio e si avvia con lei all'entrata.

Fortuzzi vorrebbe seguire Irina, ma la *sua* bionda ha scelto proprio quel momento per sbattergli sotto il naso due chiappe strepitose sorridendogli oltre la spalla, e risulterebbe davvero strano se si allontanasse proprio in quel momento.
È preoccupato per la ragazza. Non gli è piaciuto quell'energumeno e il modo in cui si è rivolto a lei. Magari avrebbe potuto atterrarlo. Gli è sembrato grosso ma goffo, uno di quelli intralciati dai propri muscoli. Potrebbe farcela. E potrebbe portare via subito Irina, senza farla tanto lunga.
Monitorare e non intervenire. Monitorare e non intervenire. Niente iniziative personali, si ripete a mente gli ordini della Fantini come un mantra.
Sorseggia il secondo Mojito annacquato dal ghiaccio, l'espressione deliziata che ormai gli sta procurando un crampo facciale. La bionda l'ha preso di punta e lui si chiede come farà quando gli salteranno i bottoni della patta.
C'è ancora gente che entra, alla porta.
Arriva una coppia che viene accompagnata a uno dei tavoli riservati. Due bei tipi, la ragazza in rosso è notevole.
Fortuzzi guarda meglio e gli va di traverso il Mojito.

Pentola a pressione

Zek ha impiegato pochi secondi ad aprire l'antincendio.
Sam dà un'occhiata dentro e bestemmia, riaccostando la porta.
– Dimmi te se ci doveva capitare un posto così.
Il corridoio è a T, spiega. Tutto dritto, nemmeno una nicchia per ripararsi, se ci passa qualcuno. Sui bracci della T in fondo, a destra e a sinistra, chissà che c'è.
Solo quattro o cinque porte sul lato lungo, a destra, non ha fatto in tempo a contare bene.
Infila un sasso nel battente e trascina Zek verso i cassonetti, da cui tira fuori due buste grosse d'immondizia.
– Cazzo fai?
– Se qualcuno imbocca quel budello, facciamo finta che portiamo fuori la schifezza.
– Mentre la stiamo a portare *dentro*?
– Facciamo che non se lo sta a chiedere, okay? Non eri tu a dire che un piano non ci serve? Tieni giù la testa, lì c'è poca luce. Magari ci va bene.
Tornano indietro, aprono l'antincendio ed entrano.
Dal fondo, a sinistra, arrivano rumori di stoviglie e voci che sparano ordinazioni. Da destra non giungono suoni, solo una luce morbida e rosata.
Trascinano i bustoni a testa bassa tirando accidenti alla plastica che striscia sul pavimento. Fa un gran casino nel corridoio silenzioso, e di sollevarli non se ne parla, ché pesano un fottìo.
Si avvicinano alla prima porta. Sam tenta la maniglia, che cede, Zek tiene d'occhio il corridoio.

Sam apre uno spiraglio. L'uscio gira silenzioso sui cardini. La stanza è in penombra, una luce azzurrina si spande dal fondo. Trattenendo il respiro, apre un po' di più e guarda dentro. Due sagome di spalle osservano alcuni schermi. Una è quella di un uomo grosso, l'altra di una donna alta con i capelli rossi, tagliati all'altezza delle spalle.
Sam richiude.
– Cavolo – bisbiglia – ci stanno due, là dentro. E ci stanno pure le telecamere.
Esaminano il corridoio, di colpo si sentono esposti come don Pietro sulla neve. Occhi malefici, lì, non se ne vedono.
– Forse controllano solo dove stanno i clienti – sussurra Sam.
Con un cenno del capo, passano alla porta successiva. Anche lì la maniglia cede.
Stessa tattica: Sam apre piano e guarda, Zek controlla che non arrivi nessuno.
Una stanza deserta, ma la luce al neon rosa è accesa. Sembra un ufficio, con scrivania, computer, classificatori e tutto. Un divano, due poltrone. Una porta, in fondo a destra, deve comunicare con la stanza precedente.
Sam richiude e fa cenno di andare avanti.
Un fiotto di musica, voci e tintinnii di bicchieri li blocca.
Passi.
Zek e Sam arretrano e si ficcano nella stanza vuota.
Fanno in tempo a vedere la punta di una scarpa da uomo che va verso il braccio destro della T.
I sacchi dell'immondizia li rallentano, ma riescono a tirarli dentro.
– Che dici, ci ha visti?
– Non lo so. Conta fino a cento, fratello. Forse quelli sono i cessi e il tizio è andato a pisciare.
– Facciamo cinquanta, quella porta che comunica con l'altra stanza non mi piace per niente.
Contano. Saettano sguardi. Sudano. Controllano il respiro.
– Cazzo se puzza, 'sta roba – fa Zek.
– Shhh, parla piano. E prova a tirarlo su, il bustone, che fa un casino del cacchio.

– Tiralo su te. A quanto sei arrivato?
– Quanto che?
– A contare. A quanto?
– 'Fanculo, conta te – scimmiotta Sam.
Tacciono, occhi alla porta sul fondo e orecchie al corridoio.
– Che dici – sussurra Zek – basta per il tempo medio di una pisciata?
Sam prende fiato. – Andiamo.
Si affacciano nel corridoio. È di nuovo deserto. Escono.
La terza porta. Sam la socchiude, anche qui vede la luce accesa. Poi l'angolo di un tappeto, la zampa arcuata di una scrivania in legno scuro. Due gambe accavallate e scarpe coi tacchi a stiletto. La gamba di sopra dondola. Una mano appoggiata al piano della scrivania è accarezzata da riccioli rossi a cavatappo.
Sam spalanca la porta.
– Irina!
La ragazza sobbalza, li vede, spalanca gli occhi. Accenna davanti a sé con lo sguardo. Non è sola.
Ma ormai sono dentro. Senza neanche girare la testa, Zek scarica un pugno sulla figura che si sta avvicinando da destra e la manda a gambe all'aria.
Irina vola loro incontro, il sorriso che illumina il mondo.
– Zek, Sam! Finalmente!

Bob Carrezza ha deciso di prenderla come viene. È stato accompagnato al tavolo come un cliente qualsiasi, si è guardato intorno. Coppie eleganti, uomini dalla faccia esaltata sulle panche della lap-dance, un gruppo folto di ragazzi che, dal taglio di capelli, sembrano militari di leva. Bene. Gli unici brutti ceffi che ha visto sono i buttafuori all'entrata, ma quella è regola. Il Presque tout è affollato, perciò è difficile che si mettano a pestarlo. Non subito, almeno, e non lì. Ascolta con un orecchio solo Diana che gli racconta dei suoi record al poligono di tiro, del fatto che sia un vero peccato sprecare una mira come la sua fra le scartoffie, che se credono di farla ammuffire hanno sbagliato di grosso.

– Come se mettessero te a fare l'elenco degli spettacoli in provincia, no? – chiede.
– O i necrologi – risponde distratto Bob.
– Bravo.
– Prima o poi Crisafulli lo farà.
– Dimmelo e io lo centro fra gli occhi.
Diana dà le spalle a una faccia che il giornalista ha visto al commissariato. Il ragazzo si sta facendo venire l'orchite per colpa di una bionda, ma si vede che tiene d'occhio la situazione. Ogni tanto lancia sguardi allarmati al loro tavolo. Bob riflette. Qualcosa bolle in pentola. Spera solo che non sia una pentola a pressione. Ci si fanno le bombe, con quelle.
Due tavoli più in là, un uomo anziano vestito a festa fa il lumacone con una ragazza castana che potrebbe essere sua nipote. Bob lo conosce. Molto bene. Recentemente ha appreso da fonte più che attendibile e sicura alcuni particolari interessanti su di lui.
Eh, sì. Dire che ho una fortuna sfacciata è dire poco, gongola soddisfatto.
– Sei proprio una favola stasera, Diana. Spostati un po' sulla sinistra – dice Bob mettendo mano all'iPhone.
– Che c'è? Perché?
– Voglio farti una foto. Dove sei adesso inquadrerei anche un paio di bellissime chiappe che rovinerebbero tutto.
Diana cambia posizione ridendo, Bob scatta. Una bella foto. Il politico lumacone è venuto proprio bene, l'ha beccato giusto mentre bacia la ragazzina in modo poco nonnesco.
Poi succede quello che si aspetta. Un cameriere raggiunge il loro tavolo, e con inflessibile cortesia lo informa che nel locale non è consentito scattare foto.
– C'è il cartello all'ingresso, signore.
– Andiamo, non vede che spettacolo di ragazza? – esclama lui.
– Come si fa a non farle fotografie?
– La signora è bellissima, ma lei dovrà cancellare quello scatto – insiste il ragazzo.
– Ordini superiori, eh?
– Già.

– Capisco. C'è un direttore, qui?
– Certo, è…
– Mi ci faccia parlare.
– Veramente…
– O domani scriverò un articolo sulla tagliata ai carciofi più unta e tigliosa dell'emisfero occidentale, e dovrete pagare voi perché qualcuno entri qui dentro – conclude angelico Bob.
Il ragazzo inghiotte e si avvia verso il fondo del locale. Bob smanetta con l'iPhone e invia la foto a una persona che forse lo ringrazierà.
– Che ti salta in mente? – ride Diana. – La tagliata è buonissima.
– Ma questo lo sai solo tu. E tu non parlerai.
– Parola di lupetto – risponde lei baciandosi gli indici incrociati. – Però mi dici che hai per la testa.
Bob non risponde. Punta gli occhi su una donna giunonica, coi capelli rossi tagliati all'altezza delle spalle, che si avvicina al tavolo dell'anziano cliente. Scambiano poche parole. Lui si alza e si avvia all'uscita, lasciandosi sfuggire un'occhiata rancorosa verso il loro tavolo. La ragazza che lo intratteneva torna al bancone del bar.
La donna si avvicina.
– Mi hanno riferito che c'è un problema con la tagliata.
Ha gli occhi di un verde slavato. Il ghiaccio che c'è dentro non va d'accordo con il sorriso professionale.
– La direttrice, vero? Le chiedo scusa. Sa, sono un po' su di giri. Bella serata, bel posto, splendida compagnia – fa Bob tutto moine prendendo la mano di Diana. – È un peccato, ma, se proprio devo, cancello subito quella foto.
Prende l'iPhone, mostra lo scatto al volo e con un gesto secco del pollice lo spedisce nel cestino.
– Contenta?
– La ringrazio. La privacy, sa? E poi non era bella, quella foto. La sua fidanzata non aveva il risalto che merita.
– Farò meglio la prossima volta.
La donna lo fissa con un sorriso ancora più gelido, augura buon proseguimento di serata e se ne va.

Mentre si abbassano le luci per annunciare lo spettacolo, Bob vede la ragazzina castana avviarsi all'uscita con la borsetta e un soprabito leggero.

Adamo Fortuzzi sta sulle spine. Fissa la schiena della ragazza in rosso.

Che diavolo ci fa Diana Camponeschi, al Preque tout? E con un tipo che sembra proprio quel giornalista, quel Roberto Carrezza. L'ispettore gli ha parlato di lui quando lo ha ragguagliato sul caso.

Un po' di pezzi cominciano ad andare al loro posto. Se è come pensa, la Fantini sospetta che Diana rifili informazioni alla stampa sui casi in corso. Magari è per questo che gli ha chiesto di tenere la bocca cucita con tutti, e che due giorni prima è stata così scostante con lei. E da quello che vede, l'ispettore ha ragione.

Cavolo, non ce la metteva, Diana, a fare una stupidaggine simile. E a pochi mesi dall'assegnazione al commissariato. Roba da rovinarsi la carriera prima di cominciarla. E adesso? Deve dirlo alla Fantini? Sicuro che deve dirglielo. Però questo metterà Diana in guai seri.

Intreccia la crisi di coscienza con la preoccupazione per Irina, che dopo il diverbio con quel tipo massiccio non si è fatta più vedere. E non riesce a smettere di pensare a quello che è successo pochi minuti prima.

Ha la sensazione che qualcosa gli sfugga.

A forza di apprezzare i contorcimenti della bionda e di bere Mojito, si era sentito annebbiato, con la vescica lì lì per scoppiare. Così aveva approfittato della pausa fra la lap e lo spettacolo sul palco. Le ragazze ai pali avevano concluso il numero, lui si era sbrigato a infilare una banconota nello slip della *sua* bionda e si era diretto ai bagni, tenendosi alla larga dal tavolo di Diana. C'era il rischio che quella testa calda saltasse su e, in un modo o nell'altro, gli mandasse in frantumi la copertura.

Era passato davanti alle cucine. A destra c'era quel corridoio pieno di porte, dietro cui gli sarebbe piaciuto dare un'occhiata.

Due figure nell'ombra.

Erano entrate di fretta in una stanza, portandosi dietro due sacchi dell'immondizia.
Lui aveva rallentato, senza fermarsi. In bagno, mentre si liberava, quel fatto continuava a procurargli una specie di solletico al cervello.
Al ritorno, il corridoio era di nuovo deserto.
Due persone. Sacchi dell'immondizia. Due persone che portano l'immondizia dentro *una stanza?*
Si era fermato, con l'istinto che tirava da una parte e il cervello dall'altra.
Due persone. Sacchi dell'immondizia contromano. Irina che non c'è. Uhm. Magari uno più sveglio di me ci capirebbe qualcosa.
Aveva lasciato perdere ed era tornato nella sala.
Niente iniziative, si ripete adesso, mentre cincischia col cellulare. Sposta lo sguardo dalla schiena della Camponeschi al popolo della lap, che è migrato in massa al bancone del bar per una consumazione supplementare e per godersi l'attrazione successiva senza l'intralcio dei pali.
Dello spettacolo a Fortuzzi non frega niente.
Al diavolo, pensa. Alla peggio, la Fantini lo manderà a quel paese. Mentre le luci si abbassano, digita sul cellulare il numero dell'ispettore.

Ti portiamo via

Il tizio messo k.o. da Zek si sta alzando. I gemelli sono pronti a rimetterlo giù. Tuttavia non riescono a togliere gli occhi di dosso a Irina, né a smettere di sorridere perché l'hanno trovata. E perché sta bene. E perché è più bella che mai, non si erano mica accorti che fosse così bella.
Zek carica un destro dei suoi.
– Fermati, Zek, non serve. Axel, vattene.
– Ma…
– Vattene, ho detto. Ci penso io, qui.
L'uomo si avvia alla porta fulminando con gli occhi Zek e Sam.
– E due – sibila quando passa loro accanto. – Alla terza vi ammazzo.
Zek e Sam guardano il tizio e si grattano la pera. Poi guardano la ragazza e si grattano la pera. Mettono insieme una cosa con l'altra e arrivano al punto: quello è lo stronzo che stava maltrattando Irina la prima volta che l'hanno incontrata.
– Il verme. Quello che… – pensa a voce alta Sam, aggrottando la fronte.
– Cosa vi ha fatto il povero Axel? Due volte che lo incontrate e due volte che gliele date – sta dicendo Irina.
Il povero Axel?
I sorrisi di Zek e Sam muoiono sfrigolando in una pozza di confusione.
– Irina, muoviti. Ti portiamo via da qui – dice Zek.
L'ha provata un sacco di volte, quella battuta. Nella sua testa non l'ha mai detta tanto fiacca.

– Non c'è fretta. Sedetevi – dice la ragazza indicando un divano a destra della porta.
– Che viene a dire, Irina? Cazzo se c'è fretta. Sbrigati, che se arriva qualcuno…
La ragazza si avvicina. Mette le braccia al collo a tutti e due e li bacia. Prima Sam, poi Zek. Li spinge dolcemente sul divano. Li guarda, dopo che si sono seduti.
Zek corruga la fronte, Sam stringe le labbra.
– Che fai? Dobbiamo filare – mormora Sam.
Irina sale a cavalcioni di Zek. – Il mio fratellone preferito – gli sussurra in un orecchio abbastanza forte perché senta anche Sam. Muove il bacino, sorride quando Zek reagisce come deve reagire.
– Sempre pronto, eh?
Gli fa una carezza e lo lascia per passare a suo fratello.
– Mi sei mancato tanto. Più di Zek – sussurra a mezza voce mordicchiando l'orecchio di Sam.
Stesso lavoro di bacino. Lo conoscono tutti e tre. Di solito finisce a meraviglia. Ma stavolta no. Sam si scosta quando lei cerca di baciarlo.
– Che hai, tesoro? Non mi vedi per un po' e qua sotto già non funziona più niente? Che ti succede?
– Diccelo tu. Che succede, Irina? – domanda serio fissandola negli occhi.
La rossa si alza, va verso la scrivania e svuota in un sorso il bicchiere mezzo pieno. I gemelli si guardano e la guardano. Non capiscono. Per motivi diversi. Zek non ci prova proprio e Sam non vuole capire.
Le cose non stanno andando come se le erano aspettate. Ma per niente per niente. È tutto strano. Parecchio strano.
Irina ha smesso di sorridere. Nel solito modo, almeno. Nessuno si azzarderebbe a chiamare sorriso quella specie di smorfia.
– Mi avete fatto vincere una scommessa, sapete? Almeno una l'avete imbroccata. Lo sapevo che sareste venuti a… diciamo a salvarmi – dice senza mollarli con gli occhi e avvicinandosi di nuovo.
– Che viene a…

– Idioti! – esplode Irina.
Molla un ceffone a Zek e uno a Sam. Schiaffi cattivi, non quelli che si sono tirati qualche volta per scherzo.
I gemelli sono troppo straniti per reagire.
– Idioti, incapaci, imbecilli. Voi e quel fallito del vostro amico Chick.
Irina va su e giù davanti al divano in preda a una furia incomprensibile.
– Chick? Che c'entra Chick? Tu non lo conosci, Chick – balbetta Zek.
– No che non lo conoscevo. Me ne avete parlato voi. Soprattutto tu, Zek. E Chick di qua, e Chick di là. È uno ganzo, ha un sacco di affari, roba grossa, un professionista, e mica lo freghi, a quello e bla e bla e bla. Dovevo immaginarlo che solo ai cretini piacciono i cretini.
– Irina... – esala Zek.
Sam non ha mai distolto gli occhi da lei. Quella cui raccontava tutto, più cose che a Zek. La sua ragazza. Lo *loro* ragazza. Si massaggia la guancia su cui ha ricevuto lo schiaffo. Serra gli occhi perché gli gira la testa.
– Piantala, fratello. Non capisci? – dice con voce atona.
Irina butta indietro la testa e ride.
Lui le rivolge uno sguardo spento. "Tu", modula a fior di labbra.
– Il genio c'è arrivato – esclama Irina battendo le mani a sfottò.
– Tu – ripete Sam. – Sei stata tu a chiedere a Chick di assoldarci per ammazzare il giudice Salis.
– Quel rompipalle. Era pericoloso. *È* pericoloso. Sarà sempre più pericoloso. E adesso sta in guardia, farlo fuori è diventato impossibile. Per colpa vostra. Ma dico io: che ci voleva, eh? Non me lo potevate fare questo favore? Bastava premere il grilletto. Un secondo e *pam*, quello era fuori dai piedi, gli affari al sicuro e voi con un sacco di grana. Che ci voleva, eh? Che cazzo ci voleva?
Irina non urla. Dice tutto a voce bassa e carica di rabbia, che fa quasi più paura così che se si mettesse a gridare.
– E allora pure il vecchio... – trasecola Zek.
– Ah, il vecchio Zampa. Quella è stata un'idea del vostro Chick.

Tanto per dire quanto era scemo. Avevate già fallito una volta, e quello vi mette in mezzo di nuovo. "Niente paura. Loro lo pestano, qualcuno di voi lo fa fuori, quei due nessuno li salva dall'ergastolo, c'ho pure il testimone a poco prezzo. Zek e Sam non ci capiranno niente e nessuno potrà risalire a voi. Un bel servizio chiavi in mano". Questo, diceva. Ma voi no. Nemmeno i capri espiatori sapete fare.

– Io non ci credo. Chick non ci faceva una cosa del genere – s'impunta Zek.

– Ah no? – sorride Irina. Sempre quel sorriso lì. Somiglia a quello che ha tirato fuori quando le hanno regalato i cinquecento euro.

Non era imbarazzata, rideva di noi e della nostra miseria di regalo, pensa amaro Sam. Continua a massaggiarsi la guancia. Non che faccia male. Quello che sta scoprendo fa più male di una sberla. Certe volte, capire non è un bell'affare.

– Ci hai fatto sparare addosso – sussurra Zek da un altro mondo.

– Solo per spaventarvi. Per mettervi al vostro posto. Se dovevate morire, eravate morti. Ma no, eh? Voi non sapete fare nemmeno questo. Tesori miei, siete stati proprio una delusione. Lo capite, vero?

Zek è in bambola, Sam vede un sacco di cose andare al posto giusto.

– Al campo sportivo... – sussurra.

Irina sembra divertirsi un mondo, come se tutto non fosse altro che uno scherzo geniale architettato dalla sua mente geniale.

– Oh, be'. Sapete, dovevo levarmi dalle scatole Ilya. Dopo un paio di giorni con i suoi ragazzi, Chick ha sputato fuori che voi sapevate qualcosa e Ilya non la piantava più di dire che eravate pericolosi. Quello è davvero snervante, a volte. – Inclina la testa da una parte con un sorriso malizioso. – E poi vi odia. Che vi è saltato in mente di fregargli gli anfibi?

Si alza, guarda il soffitto. Sospira. – Purtroppo mi è capitato un altro imbecille. Maledizione, sono circondata da imbecilli – ringhia con un accesso di rabbia improvviso.

Zek ha perso l'uso della parola. Succede, quando tutto va in frantumi. Sam lo sa. Sa quanto Irina significasse per suo fratello. Zek aveva puntato tutto su quella ragazza. Per separarsi da lui, per cambiare vita. Portarla via e diventare una coppia come le altre. Era questo che sognava da quando l'aveva incontrata. Ha paura, Sam. Di quello che può succedere a Zek. Più di quello che può succedere a lui. Zek ci credeva. Lui, in fondo, no, non ci ha mai creduto. Una colata di fango sul cuore. Torbido, pesante. Perché lo sa, Sam, che se Irina scopre le carte in quel modo loro non usciranno vivi dal Presque tout. Chissà perché non riesce a odiarla. Irina è quello che è, si dice. Ognuno è quello che è. Lui e Zek hanno pescato paglia corta.

– Insomma, l'hai ammazzato tu, Chick? – sospira.

Irina si stringe nelle spalle e non risponde. Raggiunge il mobile bar e riempie di nuovo il bicchiere da una bottiglia di vodka.

– Che importa chi è stato? Un incompetente di meno – dice bevendo in un colpo solo.

– Sei brava a fregare la gente. Quella donna, Felicité. Credeva che tu cercassi di salvarla.

Irina ride di gusto. – Gliel'avevo detto, a Ilya, che era una cazzata, al diavolo lui e quella mania della sicurezza. Quello non ci dorme se pensa che ci sia in giro qualcuno al corrente di cose che non deve sapere. Gliel'avevo detto che finché se la prendeva con voi andava bene, ma quella ci avrebbe portato guai. La gente si sbatte da pazzi per le ciccione fuori dal giro. Ha fatto di testa sua, e va bene. Ma una volta presa doveva ammazzarla subito. Però figuriamoci se Ilya il Perfetto mi ha dato retta. Gli sta bene. Se la merita, la galera. – Si volta verso di loro, gli occhi accesi da una luce febbrile. – E adesso cerchiamo di capire cosa posso fare con voi. Vediamo…

Fa l'errore di avvicinarsi, Irina.

Zek si alza di colpo, trascinandosi dietro il fratello. Raggiunge la ragazza, le mette le mani intorno al collo. Stringe.

Non vede niente, non sente niente. Non le unghie di Irina che gli artigliano le braccia, non i suoi occhi spalancati dallo stupore, non il fratello che urla e cerca di fermarlo.

Lui stringe, vuole solo stringere. Tutto il resto non c'è, e se c'è non importa.

– Zek!
Il pugno di Sam lo sente e non lo sente. Ne arriva un altro. Sono deboli, per via dell'angolazione. E perché Sam è un cacasotto.
– Zek, cazzo, basta!
Ma Zek non smette. Non vede gli occhi azzurri di Irina diventare sempre più grandi, la sua faccia cambiare colore e diventare rossa come i capelli, poi viola.
Stringe e non smette.
Finché non sente una cosa fredda sulla fronte.
Allenta la presa, allora. Piano. Mette a fuoco quello che ha davanti. Una donna. Rossa come Irina, però alta e coi capelli lisci e più corti.
La donna tira via la ragazza e si allontana, sempre tenendolo sotto tiro.
Irina barcolla, quasi cade. Raggiunge a tentoni la scrivania e si accascia. Aspira troppa aria, batte un pugno sul ripiano. Nel silenzio si sente solo il respiro che le raschia la gola. Tossisce, tira su col naso, tossisce ancora. Si solleva, piano. I capelli le coprono la faccia, la ammantano fino alla vita. La mano sul petto si alza e si abbassa al ritmo del respiro affannato.
Spalanca gli occhi rossi di sforzo e di lacrime su Zek. Uno sguardo d'inferno.
Sam si massaggia le nocche. La tizia alta si mette a imprecare in una lingua sconosciuta. Poi li guarda.
– Cosa credevate di fare? Seduti. Giù, ho detto. Se vi muovete, è l'ultima volta che lo fate – dice con un accento strano come quello di Terminator.
– Il tuo cane da guardia ti è venuto a chiamare? – La voce graffiata di Irina si fa strada fra un colpo di tosse e l'altro.
– Axel ha fatto bene. A quanto pare non ti posso perdere di vista un momento.
Si avvicina alla ragazza, le scosta i capelli dalla faccia. La prende per il mento e controlla il collo. Le fa una carezza. Poi scuote la testa e lancia un'occhiata fulminante a Zek.
– Sto bene – dice Irina.
– Lo vedo. Se non fossi arrivata io…

– Piantala di trattarmi come una ragazzina.
– Certo. Sei cresciuta. Vuol dire solo che fai disastri più grossi – dice la donna indicando Zek e Sam.
– Era una buona idea. L'ho fatto per gli affari.
– No, tu l'hai fatto perché sei stupida. Chi vuole qualcosa che non merita è stupido. Quante volte te l'ho detto? Qui dentro non conta chi sei, conta quello che fai. E di tre cose che hai voluto prendere in mano, quattro sono andate male. Ah, non ci posso pensare.
Irina è imbronciata e a braccia conserte, la virago non ha mai smesso di puntare l'arma contro Zek e Sam.
– E così, questi sarebbero i tuoi amanti speciali? Quelli che dovevano risolvere la situazione? – La donna si avvicina e squadra i gemelli con occhio impietoso. – I tuoi gusti sessuali non finiranno mai di stupirmi.
– Fatti i cazzi tuoi, mamma.
– Mamma? – saltano su Zek e Sam.
La donna ride, gettando indietro i capelli come fa Irina. – Vedo che mia figlia non vi ha detto niente. Sentiamo, che vi ha raccontato? Che l'ho abbandonata quando era una bambina? Che suo padre le metteva le mani addosso? Che fa la puttana?
– Noi l'abbiamo trovata su un marciapiede vestita come una zoccola, in effetti – dice Sam cercando di mettere nelle parole quanto più veleno può.
– Oh sì, certo. Deve essere stato quando si era messa in testa di controllare gli affari di persona. Axel l'ha riacchiappata per quei suoi splendidi capelli non so quante volte. Le hai contate, *dušenka*? Io no. A un certo punto ho perso il conto.
– Le ragazze ti facevano la cresta e nemmeno te ne accorgevi.
– E sei arrivata tu a sistemare tutto, no? Come con questi due. Guarda che pasticcio. E proprio stasera – si dispera la madre di Irina andando su e giù per la stanza.
– Perché, che c'è stasera?
La donna la fissa spazientita. – Se invece di bere e fumare ti guardassi intorno, te ne saresti accorta. C'è di tutto oggi in sala. L'onorevole e la stampa. Non un giornalista qualsiasi. *Quel* giornalista. Ha un bel fegato a presentarsi qui, con la faccia che non è

ancora guarita. Ha un bel fegato a mettersi a fare foto. Ce li vedi bene insieme, tu, l'onorevole e il giornalista?
Irina tace, l'espressione scocciata.
– Per di più c'è uno che sta troppo spesso qui e non mi convince – continua. – Mi sto scervellando per capire che diavolo succede e tenere tutto sotto controllo, e tu proprio stasera tiri dentro questi due.
– Non li ho chiamati io.
– Invece sì. Tu non calcoli mai le conseguenze delle tue azioni. Non è la prima volta, giusto?
Si dirige alla scrivania e solleva la cornetta del telefono d'epoca.
– Che fai? – chiede Irina mettendo la mano sulla forcella.
La madre sospira. – Chiamo Axel e i ragazzi. Questi due devono sparire. Sparire, ci siamo capite? Ma non qui. Ci mancherebbe altro.
Zek e Sam tacciono. Ascoltano tranquilli quella che sembra una condanna a morte. Zek la sente e non la sente, Sam se lo aspettava. Con il fratello in stato catatonico non riesce a studiare una via d'uscita. Non la vede proprio.
"Comunque vadano le cose..." le parole di Luz che salgono da chissà dove "guardatevi intorno, non siete soli".
Come no. Qui è pieno di gente e ci vogliono tutti bene, Luz. Stavolta hai cannato di brutto, pensa amaramente.
Sam guarda Irina e si domanda come abbia fatto, appena venti minuti prima, a trovarla tanto bella. Adesso è una piccola creatura crudele montata su tacchi troppo alti. Una piccola creatura crudele che tiene testa alla madre e non arretra di un passo.
– Lo farò io.
– Non ci pensare nemmeno.
– Andiamo! Ho cominciato io, finisco io. Me lo devi.
– Non ti devo niente e non mi fido di te. Togli quella mano dal telefono.
– Zek e Sam sono affare mio. Sono un *mio* problema. Ascolta: c'è la stampa, hai detto. Quel giornalista. È amico loro, lo sappiamo. Sicuramente gli avranno detto che sarebbero venuti a tirarmi fuori. O l'avrà capito. Pensaci: forse sa che la cosa è per stasera, per

questo sta qui. Vuole lo scoop. E noi gli diamo lo scoop. Se ci vede uscire insieme, penserà che ce l'abbiano fatta e lo freghiamo. Metterò su una bella scena. Li porto fuori da qui dalla porta principale. Poi Axel li carica in macchina e li porta dove gli pare. Allora? Che dici?
– Dico che usciranno dal retro con Axel e i ragazzi – risponde la donna togliendo bruscamente la mano di Irina dal telefono.
Chiama, dà un ordine, attacca. Mentre aspettano, madre e figlia si scambiano sguardi di ghiaccio e di fuoco, da fare il vapore.
Nel giro di pochi minuti, due colpi alla porta, tre persone che entrano. Uno è Axel, gli altri mai visti.
– Prendete quelli là e levatemeli di torno. Non voglio più sentir parlare di loro. Ci siamo capiti? Passate dal retro.
– Ehm…
Axel non esegue e struscia i piedi.
– Che c'è?
– Ho parlato con Alberto. È uscito a scaricare un po' di bottiglie un quarto d'ora fa. Dice che sul retro c'è qualcosa di strano.
– Strano? Che significa strano?
– Movimenti. Rumori. Un lampeggiante blu. Era fermo, non passava piano come le altre volte. Forse la solita pattuglia, ma…
La madre di Irina crolla su una sedia, le spalle accasciate, la mano con la pistola abbandonata sulla scrivania. Axel e i due scagnozzi aspettano.
– Te l'avevo detto che era meglio l'entrata principale – fa Irina.
La donna tace, sovrappensiero.
La ragazza si avvicina alla madre, le mette una mano sulla spalla.
– Bisogna fare come dico io, lo vedi? – dice dolcemente.
– E quei due ti seguiranno senza fiatare? Dopo che hanno saputo di te quello che hanno saputo?
– Ma guarda che bello strumento di persuasione. Me lo presti, vero? – sorride Irina sfilandole la pistola dalle mani.
La donna ha un moto di sorpresa. Guarda sua figlia e guarda l'arma.
Non si capisce se Irina gliela stia puntando addosso. Potrebbe essere e potrebbe non essere. Forse è un caso che la pistola miri

dritto al suo cuore. Si scrutano a lungo. Dicono molte cose senza pronunciare una parola. Irina ha quel sorriso nuovo, quello velenoso. Sua madre ha la mascella rigida e lo sguardo come ghiaccio secco. Axel e gli scagnozzi non ci capiscono niente e restano immobili in attesa di ordini.

– Axel, vai con lei. Gli altri ai monitor, pronti a intervenire. Adesso vi raggiungo.

– Non lo voglio, Axel.

– Axel viene con te.

Burlesque

La sala del Presque tout è immersa nella penombra. Le luci sono concentrate sulla pedana, solo il bancone del bar è rimasto illuminato. Il popolo della lap-dance sembra ammassato tutto lì, e il barman ha parecchio da fare. Adesso è affiancato da un ragazzotto che cerca di comportarsi come Tom Cruise in *Cocktail* e ogni tanto ci riesce. Dall'alto del palco, soffocato dai velluti rossi, scende un calice da Martini alto tre metri che occupa tutta la scena. Una coppa triangolare con un'asta trasparente che ha due olive verdi infilzate alle estremità.

Qualcuno applaude.

– Guardate il cielo, ragazzi. Guardate il cielo – dice a voce alta Tom Cruise.

Deve avere la fissa del cinema, pensa Bob Carrezza. Osserva scettico la messa in scena e sbuffa. Il senso di aspettativa che aleggia nella sala lo delude. Lui sa benissimo quello che sta per succedere.

– Con il conto che mi porteranno, potrebbero permettersi almeno qualcosa di originale – sussurra a Diana.

– Che vuol dire?

– Che ho già visto la scena. In tv. Un angelo bruno coi capelli anni Quaranta scenderà dall'alto dei cieli e farà cose impensabili in una coppa da Martini. Ma andiamo! Spero che paghino i diritti a quella che se l'è inventata, questa storia.

– Ah, ecco. Il conto. È per quello che stai diventando acido? – lo stuzzica Diana.

Bob tiene d'occhio la situazione, soprattutto quella faccia da

commissariato. Il ragazzo è rimasto ai tavoli della lap a parlare col cellulare, mentre tutti sono andati altrove. Male.
Deve essere un pivello, pensa Bob.
Dopo la faccenda della fotografia, la donna che dirige il Presque tout non si è più vista più in giro. Non si vede nemmeno Irina, e Bob sta cominciando a pensare che la sua fortuna giornalistica sia finita con il colpaccio del politico puttaniere. Quella amorosa chissà. Diana pare ben disposta, ma anche lei sembra lì per un altro motivo.
– Se l'ispettore non ti ha detto niente, come ci sei arrivata qui? – le chiede.
– Ho sbirciato sulla sua scrivania mentre faceva il brain storming con quel sedano lesso di Fortuzzi.
Ah. Fortuzzi, quindi. È così che deve chiamarsi il ragazzo. Diana non l'ha ancora visto.
A un certo punto le luci sul palco diventano blu e la sala è invasa dalle note d'attacco di *Blue Velvet.*
Una copia conforme di Dita von Teese, almeno da lontano, cala dalla graticcia, agganciata a un cavo per la schiena. La ragazza si libera del gancio con una certa grazia e si adagia nel calice di plexiglas abbracciando la cannuccia fra applausi esagerati.
Gli occhi di tutti sono puntati sulle sue contorsioni.
Va bene, pensa Bob. *È comunque un bel vedere.*
Si rilassa. Mette un braccio sulle spalle di Diana. Lei lascia fare e gli sorride. Dopo la serata, anche la notte di Bob sembra mettersi per il verso giusto.

La ragazza nella coppa di Martini sta lanciando in sala il primo indumento che si è tolta, una reticella dorata dalla quale ha liberato i capelli. Calamita gli sguardi. Tutti si chiedono chi sarà il fortunato a ricevere il dono e stanno lì affascinati, immobili.
Per questo Fortuzzi nota subito il movimento a sinistra della pedana. Registra il fatto che Diana ha drizzato la schiena. Ha visto pure lei. E anche Bob Carrezza. Il giornalista ha tolto il braccio dalle spalle della sua collega e sta a bocca aperta a guardare dove guarda lui.

A sinistra del palco sono comparsi Zek e Sam.
Cercano di farsi strada fra la folla assiepata davanti al bancone del bar. Sono bloccati. Fendere una calca di maschi in tempesta ormonale non deve essere facile.
Dalla sua angolazione, Fortuzzi intravede Irina, dietro di loro. Poi la testa del tipo roccioso che poco prima ha discusso con lei. Aggrotta la fronte.
Si sposta con cautela su una panca più vicina al tavolo di Diana, attento a rimanere fuori dal campo visivo della collega. Da lì c'è una visuale migliore. E magari sentirà qualcosa che lo tranquillizzi sul perché quella testa matta sia lì. Qualcosa che gli eviti di informare la Fantini.
Cautela inutile, si rende conto. Potrebbe anche dare una pacca sulla spalla, a Diana, e lei non ci farebbe caso. Sta rigida e impalata, lo sguardo fisso sul gruppo che cerca di avanzare e non ci riesce.
– La vedi? La ragazza coi capelli rossi, intendo – la sente dire a Bob.
– E così l'hanno fatto – ridacchia lui. – Sono venuti a prendersi la loro Irina.
Diana non risponde. Guarda meglio, poi scuote la testa. – No – dice. – No, c'è qualcosa che non va.
Fortuzzi continua ad ascoltare.
– No – ripete Diana. – È tutto sbagliato.
– Che c'è?
– Se devi portare qualcuno al sicuro, lo metti davanti a te. Se si è in due, lo metti in mezzo. Insomma, lo proteggi. Non te lo lasci dietro – risponde lei senza togliere gli occhi dalla scena.
Il gruppo riesce ad avanzare di poco. Ora si vede meglio. La luce del bancone illumina la faccia di Irina, concentrata e dura. Il braccio destro, su cui è buttato un soprabito, è teso in maniera innaturale ed è appoggiato contro la schiena di Zek.
– Dannazione. Dannazione, no! È lei che porta via loro – esclama Diana. – È armata.
La ragazza nel bicchiere lancia la reticella a un uomo alla sua sinistra e la sala delira.

Mentre Fortuzzi si alza a metà, Diana Camponeschi estrae qualcosa dalla borsetta e si alza del tutto.
– Fermi – urla. – Polizia!

Stringendo in mano una pistola, Diana abbandona il tavolo e si dirige verso Zek e Sam. Bob non è riuscito a fermarla. Sente la voce di Fortuzzi che urla – Diana, no! – e lo vede correre dietro alla collega.
L'istinto gli dà l'allerta con i soliti peli che si drizzano sulla nuca. Sta per succedere qualcosa. Bob prende il cellulare. Si guarda intorno, il dito pronto sul pulsante di scatto. È sicuro che nessuno gli dirà di non fare foto.
Il tipo massiccio che chiude la sfilata di Zek, Sam e Irina gli sembra allarmato. Fa un passo indietro per guadagnare margine di manovra e cerca di tirare fuori qualcosa dalla cintura.
Indietreggiando, inciampa nella base dello stativo con i fari. Finisce col sedere per terra. Lo stativo dondola, ma non cade, la ragazza nel calice di Martini lancia uno sguardo preoccupato alle luci di scena, ma sorride di più e continua ad accarezzarsi un guanto.
Bob la ignora e punta lo zoom sulle facce di Zek e Sam: guardano perplessi la tipa coi capelli neri sparati e il vestito rosso che va verso di loro con una rivoltella. Poi sussultano come se qualcuno gli avesse puntato qualcosa di duro alla schiena.
Diana ha ragione, la squinzietta li ha in pugno, pensa il giornalista. È sempre stato così. La sua mezza idea sul contatto di Chick con il crimine organizzato diventa un'idea intera.
Intanto Diana discute con Fortuzzi, che l'ha raggiunta.
Un'occhiata all'energumeno sul palco, che è riuscito a tirare fuori un cannone e si sta rialzando, ma il piede resta impigliato nei cavi elettrici. Per liberarlo strattona lo stativo, che stavolta non ce la fa a restare su. S'inclina lentamente e crolla sul palco, colpendolo su una spalla e mancando il calice di un soffio. La pistola vola dietro la base della coppa. Dita von Teese caccia un urletto, poi sorride ancora e abbraccia sensuale la cannuccia con le olive. La gente è perplessa, ma applaude per il coraggio della ragazza,

incline a perdonare l'incidente. Qualcuno ride e pensa che tutto faccia parte dello spettacolo.
Anche Bob ride fra sé. Se non ci fosse dietro quello che c'è, sembrerebbe una comica *slapstick*. Imposta il cellulare da foto a videocamera.
Riprende Irina che si guarda intorno nervosa, mentre la massa di gente davanti al bancone non si muove di un centimetro.
Diana è ormai vicina, Zek e Sam sembrano riconoscerla, a giudicare dalla sorpresa che si disegna sulle loro facce. Bob coglie anche un'occhiata d'intesa fra i gemelli.
Che diavolo stanno...?
I due piegano le ginocchia, si caricano Irina sulle spalle, l'afferrano e la scaraventano in mezzo alla sala con un ruggito di soddisfazione.
– Sì! – esplodono alzando quattro pugni al cielo.
Sì, fa eco il giornalista suo malgrado.
Irina vola, urla e atterra su un tavolo a tre quarti della zona ristorante. I commensali che si sono visti arrivare la ragazza nel piatto si alzano di colpo e decidono che è meglio andarsene. Nel volo, Irina ha perso la pistola. Bob vede con sollievo che l'ha raccolta quel Fortuzzi.
Filma tutto. Una voce gli dice che un gentiluomo cercherebbe di recuperare Diana, ma forse è meglio che non si metta in mezzo, o potrebbe peggiorare la situazione.
C'è un collega con lei, si rassicura mentre controlla il livello della batteria del cellulare e fa una smorfia.
Intorno a lui, qualcuno forse comincia a pensare che qualcosa non vada. Gli incravattati ai tavoli si guardano intorno preoccupati, qualcuno si alza a mezzo, qualche donna agguanta la borsetta. La massa di ragazzi davanti al bar si agita, il barman più anziano si è defilato, quello giovane si sta divertendo un mondo.
Deve sembrargli meglio che in un film, pensa Bob mentre si rassegna a scattare foto, o il cellulare lo abbandonerà.
L'uomo sul palco è a quattro zampe, vede, a cercare la pistola.
Bob si sente riconfortato dal fatto che Fortuzzi stia discutendo con Diana. Staranno sicuramente prendendo i loro accordi da po-

liziotti. Difatti lei va verso il tavolo dove è atterrata Irina, ma la ragazza non c'è più. Si scambia un gesto con il collega.
Lui va a bloccare la porta, caso mai la ragazza avesse in mente di squagliarsela da lì, forse. Diana continua a cercare nel locale. Bob segue il suo sguardo, ma Irina non si vede da nessuna parte. Molte persone raccolgono le proprie cose e cercano di guadagnare l'uscita, forse ci sono in giro troppe sputafuoco per i loro gusti. I buttafuori entrano per scoprire cosa stia succedendo e incrociano Fortuzzi con una pistola in mano.
Cazzo, pensa Bob, *vuoi vedere che...*
Difatti. Senza starci a pensare, uno dei gorilla molla un pugno al ragazzo, gli altri due lo stendono e tutti e quattro ingaggiano una mischia fra i piedi della gente, che finisce per ingorgare l'ingresso.
Qualche militare in libera uscita corre per dare una mano, anche se è difficile che sappia a chi. I suoi commilitoni lo seguono. Altri ragazzi, davanti al bancone, devono ritenerla una ficata e si buttano nel mucchio, magari per solidarietà generazionale. Un tipo sfortunato se la prende con Zek e Sam. I due lo stendono con una doppietta e cominciano a farsi strada a suon di pugni, una macchina da cazzotti.
Bob si trova a disposizione più materiale di quanto abbia sognato, non sa a chi dare i resti.
Alza il cellulare e scatta qualche foto a Tom Cruise, che ci tiene a dare il suo contributo. Il ragazzo schiva qualche colpo vagante e ogni tanto spacca una bottiglia di qualcosa in testa a quelli che gli stanno antipatici, con la faccia beata.
Nel giro di un minuto la situazione prende fuoco. Non si capisce più chi pesta, chi fugge, chi cerca.
I clienti dei tavoli tentano di guadagnare l'ingresso a gomitate e colpi di borsetta, ma la porta è ormai irraggiungibile. Alcuni di loro cercano un angolo dove ripararsi, parecchi si beccano un pugno gratis. Qualcuno si difende e scappa, qualcuno lo restituisce. Una donna si è sfilata le scarpe e ci dà giù di tacco 12. La rissa diventa democratica e interclassista.
Bob è stato travolto e schiacciato contro la parete di fondo. Da lì

non vede più niente. Fortuzzi gli passa accanto con gli abiti strappati e un labbro spaccato.
– Ha visto quella pazza di Diana?
– No.
Il ragazzo sgomita via.
A Bob sembra di intravvedere Irina verso il fondo della sala, a destra, poi la direttrice del locale. Ma sono flash che durano una frazione di secondo e non è sicuro di niente. Approfitta per scattare foto alla cieca col braccio in alto.
Dov'è finita Diana, maledizione?
Deve trovare una postazione migliore. Arma i gomiti come il pivello e si fa largo tra la folla. Raggiunge la pedana della lapdance, si issa afferrandosi al palo. Per un momento pensa a quello che direbbe Crisafulli, a vederlo in quella posizione. Ride, scaccia il pensiero e riprende a scattare.
Dita von Teese comincia ad avere qualche problema. I rumori della rissa coprono la musica e la coreografia è andata in malora. L'uomo sul palco ha recuperato la pistola e spara un colpo in aria, ma nessuno ci fa caso, tranne la ragazza nel bicchiere. Urla e impreca verso il basso. Ha smesso di fare l'eroina del burlesque e guarda di sotto spaventata, le mani aggrappate al bordo della coppa.
La rissa non ha più confini. La gente si azzuffa fra i tavoli, davanti al bar, davanti alla porta.
Tre tipi ben vestiti se le danno di santa ragione proprio sotto il palco. Ci salgono sopra. Uno viene steso da un pugno e urta lo stelo del calice da Martini.
La coppa tentenna, s'inclina, descrive un arco nell'aria e rovina a terra.
Dita von Teese, con un urlo in sovracuto, sorvola in piume e strass le masse in lotta, e cade in braccio a un tizio dalla faccia ebete. Bob la immortala in aria, uno scatto che gli pagheranno parecchio.
Un sacco di gente comincia a entrare nel locale. Dalla porta principale, dalla porta di servizio.
Divise blu.

Molte voci urlano – Fermi, polizia! – ma in parecchi là dentro questa l'hanno già sentita e non sembrano farci caso; altri non sentono niente, impegnati a darle, a prenderle o a cercare una via di fuga.
Gli agenti si gettano nella mischia, cercando di venire a capo della situazione.
Dalla sua posizione privilegiata Bob scatta e cerca Diana, scatta e vede la Fantini, scatta e vede Castillo che si sbraccia. Scatta e riprende Zek e Sam che si fanno il vuoto intorno a forza di pugni tirati come Cristo comanda.
Scatto: la direttrice del locale mentre cerca di raggiungere il palco, ma qualcuno la spintona e lei sparisce di nuovo.
Scatto: Dita von Teese e l'uomo che l'ha salvata dalla caduta mentre si stringono in un angolo.
Scatto: Fortuzzi che sta cercando di raggiungere il palco pure lui. Ha in mano una pistola e spara in aria.
Un barbaglio rosso.
Cazzo! Diana!
Ha abbastanza materiale per tre articoli, decide. È ora di andarla a prendere per trascinarla fuori di lì. Cerca un modo di scendere. Sotto di lui, corpi avvinghiati, teste, pugni vaganti, calci in libertà. Scruta in ogni direzione per trovare un centimetro libero dove mettere un piede e non lo trova. Quando torna con gli occhi al punto in cui ha visto Diana, la ragazza non c'è più.
Un altro sparo, chissà dove. Fortuzzi è scomparso. La donna alta coi capelli rossi avanza.
Poi Bob trova Irina.
È salita sul palco e cerca di togliere il cannone dalle mani del cristone che era con lei. La sua faccia è una maschera di rabbia. L'uomo prova a contenerla senza farle male, tenendo in alto la pistola.
Irina ricorre a un classico. Tira un calcione fra le gambe dell'energumeno. Quello si piega e perde il controllo. Irina s'impadronisce della pistola.
Si piazza a gambe larghe sul palco. Molla un altro calcio a uno che le è arrivato troppo vicino, cerca qualcosa in sala.
Intrappolato sul tavolo della lap, Bob scatta, scatta, scatta.

Un'onda di divise blu converge verso il palco, ma s'infrange su tavoli, sedie, stoviglie rotte e corpi avvinghiati.
Irina non sembra accorgersene.
Continua a scrutare la massa di gente che urla e stronfia. Pare che cerchi qualcuno.
Lo trova.
Bob segue il suo sguardo. È quello di una belva che ha finalmente afferrato la preda. Una preda che lui conosce bene, perché gli occhi di Irina sono puntati su Zek e Sam.
Il cellulare fissa in digitale due labbra ritratte in un sorriso crudele.
Poi, finalmente, Bob vede Diana.
La ragazza è salita su un tavolo di fronte al palco e impugna la sua pistola a due mani, puntandola su Irina.
– Ferma, polizia! Getta quell'arma! – urla.
Irina volta lentamente la testa verso di lei, il cannone sempre puntato sui gemelli.
– Gettala!
Irina sposta l'arma su Diana, il sorriso che si allarga fino a diventare un ghigno. Si passa la lingua sulle labbra e aggiusta l'indice sul grilletto.
Un urlo: – *Niet! Irina, niet!*
Bob adesso la vede bene, la direttrice del locale. La vede mentre alza una pistola. Capisce dove sta mirando.
– Diana! Giù! Sta' giù! – urla con tutto il fiato che ha in corpo.
Due colpi.
Contemporanei.
Sembrano uno solo.
Silenzio.
La massa di gente si ferma.
Tace.
Arretra dalla zona del palco. Sembra un grosso animale che ansima dopo una corsa.
Solo la direttrice del Presque tout resta dov'è.
Immobile.
Fa cadere le braccia, fa cadere la pistola.

Sul palco, una ragazza dai capelli rossi in abito nero ha una stella al centro della fronte. Davanti al palco, una ragazza dai capelli neri in abito rosso ha gli occhi sgranati e una mano sul cuore. Crollano insieme.

L'ufficio illuminato dal neon rosa è pieno di gente, ma in confronto alla tempesta di corpi, cocci, vetri rotti e urla della sala da cui proviene sembra una chiesa vuota. Lo stacco fra il frastuono e il silenzio le ottunde i sensi.

Respira. Non farlo vedere a nessuno, ma respira, s'impone Miriam Fantini. *Tempo. Mi serve solo un po' di tempo. Qualche minuto.*

L'assassina di Diana Camponeschi è lì, controllata a vista da un agente che non conosce. L'ispettore prende posto di fronte a lei su una poltrona scomoda e congeda il collega.

Intorno, più agenti di quanti ne abbia mai visti insieme lavorano in silenzio. Rovistano nei cassetti, aprono schedari, smontano pc, cercano tutti i documenti possibili per passare al pettine fitto la Delice Concord Inc.

Crede. Suppone.

La telefonata di Fortuzzi l'ha sorpresa a casa, mentre metteva a letto i figli. Lei ha chiamato subito il vice questore, che non si è lamentato nemmeno dell'ora. Il suo superiore ha autorizzato l'irruzione, comunicato che ci sarebbero stati rinforzi e supporto, blaterato qualcosa su un'interforze coordinata dalla Procura e le ha attaccato il telefono in faccia. L'ispettore ha avuto l'impressione che fosse più pronto di lei e non le è piaciuto per niente.

Tempo. Solo qualche minuto.

Un'ambulanza ha portato via Adamo Fortuzzi. Quella donna, quella che adesso è seduta sul divano del suo ufficio con lo sguardo cieco di una statua, gli ha preso l'arma e sparato a una coscia mancando di un pelo l'arteria femorale, o sarebbe morto dissanguato anche lui in un batter d'occhio.

Diana è in viaggio verso l'obitorio, invece. Insieme a Irina.

Nemmeno cinquant'anni in due. Non ci pensare. Respira.

Nicola Castillo è andato via con i gemelli e il giornalista.
Lei è rimasta con Balduzzi, che è sulla porta e sussurra al cellulare.
L'ispettore ha intercettato qualche parola su una fase due, in corso da qualche altra parte. Anche su quello dovrebbe informarsi.
Il vice questore non mi ha detto tutto. Quell'idiota.
Continua a fissare la donna che ha di fronte.
Světlana Martello, nata Chytradze, ricorda dal rapporto di Castillo. Sposata a un certo Giulio Martello. Madre di Irina. O meglio: vedova di Giulio Martello, scomparso in circostanze oscure quindici anni prima, e da un'ora vedova di… orfana di…
Non le viene la parola per quelli che perdono i figli. Forse perché non esiste.
La donna non ha emesso un fiato. Dopo aver sparato è diventata di pietra. Non ha opposto resistenza.
Lei deve interrogarla. Dovrà chiederle di Irina. Anche. Soprattutto.
Qualcuno le ha fatto portare un bicchiere d'acqua che lei non ha bevuto.
La Chytradze se ne sta lì, immobile e vuota. Artiglia i cuscini del divano con un movimento compulsivo. Stringe e allenta. Stringe, allenta e non parla.
L'assassina di Diana.
Diana non doveva essere qui. Dovevo parlarci. Non l'ho saputa controllare.
La madre di una ragazza che è morta.
Chi è? Una madre? Un'assassina? Come devo comportarmi, con lei? Quanto tempo mi serve per capirlo?
La donna è sotto shock, le sembra evidente. Ci sarebbe un'assistenza post traumatica per le vittime, però non vale per chi ha appena ucciso un'agente di polizia. Nemmeno se l'ha fatto per evitare che quell'agente sparasse alla propria figlia.
Miriam Fantini si scuote. Sposta la poltrona e la piazza davanti a Světlana.
– Se la sente di rispondere a qualche domanda? – le chiede finalmente.

La donna volta la testa verso di lei, ma lo sguardo la trapassa come se non esistesse.
L'assassina di Diana. La madre di una ragazza morta.
– Lei ha figli? – domanda di punto in bianco Světlana al muro di fronte.
– Sì. Tre.
– Tre. Tre è difficile. Io ho sbagliato anche con una.
Le frasi escono strozzate.
– Beva quell'acqua, le farà bene.
– Acqua – risponde lei con una smorfia.
– D'accordo. Ha qualcosa di forte, qui?
La donna indica con lo sguardo un mobile alle spalle dell'ispettore. Un ripiano con alcuni bicchieri e qualche bottiglia. Miriam Fantini si alza.
Balduzzi è sempre sulla porta, attaccato al cellulare.
Gli agenti continuano a frugare, scartabellare, impacchettare.
Il ripiano dei liquori è a un metro dalla poltrona da cui si è appena alzata, a un metro e mezzo dal divano. Miriam Fantini si dirige lì, senza perdere di vista Světlana, scacciando le parole che le ha buttato in faccia quel giornalista.
Miriam Fantini ha tutto sotto controllo.
Non c'è assolutamente niente che non veda e non capisca in una frazione di secondo.
"Ho urlato. Mi sono precipitata verso di lei. Era a un metro e mezzo, maledizione!" ripeterà molte volte. "Un metro e mezzo. Una distanza ridicola."
Světlana Martello infila la mano destra sotto un cuscino del divano.
– Ferma! No!
All'urlo della Fantini, gli agenti alzano la testa, Balduzzi si volta, mentre Světlana Martello toglie la sicura a una pistola di piccolo calibro e si tira un colpo in bocca.

Dopo i fatti del Presque tout

"Non è stata una normale rissa da movida quella che si è scatenata ieri sera al Presque tout."
Mentre aspetta davanti al CTO, Roberto Carrezza rilegge l'articolo che ha inviato alle prime luci dell'alba successiva agli eventi che si sono svolti nel locale di burlesque.
A distanza di qualche giorno, Bob si maledice per quell'articolo. L'aveva buttato giù di fretta e di furia fra la deposizione al commissariato, le discussioni per salvare qualche foto dalle grinfie del vice ispettore Castillo, i continui appelli al diritto di cronaca, le litigate con un Crisafulli furioso tirato giù dal letto. E tutto stando sempre appresso ai gemelli per sapere cosa fosse successo nel retro del locale, prima che ne uscissero con la pistola di Irina puntata alla schiena. I due avevano raccontato i fatti con voce smorta, ancora sotto botta per quello che avevano scoperto sulla ragazza per cui si erano buttati allo sbaraglio due volte in meno di una settimana.
Ha scritto nonostante tutto. Nonostante Diana. Non era potuto salire sul furgone mortuario con lei. Forse non avrebbe potuto farlo comunque, ma la Fantini l'aveva cacciato in malo modo, dopo che lui le aveva detto a brutto muso che con Diana si era sbagliata alla grande. Lo doveva, all'agente Camponeschi. Almeno quello.
L'immagine del tubino rosso come le labbra e dei capelli sparati ad arte è un basso continuo. È stata dietro a ogni pensiero, da quella notte. Bob sa che l'ossessionerà per molto tempo a venire, insieme a quelle maledette domande: avrebbe potuto evitarlo? Avrebbe potuto fare di più che starsene avvinghiato a un palo

della lap-dance a scattare foto come un Robert Capa da due soldi? Certo che avrebbe potuto. Avrebbe dovuto portare via Diana da lì, all'inizio di tutto, quando ancora era possibile raggiungerla. Ma non lo ha fatto. Troppo impegnato a registrare dettagli e a scattare foto, a documentare gli eventi per chi non c'era. Ha fatto il suo mestiere. E mentre lei era all'obitorio, si è messo a scrivere quel dannato articolo.

Ha la nausea, da quella sera.

Ipocrita.

Perché, anche buttato giù con la nausea, nel suo pezzo c'è tutto quello che ci deve essere. Magari poco approfondito, ma c'è. Caso mai qualcuno avesse voglia di fregargli il colpaccio. I puntelli giusti per il dossier che sta completando sono tutti lì. Ci ha messo il cappello, come si dice.

Ipocrita di merda.

Continua a leggere.

"L'operazione di polizia ha avuto uno sviluppo parallelo: mentre al Presque tout si svolgevano i fatti che hanno portato alla morte di Irina Martello, di Diana Camponeschi e al ferimento di un altro agente di polizia, Adamo Fortuzzi, le forze del primo Commissariato Centro hanno fatto irruzione in una palazzina di Monteverde Vecchio e fermato l'onorevole Piergiorgio Costante, sorpreso in compagnia di una ragazza minorenne, che pare lavorasse nel locale come escort."

La notizia serpeggiava al commissariato. Bob ha messo insieme quello che ha visto al Presque tout, le mezze frasi degli agenti e ha fatto un altro di quei salti nel buio che gli permettono di bruciare i colleghi sul tempo.

Anche se, su questo, con Crisafulli è arrivato ai ferri corti. Il direttore non ne voleva sapere. Diceva che bisognava andarci cauti. Alla fine Bob l'ha messo all'angolo con una panzana: altri colleghi erano sul posto – *tanto che ne sa, quel leccapiedi?* – e poi la notizia sarebbe uscita comunque: tagliare quel pezzo avrebbe significato solo fare un regalo alla concorrenza. Niente di vero, ma Crisafulli se ne sarebbe accorto tardi o per niente.

Due giorni dopo, quello ha avuto nientemeno il coraggio di rin-

facciargli che, comunque, la notizia del suicidio di Svĕtlana Martello in mezzo a una frotta di agenti l'aveva bucata.
"Non si può mica stare dappertutto": la replica laconica di Bob.
Appallottola l'articolo e lo butta sul sedile di dietro. Controlla l'orologio. Alza gli occhi e la vede. Felicité Dubois sta uscendo dall'ospedale con una borsa di tela. È immobile sulla soglia e guarda davanti a sé, anche se sembra non vedere niente.
Bob le va incontro, si ferma a due metri di distanza. Fa un passo verso di lei solo quando la donna abbozza un saluto.
– Ti accompagno dove vuoi – le dice.
Felicité accetta, sale in macchina. Tace per tutto il percorso verso casa.
– So che te lo sei chiesto – dice la donna davanti al suo portone in via del Serafico. – Che ci faceva una come me con uno come Riccardo.
Bob si stringe nelle spalle.
– Aveva gli occhi buoni. Uno sguardo dolce. Lui era come era, però con me si comportava bene. Un brav'uomo. Gentile. Prima o poi si sarebbe deciso a lasciar perdere gli affari sporchi.
Bob guarda fuori dal finestrino senza rispondere. Cosa dire? Che la sindrome della crocerossina non porta mai al lieto fine? Che nessuno cambia nessuno?
Felicité tormenta il mazzo di chiavi recuperato dalla polizia.
– Che farai? – le chiede Bob.
– Non lo so. Forse vendo tutto e ricomincio da un'altra parte. Forse torno al mio paese. Non lo so.
– Il tuo paese è lontano.
– *Lontano* certe volte è una bella parola.
– Sì.
Restano un po' di tempo a guardare il traffico.
– E tu? – chiede Felicité.
– Io cosa?
– Hai una faccia strana. Diversa.
– Diversa sì. Sono successe un po' di cose. Ho una gran voglia di andare lontano anch'io. Lontano da Crisafulli. Lontano da me sarebbe perfetto.

***

Nicola Castillo sbatte la bottiglia d'acqua sul comodino accanto al letto di Adamo Fortuzzi, in mezzo ad altre quattro bottiglie uguali.

Il ragazzo fa una smorfia.

– Mi avete preso tutti per un cammello.

– Bere ti fa bene. Tanto c'hai il catetere – lo sfotte Castillo mentre si siede.

Fortuzzi si morde la lingua e ingoia la rispostaccia. Nick gli vede stampata in fronte la prima regola del pivello: vacci cauto coi superiori, ché se ti allarghi ti rimettono al posto tuo.

Dalle lenzuola spunta la copertina del libro di barzellette firmato da un calciatore famoso.

– Chi te l'ha portato, quello?

– L'ispettore Fantini.

– Ah, è venuta?

– Venuta e rivenuta. La prima volta per sentirsi raccontare tutto. Poi per portarmi da leggere e farsi ripetere tutto daccapo, lo sa com'è fatta. Ha detto che torna.

Castillo ride. Se lui è Nick Badile, l'ispettore è Miriam Daccapo. Prima o poi, qualcuno le affibbierà il soprannome.

– Vice…

– Nick. Chiamami pure Nick. Te lo sei guadagnato.

Fortuzzi diventa rosso di soddisfazione. – Nick, ecco… non è strana, l'ispettore?

– Strana?

– Ha una faccia…

Ragazzo sveglio. Miriam Fantini ha ragione.

– Sta passando un brutto quarto d'ora. Pessimo.

– Per via di Diana?

Castillo ci pensa su. Dopotutto, in quella faccenda il commissariato non se l'è cavata male. Hanno trovato il bandolo della matassa per la faccenda Zampa e per Chick Lanzetta, hanno arrestato cinque cattivi e due si sono levati dalle scatole da soli. L'incidente di Fortuzzi fa parte del gioco, il ragazzo potrà fare l'eroe per un po'. Ma la faccenda di Diana rovina tutto il gusto.

– No, non è per Diana. La Fantini non si darà mai pace, ma la Camponeschi era lì di testa sua, fuori dall'orario di servizio. Nessuno ci ha potuto fare niente. È per via di quella Martello, la madre di Irina. Qualcuno, in Procura, contava su quello che avrebbe potuto dire per smantellare una certa organizzazione. Indagini dei piani alti, insomma. La donna era un pezzo grosso della combriccola, ed è riuscita a spararsi in bocca davanti a un'ispettore di polizia e in mezzo a non so quanti colleghi. Checché ne dica la Fantini, secondo me non c'entrava la morte della figlia. Era a conoscenza di troppe cose. Era carne morta e lo sapeva. Al vice questore non gliene frega un cazzo del perché e del percome, era fuori dalla grazia di Dio, le urla si sentivano per tutto il quadrante sud. Non so se prenderanno qualche provvedimento.
E per come la conosco, Miriam Fantini si punirà da sola, pensa Nick.
– Mica giusto. L'ispettore è… voglio dire, a me sembra una forte. È che certe volte non puoi fare niente – ringhia Fortuzzi con l'impotenza del pivello. – Anche io non sono riuscito a fare niente per Diana.
– Non ti tormentare, Diana Camponeschi ha fatto una cazzata.
– L'ha pagata troppo però, cazzo. Scusi. Scusa.
– Vai tranquillo – ride Nick – la Fantini non c'è.
– Dovevo fermarla. Ci ho provato.
– Diana era una testa calda. Nessuno di noi se ne è accorto.
– Ma che cavolo le è saltato in testa, dico io, di passare informazioni alla stampa quando l'hanno appena assegnata a…
– No.
– Come no? Stava lì con quel giornalista.
– A cui, pare, non aveva passato niente di rilevante. Informazioni su una donna che in quel momento non era coinvolta in nessuna indagine, quella Dubois; l'intestatario di un numero di targa, anche quello ancora fuori da tutto. Non ha divulgato proprio niente. O almeno, non l'aveva ancora fatto. Carrezza ha pensato bene di sbatterglielo in faccia, alla Fantini. Proprio quella notte.
– Ecco perché sembra che abbia addosso dieci anni di più. Si è sbagliata. Pure io, veramente, ho pensato male. Magari se…

– Con i *se* non ci facciamo niente, Fortu'. È andata così. Hai ragione: certe volte non puoi fare niente.
– Avete parlato con i parenti?
– Sì, l'ha fatto lei. La Fantini.
– Cavolo.
I due guardano fuori dalla finestra. Castillo legge il rovello sulla faccia di Fortuzzi. Il ragazzo è ancora di pasta tenera, se lo chiederà per un pezzo se avrebbe potuto fare qualcosa.
Castillo invece si domanda quale diavoleria del caso abbia congegnato le cose in modo che tutti, quella sera, si trovassero al Presque tout, nemmeno si fossero dati appuntamento. Quale perfido scherzo della sorte abbia fatto precipitare la miscela esplosiva.
– Quei cinque? – chiede Fortuzzi. – Sempre muti?
Castillo ghigna. – Ilya Mirasvili è stato trovato sgozzato con un cucchiaio affilato a mano. Nelle docce. Gli altri quattro se la sono fatta sotto e hanno chiesto protezione in cambio di collaborazione.
– Bene.
– Bene un corno. Non sanno un accidente. Gregari.
– Ma questo vuol dire che...
– ... che quelli hanno la mano lunga, e che non li abbiamo presi tutti. Ma per un po' staranno buoni. Forse. Magari la vedova Zampa farà in tempo a sparire.
– Ah, la vedova.
– Sono andato da lei, ieri. Le ho detto che abbiamo trovato i mandanti dell'omicidio di suo marito, e che qualcuno di loro ha anche avuto la buona idea di schiattare.
– Come l'ha presa?
– Così. Venderà lo stesso. Brutti ricordi, dice.
Castillo si alza, va a spalancare la finestra. Ha proprio un debole per le finestre. Chissà, magari farà richiesta per ottenere un ufficio che ne abbia una.
– E i Ciullà?
Nick storce la bocca. – Mogi mogi. Il fatto che si siano lasciati incantare da una vipera come Irina Martello li ha messi a terra. Dovresti vederli. Due micetti bagnati. Soprattutto Zek.
– Però, se siamo arrivati da qualche parte è perché lì ci hanno

portato loro. Insomma, hanno collaborato. Hanno pure rischiato di rimetterci la pelle.
– Come no. Gli eroici Ezechiele e Samuele Ciullà. Bah. Liscia non la passano mica. Pestare i vecchietti innocenti come Amilcare Zampa non è precisamente roba da eroi. Ma qualcuno terrà conto della collaborazione. Che sfiga, una volta che li potevo sbattere dentro per un pezzo – conclude Castillo dando un pugno sul muro.
Con la coda dell'occhio Nick si accorge che Fortuzzi lo guarda scettico e soffoca un risolino.
Così, adesso lo pensano anche i pivelli. Il fatto che lui, in qualche modo, sia incline a proteggere i Ciullà. A modo suo.
Ci mancherebbe altro. Quelli mica si raddrizzano. Hanno addosso la strada. Quella che c'ho addosso pure io, alla faccia della divisa e degli avanzamenti di carriera.
Castillo si blocca per un secondo a considerare quello che gli è appena venuto in mente. Dà un altro pugno al muro.
Ma che cazzo vado a pensare, sembro la Fantini.
Si congeda da Fortuzzi in preda all'irritazione.
Ha da fare. Deve occuparsi di Francesco Zebino, detto Zebbo. Una bella imputazione per intralcio e falsa testimonianza. È ora che si goda la parte divertente del lavoro.

Zek e Sam sono sul ring.
Minny Morelli li guarda perplesso, non li riconosce nemmeno. In un altro momento li avrebbe strapazzati a sangue.
"Ehi, ragazzine" avrebbe urlato, "se vi dovete pomiciare quelli che avete davanti andate sotto i ponti." O qualcosa di simile.
Ma sa che sono successe delle cose. L'ha sentito ai tg, e in via eccezionale ha letto pure qualche quotidiano. I gemelli non hanno detto niente. Si sono presentati verso sera e hanno attaccato a boxare da schifo. Minny non ha chiesto, come al solito. Se avessero voluto parlare, lo avrebbero fatto e lui li avrebbe ascoltati. Come sempre.
Zek è quello più moscio. Da Sam ogni tanto c'è da aspettarselo, ma da Zek no.

Juanito e Li, per cui battersi con i pugili migliori della palestra è una vincita alla lotteria, assestano colpi poco convinti e ogni tanto si scambiano occhiate piene di dubbio.
– Embe'? Che stiamo a fare lì? – sbotta Minny dopo mezz'ora di quella manfrina. – Liberatemi quel ring, forza, che mi sta venendo il latte alle ginocchia!
I gemelli si avviano agli spogliatoi a testa bassa e senza dire una parola. Juanito e Li si avvicinano a Minny.
– Deve essere perché è morta quella tipa – li giustifica Juanito.
– Che tipa? – chiede evasivo Minny.
– La ragazza di Zek e Sam.
– Avevano una ragazza?
– Sì. Stava in un brutto giro.
– E tu che ne sai, Juan?
Juanito si morde la lingua. – Niente, coach. Chiacchiere.
Mentre si avviano al sacco incrociano Doc Marino. Il dottore approfitta per esaminare al volo il sopracciglio di Juanito.
– Tranquillo, Doc. Sei riuscito a ricucirlo senza rovinare il suo bel faccino – lo accoglie l'allenatore.
– Minny.
– Vittorio.
– Dove sono?
– Alle docce. Per quello che serve. Non hanno tirato fuori una goccia di sudore, stasera.
– È ora di chiudere la faccenda. Hai saputo?
– Sì. Grosso guaio. Grosso.
– Devono decidere. Io non ci sto più, rischio di fare una minchiata. Un'altra.
– Vacci piano, stanno proprio giù.
– Prescriverò loro un antidepressivo.

Fuori dal centro storico il Tevere abbassa le penne. Non è più il padre di Roma. Il nastro d'acqua carico di storia, che infila un'immagine da cartolina via l'altra, ognuna diversa a ogni ansa e a ogni ponte. È un fiume comune. Largo non più di tanto, lento, sporco. Nella sera tiepida di maggio, è un fiume di campagna come tanti.

In piedi sull'argine, Zek, Sam e Doc Marino guardano le acque torbide che hanno appena inghiottito un coltellaccio insanguinato e un proiettile calibro 9. Li hanno gettati al centro della corrente, dove l'acqua è più profonda.

– Magari era meglio quando il fiume era gonfio di pioggia – rompe il silenzio Sam.

– Anche se dovesse venire fuori, sarà un coltello come un altro. L'acqua cancella tutto – risponde Doc. – Dovevate farlo subito.

– Ci abbiamo provato e ci è andata di merda, va bene? Scusa tanto. Ti abbiamo già chiesto scusa, no? – scatta Zek.

Doc ghigna. Altro che depressi. Zek è il solito istrice, e va bene così. Vittorio Marino si sente sollevato. Coltello e pallottola pesavano tre etti scarsi, ma sulle sue giornate hanno gravato come macigni. Gli ha fatto bene parlare con Zek e Sam. Raccontare quello che è successo trent'anni prima. La sua visita di un quarto d'ora a un posto di polizia che è costata quattro vite. L'ha fatto per convincerli a prendere una decisione, che tanto ormai la storia è chiara: non devono più convincere nessuno e quella robaccia servirebbe solo a inguaiare parecchie persone che hanno agito a fin di bene. E loro hanno vuotato il sacco, gli hanno detto tutto. Tutto quello che sono riusciti a capire, almeno.

Se Vittorio Marino si sente meglio, i gemelli, a giudicare dalle facce, no.

– Chissà se abbiamo fatto la cosa giusta – dice fra sé Sam.

– Ve lo chiederete per un po'. Non vi farà male, una piccola crisi di coscienza. Aiuta a crescere.

– Macché crisi di coscienza, Doc, cazzo dici? Sam vuole significare se è giusta per noi.

– Resta sempre il fatto che quelle erano prove. Occultamento di prove, ha detto il giudice Salis.

– Prove che incastravano noi, Sam. Questo te lo scordi sempre. E poi ormai ho detto a quello là che il coltello l'abbiamo buttato nel fiume. Così, in fondo, niente balle davanti a un giudice. Poi dice che sono scemo.

Sam si raddrizza di colpo. – Tu l'hai detto apposta. Non ti è scappato, quel giorno. L'hai detto apposta.

– Certe volte mi pari Bob. Quello pensa sempre che sono un cretino. Un… com'è che dice?
– Tourettico.
– Ma guarda, non ci avevo pensato – esclama Doc. – Credevo che fossi solo un delinquentello maleducato.
– La mamma ci ha educato benissimo.
Sì, certo. La mamma vi ha educato benissimo. E magari ha anche deciso che andavate bene così, non sia mai interferire col disegno divino, pensa Doc Marino rabbioso.
Defunta o no, da quando ha appreso da Minny che Rita Ciullà aveva preferito quattro chiacchiere mistiche alla scienza medica, le invia regolari maledizioni.
Sam interrompe il battibecco fra suo fratello e il dottore, le mani in tasca e l'aria pensierosa.
– Secondo te cos'è peggio, Doc? – chiede. – Occultamento di prove o falsa testimonianza?
– Vi mettete sempre in situazioni simpatiche, voi due. Non lo so. Chiedetelo al vostro amico giudice.
– Quello meno lo vediamo, meglio è – fa lapidario Zek.
– Andiamo, vi riporto a casa.
Durante il viaggio in macchina restano tutti muti.
– Su con la vita, ragazzi. È andata come è andata, ma è finita, no? – li congeda Doc.
– No. Nick dice che per noi non è finita per niente.

Due passi nella città dei morti

È una giornata quasi estiva a salutare Diana Camponeschi.
A Primaporta l'hanno seguita i colleghi e la famiglia. Tutti sudano nelle divise o negli abiti da cerimonia troppo pesanti.
Bob si tiene appartato.
Individua padre e madre della ragazza dalle facce terree. Con loro c'è una donna sui trenta che somiglia a Diana, forse una sorella. Qualche parente sparso si annoia con discrezione.
C'è Miriam Fantini, vicino a loro, e anche Castillo, con la faccia di circostanza che non gli viene bene. Fortuzzi non si vede, deve essere ancora in ospedale.
Sono presenti anche Zek e Sam, impegnati a rintuzzare gli sguardi di quelli che si stanno scocciando. Bob ce li ha trascinati a calci.
Quando il breve corteo entra per assistere alla collocazione della bara, il giornalista resta fuori. Non gli piacciono i funerali. Non tanto per quello che significano, quanto per come vengono officiati. Mancano di sentimento. Gli piacerebbe che qualcuno spendesse una parola davanti a una fossa, che un amico gettasse la prima manata di terra. Che qualcun altro ci buttasse un fiore speciale, o un oggetto qualsiasi che avesse significato qualcosa nella vita del defunto.
Invece s'infila una cassa in un muro, accanto a mille altre casse uguali. Tutto freddo, senz'anima. Più che l'ultimo addio, sembra l'archiviazione di una pratica scaduta.
Bob si allontana a testa bassa con le mani in tasca. Raggiunge un'altra figura che si è tenuta distante. L'ha intravista qua e là,

durante le fasi della cerimonia. È appoggiata a un edificio simile a quello che ha inghiottito Diana e il suo corteo funebre.
– La scorta? – chiede Bob senza preamboli.
Il PM Salis si stringe nelle spalle e indica una direzione imprecisata, fuori di lì. Finalmente ha indossato un abito chiaro che va d'accordo con la stagione. – È soddisfatto? – gli chiede.
– Per niente.
– Costante è in galera.
– Vista l'età, arriveranno i domiciliari. Se la caverà. Tutti quelli come lui se la cavano.
Il PM è di umore appropriato a un cimitero. – Come arrestare Al Capone per evasione fiscale. È un classico, no? – sbotta.
– L'hanno sorpreso con le mutande calate insieme a una ragazzina di quindici anni, si beccherà un'accusa per efebofilia e prostituzione minorile. È una brutta faccenda.
– Bruttissima. Pensi che meraviglia se ci avessi potuto aggiungere associazione a delinquere di stampo mafioso.
– E riciclaggio di denaro sporco. E mandante dell'omicidio Zampa, e…
– Chiacchiere, dottor Carrezza.
Il procuratore si scosta dal muro, infila le mani in tasca come Bob e si avvia verso l'uscita a capo chino.
Il giornalista lo segue. – Conosce meglio di me il dossier che ho raccolto. Mi sembrava d'accordo. Perché dice che sono chiacchiere?
– Perché le ipotesi sono una cosa, le prove un'altra. A Costante possiamo attribuire solo frequentazioni discutibili. Quel locale dove è stato visto molte volte, e le ragazzine che portava a via Poerio. Per il resto sta in una botte di ferro. Sono morti tutti, Carrezza. Riccardo Lanzetta, Světlana Chytradze-Martello e sua figlia. Il loro braccio destro, quel Mirasvili, l'hanno tolto di mezzo in prigione e quelli che abbiamo preso al Presque tout sono solo gente di mano. Sono rimasti quei due malnati dei gemelli Ciullà e la bassa manovalanza, soggetti che non sanno un accidente. Appena le acque si calmeranno, Costante potrà riprendere i suoi traffici da dove li ha lasciati. Sarà solo più prudente.

– La società? Quella che gestiva il Presque tout? Non è attraverso quella che riciclavano?
– La Delice Concord? No. Pulita anche quella.
Bob fa una smorfia. Ci contava su una bella società loffia da smantellare.
– Quelli sono un passo avanti, Carrezza. O siamo noi a essere un passo indietro. I capitali della Delice sono a posto. Rispettabili investitori che hanno messo i loro soldi in una catena di locali alla moda, e si spartiscono i dividendi maturati con attività che non piacciono a tutti, ma sono legittime. Poi li reinvestono in altri campi remunerativi e meno discutibili, come un centro commerciale, per esempio. O nella finanza. Niente da fare.
Bob contempla le macerie della sua bella costruzione immaginaria. Eppure non ci crede di essersi sbagliato così tanto. – Lascerà perdere, allora. È finita così.
– Nemmeno per sogno.
Il PM Antimo Salis prende a calci un sasso che gli intralcia la strada. In quel momento, a Bob sembra un ragazzino.
– Che vuol dire?
Il magistrato si ferma. Toglie gli occhiali da sole e lo fissa. Ed è di nuovo un uomo con la sua età.
– I soldi sono puliti perché li lavano altrove. Fuori da questo paese. In zone dove il riciclaggio di denaro è un crimine comparabile... che so, a un furtarello al supermercato? Aree senza controllo e senza pace. Ci vorrà quello che ci vorrà, ma è lì che bisognerà cercare.
Il giornalista guarda Salis e si chiede come mai finalmente si stia sbottonando. Ci pensa, ci ripensa e capisce. Si mette a ridere. Riprende a camminare verso il cancello, che è ancora lontanissimo. Il cimitero di Primaporta è sconfinato, una vera città di morti senza neanche la patina decadente del Verano, che lenisce i lutti con qualcosa che si avvicina alla bellezza.
– Sì, ci vorrà un sacco di tempo – dice.
– E c'è il rischio che sia un'altra fatica di Sisifo. Togli di mezzo qualcuno e qualcun altro lo rimpiazza. Smantelli una struttura e ne viene fuori una nuova. Gliel'ho già detto: la macchina non si

ferma. A volte mi sembra che venirne a capo sia un sogno insensato.
Bob non sa che dire. Capita che anche i migliori si arrendano. Che si stufino di inseguire chimere.
– Allora si fermerà lei? – azzarda.
Salis lo guarda in tralice. – Non ci penso nemmeno. Io vado avanti, anche se mi trasferiscono per incompatibilità ambientale o qualcosa del genere, come probabilmente succederà. Faccende come l'operazione Presque tout si pagano. Nemmeno lei deve fermarsi, Carrezza.
– Come comanda, signor procuratore.
Bob accenna un saluto militare e Antimo Salis scoppia a ridere.
– Lei non è mai contento. Si lamenta se non le dico niente e una volta che lo faccio si sente usato.
– Ho torto?
– No.
– Per questo è venuto al funerale di Diana?
– Era un'agente di polizia. Assegnata a uno dei commissariati che ho coordinato per quell'operazione sfortunata. Un vero disastro, non crede? Un'ecatombe, per essere esatti.
Bob cerca di ricostruire il percorso delle informazioni, quella sera maledetta. Lui che invia la foto di Costante a Salis, Fortuzzi che deve aver parlato col commissariato, Salis che coordina un'interforze ed è a conoscenza di tutto. Dopo un po' gli gira la testa. *Forse c'è stata una falla nel coordinamento,* riflette. *O forse le cose dovevano andare così e basta.*
– E poi sapeva che mi avrebbe trovato qui.
– E poi sapevo che l'avrei trovata qui.
Bob sogghigna. Stavolta è lui a prendere a calci un sasso. Lo manda davanti ai piedi del procuratore. Che però non raccoglie e lo scosta lanciandogli un'occhiataccia.
– Okay. Ho esagerato – ammette Bob.
– Ho visto anche i Ciullà.
– Li ho informati che Diana ci ha lasciato la pelle per salvarla a loro. In mezzo a quel casino, non ero sicuro che l'avessero capito.

– La conoscevano?
– No. L’hanno vista una volta sola. Ha steso un verbale. Ha soltanto steso un verbale, maledizione.
A Bob torna in mente la foto. Quella col politico che bacia la ragazzina, dove si vede un po’ anche l’agente Camponeschi. Una bella ragazza che stava ridendo. Che si era messa elegante e si era truccata bene. E che era lì con lui, con quello sciupafemmine di Roberto Carrezza, l’intrepido giornalista a caccia di una talpa in polizia e magari di una bella scopata.
– Lasci perdere. Non è stata colpa sua – dice Salis.
– È già la seconda volta in poco tempo che mi dicono che non è colpa mia se una donna viene ammazzata o quasi – taglia corto Bob. – Può fare qualcosa per i gemelli? – cambia discorso.
– I Ciullà? Che diamine dovrei fare per i Ciullà?
Bob ricorda tutte quelle domande strane che il PM ha rivolto a Zek e Sam. Sulla notte del 30 marzo, sulla pioggia e sui cassonetti. Ha pensato che Salis fosse un po’ fuori fase, quel giorno.
– Perché ha chiesto a Zek e Sam di Cacasotto e Coglione?
– Ero curioso.
Bob sospira. Fiato sprecato. Prima o poi riuscirà a rassegnarsi al fatto che non si può capire tutto.
– Insomma, quei due ci sono dentro per sbaglio, in tutta questa storia. E hanno dato anche una mano a risolverla, mi pare.
– Hanno aggredito un povero vecchio. L’hanno messo a verbale, letto e sottoscritto. E io comincio a sentirmi solidale con la categoria.
Bob ride. “Povero vecchio” non è una definizione che si attaglia al PM Salis.
– Sì, però...
– E poi c’è l’occultamento di prove. Quel coltello che dicono di aver buttato nel fiume.
– Ma l’hanno detto durante un colloquio informale. Signor procuratore, quel coltello potrebbe essere una fantasia. Non lo troverete mai e non ce n’è traccia nei verbali.
– Carrezza, cosa vuole da me? C’è l’obbligo di perseguire il reato o no?

– Hanno collaborato a risolvere almeno una parte del caso. Questo potrebbe controbilanciare, non crede? Sono sicuro che troverà qualcosa.

– Se lo scordi.

Antimo Salis diventa di nuovo cupo. A Bob sembra che ce l'abbia con i gemelli più di quanto non lo meritino. D'accordo, ne hanno combinate parecchie ma, per quanto ne sa, sempre nei limiti del crimine minore. Perché un magistrato che ha a che fare con i pezzi da novanta ce l'ha tanto con due nullità come Zek e Sam? Continua a pensare che ci sia qualcosa che gli manca. Qualcosa che riguarda loro tre: i fratelli Ciullà e il magistrato. Ma anche se fosse, Salis parlerà se e quando ne avrà voglia o convenienza. E se i fratelloni hanno tenuto la bocca chiusa sull'argomento, certo non la apriranno adesso. Sempre che un argomento ci sia.

Salis interrompe le sue riflessioni. – Perché ci tiene tanto a quei due criminali? – chiede piccato.

– E perché lei li detesta tanto? C'è qualcosa che dovrei…

– Pubblichi il suo dossier, Carrezza. Può fare più lei con quello di quanto al momento non possa fare io.

Bob sospira. – Mi mancano troppi elementi.

– Avrà quello che le serve.

Il PM si congeda con un gesto di spalle e si avvia verso Carmine e Antonio.

Ciliegie

Ai primi giorni di giugno il sole picchia come a Ferragosto.
A Zek e Sam piace l'estate, ma la casa è diventata un forno e loro non hanno voglia di cuocere.
Aspettano che faccia più fresco per andare alla Vigor, perdendo tempo sotto al sesto ponte. Là circola un po' d'aria, un filo più fresca di quella fuori.
Stanno seduti in terra con le spalle appoggiate al cemento, un braccio a proteggere i borsoni, davanti a una fila di cassonetti.
E che cavolo, sempre cassonetti, pensa Sam mentre osserva il fratello.
Dalla notte del Presque tout non hanno più parlato di Irina. Zek non ha proprio parlato per un sacco di giorni. Ha attraversato le trafile del commissariato – i verbali, le imputazioni, le scadenze, le decisioni degli altri sulla loro vita – sempre muto e accigliato, come se non si accorgesse di niente e di niente gli importasse. Nemmeno gli ha dato del cacasotto, nelle mille occasioni in cui lui ha cercato di salvare la situazione. Sam ha dovuto farsi carico di tutto.
Fortuna che è andata bene. Fortuna che il giudice Salis non l'hanno ammazzato, così si è potuto inventare quella storia della pena alternativa. Fortuna che Zek si sta riprendendo. Magari ci ha ragionato. Forse, prima o poi, gli dimostrerà un po' di gratitudine per il peso che si è assunto per entrambi.
Solo da qualche giorno va meglio. Suo fratello sembra tornato quello di prima, o quasi.
Adesso ha su le cuffiette. Però non segue la musica a scatti come al solito, che gli fa venire i tremori.

Dondola la testa a occhi chiusi e muove la mano come se scacciasse le mosche.
Incuriosito, Sam gli frega un auricolare e ascolta. Violini.
– Che roba è? – chiede.
Zek lo guarda storto, si riprende l'auricolare e lo ficca di nuovo nell'orecchio. – Shhh. È Mozart.
– Mozart?
– Sì, quello delle palle di cioccolata – scimmiotta Zek. – Luz m'ha scaricato una cosa dark. *Requiem.* Spacca, cazzo. Più dei Muse.
Zek ci sta andando in fissa, con Luz. Da quando ha ripreso a parlare, non fa che ripetere: "Ce l'aveva detto, che non eravamo soli, come lo sapeva eh? Vuoi vedere che la madre di Juanito c'ha visto giusto?"
"Vuoi vedere che ti si è fuso un pezzo di cervello?" gli risponde lui.
Sam lascia Zek alla sua estasi musicale nuova nuova. Tira fuori dal borsone un sacchetto di ciliegie ancora fresche di frigo. Allunga una gamba e recupera un barattolo sporco di pomodoro caduto giù dal cassonetto. Lavorando di piedi lo piazza alla distanza giusta e si sistema contro il muro. Comincia a mangiare le ciliegie e a sputare i noccioli nel barattolo. Lo manca tre volte.
Zek affonda la mano nella busta, prende una ciliegia, sputa, fa centro e ghigna.
Tempo un minuto e addio Mozart.
– Senti un po' – fa Sam masticando una ciliegia.
Zek sputa un nocciolo e centra il barattolo. – Che c'è?
– Ma davvero tu vorresti fare quell'operazione del cavolo? Quella che dice Doc. Andartene per conto tuo, insomma.
Liscio di Sam.
Zek non risponde.
– Voglio dire, anche senza… cioè, senza Irina?
Ecco, l'ha detto. Da quella notte al Presque tout "Irina" è diventata una parolaccia. Una cosa che non si può dire. Sam si aspetta una delle solite reazioni rabbiose.
Ma Zek non si arrabbia. Fa liscio tre volte prima di rispondere.
– Le ragazze ti bruciano il cervello – afferma, meditabondo.

– A volte.
Per qualche minuto, solo noccioli e barattolo. Sam pareggia.
– Mica mi hai risposto. Lo vuoi fare? Perché Doc dice che…
– Non abbiamo organi vitali in comune, lo so.
Centro. Centro. Centro. Di Zek.
– Secondo te non sarebbe bella una vita come tutti? – continua. – Di quelle che ci vediamo solo se ci gira?
Liscio. Centro. Centro. Di Sam.
– Che è, "una vita come tutti"?
– Boh.
Centro. Centro. Centro. Liscio. Centro.
– Zek, te non li leggi mai i giornali. C'è un sacco di gente che schiatta perché sta da sola. Certi danno fuori di matto. Specie adesso, d'estate. Mettiamola così: a noi una cosa del genere non ci capita.
Centro.
– Magari capita che t'ammazzo io perché m'hai rotto le palle.
Centro.
– Magari ci provi.
Centro di Zek. Centro di Sam. Pareggio.
Passano un paio di tizi vecchi che biasimano con lo sguardo. Quando sono di spalle, Zek alza il dito medio.
Poi transitano due tizi sui quaranta. Zek e Sam li conoscono. Clienti per l'erba. I due si avvicinano speranzosi, i gemelli fanno cenno di filare con la mano di taglio.
– Cazzo. Un sacco di affari sfumati – si rammarica Zek.
Il sacchetto è quasi vuoto, Sam deve rimontare. Conta le ciliegie per vedere se ce la fa.
– Stiamo senza lavoro, Sam. Ci dobbiamo trovare qualcuno al posto di Chick. Magari meglio, eh? Ché quello ci ha fottuto come nessuno mai. Qualcuno che ci dà un lavoretto ogni tanto, di cui ci possiamo fidare.
– Un lavoro ce l'avremmo.
Centro di Sam.
– Se per te va bene lavare i piatti da Abbe.
– Abbe c'ha la lavastoviglie. Vuole solo una mano.
– Ecco, una. Le nostre sono quattro, e già ci ha fregato.

Sam infila tre centri di seguito, pareggia con l'ultima ciliegia che ha rubato al fratello e appallottola la busta. La lancia verso il cassonetto, ma lo manca.

È perché Zek mi manda in bestia.

Passa una tizia niente male che sculetta dentro una mini.

Zek e Sam ne approfittano per alzarsi e avviarsi dietro di lei, tanto va in direzione della Vigor.

– Sai, una cosa te la devo proprio dire, fratello. Te sei un ingrato. Mica lo so se lo fai apposta. Ci hanno aiutato tutti: Abbe e Luz, Bob, Juanito e la madre di Juanito. Doc. Pure quello stronzo di Badile mi sa che ci ha aiutato, e pure la sbirra. Ci è andata di lusso. A come eravamo messi un mese fa, potevamo stare al gabbio perché abbiamo pestato quel vecchio e per la faccenda del giudice Salis.

– Balle. Per quello sono tutti morti: Chick, Irina, sua madre e gli scagnozzi. La Beretta sta nel fiume e noi muti come pesci. Non ci possono fare una ceppa, per il giudice. Niente prove.

– Secondo me ci potevano fare eccome. Bastava che ci mettevano sotto e che tu ne tiravi fuori una delle tue.

– Perché io sono scemo, no? Cacasotto.

– Coglione.

Per un po' tacciono sotto il sole. Zek segue con le mani il su e giù delle natiche della ragazza davanti a loro. La tipa svolta in una traversa e Zek la segue con gli occhi e un sospiro accorato. Sam lo guarda storto. Mica per la ragazza. Quella piace anche a lui. Ma possibile che con suo fratello diventino difficili anche le cose semplici come l'acqua fresca?

– Io dico che c'abbiamo un culo mai visto! – sbotta. – Ci hanno dato solo il pestaggio del vecchio, e manco da scontare in galera. Lezioni di boxe ai mocciosi dell'orfanatrofio. Ti diverti pure tu, coi mocciosi, ti ho visto. E aiutare Minny alla Vigor, che è una vita che ce lo chiede. E Abbe che ci dà un lavoro.

Zek sbuffa e alza gli occhi al cielo. – E Nick Badile che ci controlla pure i peli del culo. Com'è che oggi ancora non si è visto?

– Sarà il caldo.

Arrivano alla Vigor. Di fronte alla palestra, Abbe è sulla porta in mezzo ai gelsomini in fiore che profumano forte. Ha gli occhi

chiusi e non li vede passare. Luz è alla finestra e soffia un bacio a tutti e due.
– Io dico che magari ci piace – insiste Sam. – Cavolo. Magari ci piace.
– Se ti piace pulire i cessi.
– No, ma...
Sam tace, ingrugnato. Lui ci vorrebbe provare. Ci vorrebbe maledettamente provare. Guarda il fratello di sottecchi. Ha la fronte aggrottata. Almeno ci sta pensando. Ci mette un sacco a pensare, Zek.
– Aiutare Minny va bene, almeno la smette di rompere – concede alla fine. – Però i cessi li facciamo pulire a Juanito.
– Ma Minny non...
– Non c'è bisogno che Minny lo viene a sapere.
Sam ride. – Sicuro. Juanito fa tutto quello che gli chiedi. Perciò ci parli tu.
– Glielo chiediamo insieme.
– No, glielo chiedi tu.
– Cacasotto.
– Coglione.

In palestra, Sam tira Zek verso Minny, prima che cambi idea.
L'allenatore li ascolta e nasconde la soddisfazione dietro un sarcastico: – Era ora, filate a cambiarvi, cominciate subito.
Sulla soglia degli spogliatoi, i gemelli vengono travolti proprio da Juanito. Zek prova a prendere la palla al balzo, ma quello va di fretta.
– Ehi, aspetta un momento.
– Dopo, Zek. Arriva mio cugino Josè, vado a prenderlo all'aereoporto. Tre giorni di *fiesta* e poi riparto con lui.
– Come, riparti? E per quanto?
– Boh. Ci venite alla *fiesta*, eh? Me lo dici lì quello che mi vuoi dire.
Zek e Sam lo guardano dileguarsi fra i quadrati.
– Cazzo – fa Zek.
– Merda.
– L'hai detto, fratello. L'hai proprio detto.

Il cielo sopra la città

Una coltre spessa di ovatta sporca cancella l'azzurro del cielo, soffocando il mondo sotto un bianco corrotto che annulla ogni sfumatura di tramonto, a ovest. Non s'è mai visto un tramonto così a fine giugno.
Un cielo vuoto, anche gli uccelli hanno disertato. Solo un allocco si ostina in ampi giri, quasi invisibile, bianco nel bianco.
La gente guarda in alto e lancia insulti a quel colore malato. Gli dà la colpa dell'afa, del sudore, del traffico, delle tasse, della moglie che se n'è andata, degli uomini che ti piantano, della vita bastarda.
Tranne quelli a cui la sorte, anche in un giorno così, ha servito una mano buona.
Come Roberto Carrezza. Il giornalista incassa l'assegno del settimanale che gli ha appena comprato il dossier sul vecchio mulino, il centro commerciale e gli eventi del Presque tout, con nomi, cognomi e tutto, e bussa da Crisafulli per dirgli che deve trovarsi un altro cronista di nera. Ha intenzione di impiegarci pochissimo – *quanto ci vorrà per un vaffanculo veloce?* – perché poi deve accompagnare Felicité all'aereoporto. Un taglio netto, ha deciso la donna. Da quando l'ha fatto si è sentita meglio, gli ha confidato.
Bob ha scelto di fare la stessa cosa, e anche lui si sente meglio. L'euforia che lo assaliva ogni volta che annusava una storia, e che non provava più da troppo tempo, gli ha restituito un'energia da ventenne. Ha messo in valigia gli appunti che gli ha dato Antimo Salis; in tasca ha un biglietto aereo di sola andata per Timişoara e il numero di un contatto che gli troverà un passaggio discreto

per la Transnistria. Al suo ritorno, avrà un sacco di cose da raccontare ad Antimo Salis e l'esclusiva per un altro dossier. La terra gli brucia sotto i piedi, e non è colpa del caldo. Del caldo non gli importa niente, non lo sente nemmeno. Sa solo che è un buon giorno per ricominciare.

Immersa nella luce lattescente che filtra dalle finestre, Agnese Zampa ha la mano sul telefono e non si decide a chiamare il vice ispettore Castillo per invitarlo a cena. Le è sembrato gentile. Le è parso che gli importasse davvero di quello che le capitava. Si sorride nello specchio che non ha ancora imballato. È troppo giovane per lei, quel Castillo. Ma, in fondo, vuole solo dirgli grazie.
Prende fiato e forma il numero della stazione di polizia.

Doc Marino suda anche lui, ma il clima non c'entra. Chiedere favori l'ha sempre mandato in cimbali. Ha già scaricato la metà del turpiloquio che conosce su Zek e Sam. Agguanta il telefono e chiama il suo collega, chirurgo di grido. Sì, lo so, hai ragione. Quei due coglionazzi non si decidono. Certo, capisco. Grazie comunque e scusa di nuovo, non ti disturbo più. Poi s'impegna a indirizzare ai gemelli il resto delle male parole che sa. C'è il caso che ne inventi pure qualcuna nuova.

Minny Morelli e Abbe fanno rapporto a Nick Castillo. Zek e Sam rigano dritto, per ora. Sì, certo, chissà quanto dura. No, non hanno ancora accettato il lavoro da Abbe, ma lo faranno. Ci pensa Luz. Luz se li è presi a cuore, soprattutto Zek. Dice che con quei due non bisogna avere fretta, che hanno solo bisogno di tempo. Sì, sì, i cessi li puliscono. Eccome se li puliscono. Anche col caldo che si schiatta e la puzza alle stelle.

Miriam Fantini firma una proposta di encomio per Adamo Fortuzzi e poi mette uno scarabocchio nervoso sotto una richiesta di aspettativa. Forse deve fermarsi un momento. Forse tre figli l'aiuteranno a recuperare la prospettiva. A digerire tutta la faccenda.

Per Diana, e anche per Světlana Martello. La sua agente e la donna che l'ha ammazzata. Ha sbagliato con tutte e due. Nonostante gli urlacci di qualche settimana prima, il vice questore aggiunto protesterà, ma lei ha intenzione di insistere. Gli raccomanderà di passare temporaneamente il suo ufficio al vice ispettore Nicola Castillo. Finalmente avrà la sua finestra, almeno per un po'. Così si godrà la vista sull'asfalto bollente per tutta l'estate.

Mentre la gente suda, il traffico impazza e l'asfalto si squaglia, un PM con i capelli troppo lunghi per il suo ruolo esce da una porta di servizio del Palazzo di Giustizia.
Scruta il cielo, in cerca di un riflesso sull'ala di un aereo, magari quello su cui deve essere appena salito un certo giornalista con i suoi appunti in tasca. Ma la cappa di afa non consente di vedere alcunché. Solo un piccolo rapace in picchiata, bianco nel bianco, come un pezzo di cielo in grado di volare.
Buon lavoro, Carrezza.
Antimo Salis sorride, scuote la testa e riporta lo sguardo sulla punta delle scarpe.
Raggiunge Carmine e Antonio nella berlina accostata a una fila di cassonetti e salta in aria con loro, verso il cielo arroventato.

Ringraziamenti

A chi ha visto nascere questa storia, a chi ne ha seguito lo sviluppo, a chi ci ha creduto: grazie.

Grazie ai miei primi lettori – Patrizia La Fonte, Maria Teresa Pindilli, Gianni Romani, Maria Ortensi, Ruben Viola, Fausto Scatoli, Laura Garavello – per i suggerimenti e le osservazioni, ma anche per non aver mai smesso di fare il tifo per Zek e Sam.

A Massimo Meli, siciliano che conosce Roma meglio di tutti i romani messi insieme e che ha speso alcune giornate torride di giugno per accompagnarmi in giro a cercare i luoghi giusti per l'avventura.

A Luigi Ciampoli, che mi ha spiegato come funzionano le Procure e se ho capito male è solo colpa mia; a Zsolt Talos, impagabile guida del Laurentino 38, e ai suoi abitanti, che hanno risposto con disponibilità e gentilezza alle mie domande scomode.

Ah. Non cercate la Vigor, il bar di Abbe, il commissariato di Laurentino 38, il Presque tout, il Ronde Point ed Ermete al Velabro. Se Roma è Roma, i luoghi in cui si svolge l'azione, come i personaggi e i fatti, sono frutto della mia fantasia. Ogni somiglianza con persone, luoghi e fatti reali è del tutto casuale.

Un grazie particolare a Saper Scrivere e a Diego Di Dio, che mi ha consigliato come può fare un editor in gamba (e un agente) che ti lavora a fianco.

E infine, grazie a una casa editrice che tiene presente le regole del giallo e del noir, ma dà spazio anche a chi quelle regole le interpreta in modo diverso. Insomma, grazie Todaro.

Impronte

- Alessandro Cannevale, *Vecchi errori*
- Riccardo Parigi – Massimo Sozzi, *Il caso Appiani*
- AA.VV., *Delitti sotto l'albero*
- Mino Milani, *Tradimenti*
- AA.VV., *Capodanno Nero*
- Roberto Valentini, *Impasto perfetto*
- AA.VV., *Epifania di Sangue*
- Franco Foschi, *Piccole morti senza importanza*
- Roberto Valentini, *Terre Rosse*
- AA.VV., *Innamorati da morire*
- Massimo Marcotullio, *La morte e il salumiere*
- Carlo Oliva, *Storia sociale del giallo*
- Ugo Mazzotta, *Il segreto di Pulcinella*
- Antonio Zamberletti, *I morti non pagano*
- Alessandro Bonanni, *Ascendente vergine*
- Fabrizio Canciani, *La regola della cattura*
- Luisa Gasbarri, *L'istinto innaturale*
- Roberto Valentini, *Nero balsamico*
- Roberto Mistretta, *Sordide note infernali*
- Ugo Mazzotta, *Indagine privata*
- Barbara Garlaschelli, *O ridere o morire*
- Antonio Zamberletti, *I duri non piangono*
- Fabrizio Canciani, *Qualcosa che non resta*
- Luciana Scepi, *La morte viene dal mare*
- Massimo Marcotullio, *Il corpo del mondo*
- Ugo Mazzotta, *L'avvocato del diavolo*
- Tito Giliberto, *Mozart: delitti in Re Maggiore*
- Eugenio Tornaghi, *Una spiegazione logica*
- Andrea Villani, *La notte ha sempre ragione*
- Fabrizio Canciani, *Il mio mitra è il contrabbasso*
- Tito Giliberto, *Vivaldi: notte e follia del Prete Rosso*
- Antonio Zamberletti, *Silenziosi nella notte*
- AA.VV., *Uccidere per sport*
- Franco Foschi, *Libertà di paura*
- AA.VV., *Delitti di vino*
- Giuseppe Battarino, *Sentieri invisibili*
- Ugo Mazzotta, *La stagione dei suicidi*
- Riccardo Parigi – Massimo Sozzi, *La vendetta di Santa Costanza*
- Eugenio Tornaghi, *Il debito dell'ingegnere*
- Roberto Valentini, *La città di cemento*
- Marina Visentin, *Biancaneve*
- Paola Sironi, *Bevo grappa*
- Alberto Paleari, *Il colore della vergogna*

– Salvo Barone, *Le regole del formicaio*
– Lilli Luini - Maurizio Lanteri, *Bruja*
– Regina, *Al civico 6*
– Sergio Paoli, *Niente, tranne la pioggia*
– Giuseppe Battarino, *Le inutili precauzioni*
– Claudio Arbib – Rodolfo Rossi, *Quattro e quattro otto*
– Massimo Marcotullio, *Oro, incenso e mitra*
– Paola Sironi, *Nevica ancora*
– Massimo Rainer, *Chiamami Buio*
– Ugo Mazzotta, *Merce di scambio*
– Giuseppe Chiara, *L'apprendista becchino*
– Salvo Barone, *Una giustizia più sopportabile*
– Diego Giordano, *Lupi e agnelli*
– Carlo Barbieri, *La pietra al collo*
– Filippo Fornari, *La Signora degli Inferi*
– Fabrizio Canciani, *Acqua che porta via*
– Paolo Delpino, *Il caso è risolto*
– Paola Sironi, *Il primo a uccidere*
– Andrea Brando, *A che ora cenano i cannibali?*
– Patrizia Debicke van der Noot, *La Sentinella del Papa*
– Carlo Barbieri, *Il morto con la zebiba*
– Ugo Mazzotta, *Che male c'è?*
– Marcello Tropea, *Incubo premonitore*
– Luca Bonzano, *Come bestie ferite*
– Fulvio Capezzuoli, *Milano 1946, delitti a Città Studi*
– Luciano Modica, *Piove cenere*
– Fulvio Capezzuoli, *Milano 1947, Misteri a Porta Venezia*
– Patrizia Debicke van der Noot, *La congiura di San Domenico*
– Filippo Fornari, *Omicidi all'Isola, nevrotico erotico blues*
– Fulvio Capezzuoli, *Milano 1948, Maugeri e lo zoppo dei Navigli*
– Alessandro Morbidelli, *Storia nera di un naso rosso*
– Paolo Pedote, *I bambini di Escher*
– Fulvio Capezzuoli, *Il commissario Maugeri e il fantasma di via Ariosto*
– Paola Sironi, *Donne che odiano i fiori*
– Giuseppe Chiara, *Acqua alta nei caruggi*
– Luigi Vergallo, *Omicidio alla Statale*
– Massimo Marcotullio, *Neve sporca*
– Fulvio Capezzuoli, *Il Natale del commissario Maugeri*
– Luca Bonisoli, *Bad Panda, l'istinto del lupo*
– Davide Savelli, *Venezia 1902, i delitti della fenice*
– Ugo Mazzotta, *Mia o di nessuno*
– Filippo Fornari, *Fiamme in Piazza Duomo. Lo strano caso della mucca che incendiava i fast food*
– Fulvio Capezzuoli, *Milano 1949, Maugeri e i delitti del CRAL*

MISTO
Carta da fonti gestite
in maniera responsabile
FSC® C007287
FSC
www.fsc.org

Questo libro è stampato su carta FSC amica delle foreste.
Il logo FSC identifica prodotti che contengono carta proveniente
da foreste gestite secondo i rigorosi standard ambientali,
economici e sociali definiti dal Forest Stewarship Council.

Finito di stampare nel mese di febbraio 2020
presso GECA S.p.A., San Giuliano Milanese (MI)